ALTÉRÉE

CHARLY LEMEGA

ALTÉRÉE

roman

ÉDITIONS DU SEUIL
57, rue Gaston-Tessier, Paris XIXe

ISBN 978-2-02-156577-5

www.seuil.com

PREMIÈRE PARTIE

Souvenirs d’une autre vie

1

27 août 2024

Il n'y a pas de destinée, juste une succession de choix hasardeux.

Depuis une heure, j'erre dans la nuit comme un fantôme, au volant d'une voiture sans destination. Ce même constat qui me ronge et m'oblige à passer en revue toutes les décisions que j'ai prises, dernièrement. Je repense à cette ex que je n'aurais peut-être pas dû quitter, à ce boulot que j'aurais mieux fait de refuser, à toutes ces opportunités plus ou moins imaginaires que j'ai laissées passer. Bref, j'essaie de comprendre où j'ai merdé.

Les villages endormis de Seine-et-Marne défilent, séparés par d'immenses champs de céréales. Les lumières se font rares et les volets sont clos. J'ai l'impression d'être la seule personne réveillée à dix kilomètres à la ronde. Ella Fitzgerald m'accompagne via le haut-parleur de mon téléphone que j'ai jeté sur le siège passager, entre un vieux numéro de *CB News* et mon sac à main. Je n'ai jamais réussi à activer ce foutu Bluetooth alors je me contente du son étouffé de mon portable pour mes virées nocturnes.

« It begins to tell, 'round midnight, midnight. »

C'est une mauvaise habitude qui s'est renforcée depuis que je suis au chômage. Dès que la nuit tombe, je prends la vieille Prius grise que j'ai rachetée à mon oncle et je laisse la route me guider. Oui je sais, ce n'est pas très écolo mais c'est la seule activité qui m'aide à réfléchir.

« I do pretty well, till after sundown / Suppertime I'm feelin' sad. »

En ce moment, je stagne un peu, pour le présenter poliment. Comme si on m'avait posée là en attendant et oublié de venir me chercher. En attendant quoi ? C'est bien le problème, je n'en sais rien. J'ai quitté mon taf il y a un mois suite à un burn-out talonné d'une rupture. Les deux sont potentiellement liés, je ne me prononcerai pas. Depuis, j'ai remis toute ma vie en question en me disant que putain, elle ne correspond tellement pas à celle que j'espérais. Bien sûr, je n'ai aucune idée de ce que je veux vraiment, que des bribes d'envies. Je voulais utiliser mon temps de chômage pour me retrouver mais, jusqu'à présent, il m'a juste servi à réaliser à quel point j'étais perdue.

« But it really gets bad 'round midnight / Memories always start 'round midnight. »

Brusquement, mes pensées s'arrêtent. Devant moi, un feu de circulation défectueux surgit de l'horizon. Je suis incapable de détourner les yeux, envoûtée par son clignotement frénétique. Mon esprit s'évade alors que la lumière vive rougeâtre s'élargit.

Le vrombissement continu d'une soufflerie... L'odeur du plastique qui fond... Des lumières rouges qui scintillent... Je me revois seule, au milieu d'une immense pièce grise. Mon rythme cardiaque s'intensifie. L'appréhension m'empêche de respirer. Je ne sais pas où je suis et pourtant, je le sais parfaitement. J'attends qu'il vienne.

Un homme émerge de l'ombre. Je le connais, j'en suis sûre, mais j'ai beau le regarder, je ne parviens pas à voir son visage. Il n'y a qu'un vide indescriptible. Ou plutôt de la colère. De l'impatience, aussi. Je crois que c'est à cause de moi. Malgré la peur, une étrange connexion avec cet homme m'empêche de m'enfuir. D'une voix tremblante, j'ose enfin m'adresser à lui, me confondant en excuses. L'homme sans visage ne m'offre aucune réponse et continue vers moi avec une détermination effrayante. En le voyant se rapprocher, une onde de chaleur traverse mon corps et je subis une violente secousse.

Retour brutal à la réalité. Le choc résonne dans l'habitacle et m'oblige à me reconcentrer. La ceinture de sécurité me serre la poitrine. Les mains crispées sur le volant, je prends conscience que j'ai fait une sortie de route. Ma voiture tremble violemment et me secoue comme un pantin. Devant moi, je ne vois qu'une forme sombre et menaçante. Je pousse un cri superflu et freine de toutes mes forces en fermant les yeux.

La voiture s'est arrêtée. Je suis en vie. Je respire profondément et rouvre les yeux en tentant de retrouver un semblant de lucidité. Mes phares éclairent le sort funeste que je viens d'éviter, le tronc massif d'un arbre qui aurait probablement gagné le combat contre l'avant de ma Prius. Je frissonne. Autour de moi, la campagne est silencieuse, comme si elle retenait son souffle. Je n'entends que mon cœur affolé. Qu'est-ce qu'il vient de m'arriver ? Est-ce que je me suis endormie au volant sans m'en rendre compte ?

Par chance, le dénivelé du fossé était faible et ma voiture est intacte. Quand mon rythme cardiaque sera enfin dompté, je pourrai partir d'ici et personne ne saura jamais que j'ai frôlé la mort d'une manière aussi absurde. À cause d'une lumière rouge… et d'un homme sans visage.

2

Le son d'une notification me réveille. J'ouvre péniblement les yeux. Une odeur de viande grillée à la citronnelle s'échappe du restaurant vietnamien avec lequel je partage ma cour, avenue d'Italie. C'est le prix à payer pour obtenir un peu de fraîcheur lorsque j'ouvre ma fenêtre, pendant ce début de canicule annuelle. Sauf que la fraîcheur a disparu.

Il est 12 h 47, si j'en crois mon portable, et c'est Amina, une ancienne collègue, qui a osé m'envoyer un vocal à cette heure si matinale. Au fond, quitter un boulot dans la pub pour un chômage volontaire, c'est un peu passer d'une vie futile à une autre. La première est mieux rémunérée mais la seconde permet de combler ses insomnies avec des grasses matinées d'ado.

J'appuie sur *lecture* et referme les yeux pour écouter le message d'Amina. Ma chatte Billie est à mes pieds, en mode vibreur. Les rayons du soleil font ressortir les reflets argentés de sa fourrure.

« Aliciaaa ! Ça va ou quoi ? Pourquoi tu ne donnes plus de nouvelles ? Tu t'es cassée à Bora Bora avec ta prime de départ ? Faut que je te raconte un truc qui s'est passé pendant le dernier *call* avec… »

Je ne l'écoute déjà plus. J'adore Amina, mais depuis mon burn-out, j'évite tout ce qui me rappelle mon ancien boulot. Pendant trois ans, toute ma vie a tourné autour de lui. Mes collègues représentaient mon seul entourage et mon temps libre n'était que du temps de travail supplémentaire. J'en ai même oublié ce que j'aimais en faire. Lire ? Apprendre le russe ? Peindre des figurines ? Tout me paraît vain. Je squatte mon salon sans but, seule, confuse. Une version féminine du gif de Travolta dans *Pulp Fiction*. J'attends, je croupis.

Je caresse la tête de Billie et me traîne jusqu'à ma cafetière De'Longhi hors de prix. Une fois mon cerveau réveillé par la caféine, je repense à mon quasi-accident de la veille et ce qui l'a provoqué. Un rêve, pour donner l'explication la plus probable. Je me suis assoupie au volant pendant quelques secondes et mon inconscient a brodé autour du feu rouge qui était sous mes yeux. Quelle serait l'autre explication ? Une vision ? Non. Mon rapport à l'ésotérisme s'arrête au pendentif en amétrine que m'a offert mon ex pour m'apporter des ondes positives. Ironiquement, ce bijou a désormais le don de me déprimer à chaque fois que je le vois.

Je m'habille avec ce que je trouve sur la chaise de ma chambre et j'arrose une partie de la vingtaine de plantes disséminées dans mon deux-pièces. En ce moment, je prends plus soin d'elles que de moi. Dresser Billie pour ne pas qu'elle les bouffe représente le plus gros du travail. Comme je range mon appartement uniquement quand j'ai de la visite, la surface habitable s'est considérablement réduite. Les mauvaises langues diront que ça colle à ma déco désastreuse. Personnellement, je préfère la qualifier de *mix & match*. Ceux qui ne comprennent pas devraient passer un peu plus de temps sur Pinterest.

C'est avec une coupe afro chaotique et la seule ambition de trouver de quoi me nourrir que je sors de chez moi. Le soleil appelle à manger un *bánh mi* dans le parc de Choisy, donc je m'y dirige. Dehors, c'est le bordel, presque autant que dans ma tête. Le marché a envahi le trottoir de gauche. Cartons qui volent, camelots qui gueulent et vieux qui négocient de chez moi à Tolbiac. Des dizaines de fourgonnettes et camions blancs sont garés de manière perpendiculaire, réduisant la voie et augmentant les bouchons. Je me fraye un chemin entre les deux rangées de stands. Trop de monde. Beaucoup trop de monde. Le sol est recouvert d'épluchures et de sacs plastique. Comme il est 13 h 30, la moitié des stands commencent à remballer, les autres à brader. Un peu plus loin, un homme, las, tente de vendre un balai essoreur miracle en criant dans un micro.

– À la télé il est à 23 euros, madame. Là, je vous le fais pour 8 euros.

– Combien ?

– 8 euros ! Le tout à 8 !

La femme continue de le fixer, confuse. Le vendeur oublie qu'il a un micro et peste dans sa barbe.

– Elle comprend rien, celle-là.

Je souris. Les odeurs d'olives, de fruits et d'épices en tout genre réveillent ma faim alors que je quitte le marché en direction du parc. Rue de Tolbiac, je passe un restaurant thaï dont la devanture ressemble à l'entrée d'un palais. L'un des cuisiniers fume dehors et s'énerve au téléphone. C'est à ce moment-là qu'il revient.

L'homme sans visage se trouve derrière un bureau recouvert de documents, habillé d'une blouse blanche qui lui descend jusqu'aux genoux. Je ne vois pas sa bouche mais je l'entends crier. Sur moi. Un flot hargneux dont le sens précis m'échappe mais qui paraît sans fin. J'ai peur. Je le regarde d'en bas, la tête tellement en arrière que j'ai l'impression que le prochain cri va la décrocher. L'homme est grand, très grand. Ou plutôt c'est moi qui suis petite. Une enfant.

Pas d'arbre aujourd'hui mais un passant à qui je donne un coup d'épaule involontaire. Je reviens à la réalité.

– Désolée !

Le piéton se retourne, énervé, mais se radoucit en me voyant. Il a une tête à sortir d'une école de commerce.

– Pas grave.

Il me sourit et hésite à reprendre sa route. *Ne te fatigue pas, mon gars.* Je ne lui laisse pas le temps d'engager la conversation et j'accélère la marche pour déchiffrer ce qu'il vient de m'arriver.

Cette fois, j'en suis sûre, ce n'était pas un rêve. Ce n'était pas non plus mon imagination car je ne contrôlais rien. Non, ça ressemblait… à un souvenir. Un souvenir qui me revient pour la première fois en vingt-huit ans.

3

Je rentre d'une énième balade nocturne motorisée. Visiblement, mon accident ne m'a pas servi de leçon. Je n'arrive pas à savoir quand m'est venue cette habitude douteuse. Depuis que j'ai le permis, je crois. Mes insomnies, elles, datent d'avant et je sais parfaitement comment elles sont apparues, même si j'aimerais l'oublier.

Parfois, je m'amuse à cibler l'un de mes traits de caractère pour déterminer son origine, une sorte de travail d'historienne égocentrique. Pourquoi j'aime autant le mauve, les cocktails à base de rhum ou les romans policiers ? Pourquoi je n'arrive pas à m'attacher aux gens ? Pourquoi j'ai souvent envie de tout plaquer pour partir vivre au Canada alors que je n'y suis jamais allée ? Toutes ces facettes ont modelé une personnalité qui me paraît évidente, immuable, alors que leur explication est purement aléatoire. Peut-être que j'adore le mauve parce que, petite, j'étais fascinée par Gene Wilder en Willy Wonka. Ou parce que mon père avait une améthyste sur son bureau qui m'hypnotisait. Ou peut-être que j'ai juste un gène qui me fait aimer la couleur mauve. Je n'ai jamais été très forte à ce jeu mais depuis quelques jours, la tâche est devenue plus difficile encore. Dès que je me penche sur mon passé, l'homme sans visage apparaît, comme un cerbère gardant l'entrée de mes souvenirs. De simples flashs qui me glacent d'effroi. Le pire, c'est que je ne connais toujours pas son identité ni la raison de sa présence. Comme souvent, je mets son existence sur le compte de la fatigue, un bouc émissaire parfait en toutes circonstances.

Je rentre chez moi dans un état second. Billie m'accueille en me tournant autour. Le stress m'envahit et me donne envie de fumer. L'une des seules bonnes résolutions que j'ai prises après ma démission était d'arrêter. Sans la tentation constante de mes collègues, je n'avais plus d'excuse. Ce soir, j'ai terriblement envie de m'en trouver une. Malgré l'heure tardive, j'opte pour une douche fraîche histoire de m'en couper l'envie. Désolée, chers voisins.

Je me déshabille et enjambe la baignoire, Billie se frotte à moi et manque de me faire tomber.

– Putain Billie, fais gaffe ! C'est pas le bon plan de me tuer si tu veux des croquettes.

Ma chatte miaule avec insolence pendant que je ferme le rideau et agrippe le pommeau de douche. Les gouttes ruissellent le long de mon corps qui se paralyse. Un nouveau souvenir envahit mon intimité.

Un mur peint en turquoise. Une étagère remplie de babioles pseudo-médicales. Des cotons, un dentier qui n'est pas humain et du shampoing. Mon visage est recouvert de larmes et de morve. Je me gratte sauvagement le bras en fixant une table en acier qui m'arrive au niveau du front. De ma hauteur, je ne vois que les deux pattes inertes d'un chien. Seuls quelques poils blonds bougent au gré du ventilateur qui rafraîchit la pièce. Je voudrais aller serrer l'animal mais une main m'en empêche. À la place, je lui chuchote que je l'aimerai toujours.

Je découvre la mort et c'est trop pour moi, beaucoup trop.

Des larmes incontrôlables rejoignent l'eau de la douche sur mes joues d'adulte. L'intensité de ce que je ressens ne me laisse aucun doute, c'est bien l'un de mes souvenirs.

Le seul problème, c'est que je n'ai jamais eu de chien.

4

Les semaines s'enchaînent, alternant orages, dernières vagues de chaleur et visions inexpliquées. Des souvenirs inventés de plus en plus précis qui vont et viennent quand ils le sentent, au gré des stimulations extérieures. Une odeur, un son, un visage… Un kaléidoscope d'images et de sensations. J'en ressors avec l'impression de visionner les épisodes d'une vie oubliée. Je me vois parler à des personnes que je n'ai pourtant jamais rencontrées, visiter des lieux où je ne suis jamais allée… Et puis il y a cet homme sans visage qui revient continuellement me tourmenter. J'ai été plusieurs fois victime d'hommes sans cœur, sans couilles, surtout, mais jamais sans visage. Mon incapacité à l'identifier rend ses apparitions plus frustrantes encore. Un peu comme avoir un mot sur le bout de la langue, sans jamais parvenir à le retrouver.

Dès que l'une de ces réminiscences jaillit dans mon esprit, je la note, parfois accompagnée d'une illustration griffonnée sur le vif. C'est plus simple de les figer de cette manière et ça me permet de renouer avec le dessin. La plupart sont moches et incompréhensibles, comme des sculptures de rond-point. Néanmoins, en analysant cette accumulation de souvenirs discordants, un élément se confirme : tous semblent provenir de l'enfance.

Pourtant la mienne, la vraie, était plutôt banale. J'ai grandi à École-Valentin, un village près de Besançon, en Franche-Comté. Avec ses deux mille et quelques habitants c'est officiellement une ville, mais ce terme me paraît démesuré. École-Valentin est principalement composé de pavillons entourés de verdure. Quand on est gamine, c'est le paradis. Je passais mon temps à jouer dans la forêt, près d'un petit lac à cent mètres de chez moi. Je m'imaginais trouver des trésors enfouis sous les rochers. Je rentrais toujours le corps couvert de bleus et les vêtements couverts de boue. Quand ils me voyaient dans cet état, mes parents s'inquiétaient mais ne m'engueulaient jamais. Il faut dire que j'étais particulièrement mignonne à l'époque. Oui, bon, et fille unique, aussi. Surtout.

Je me souviens de mes virées à vélo avec mon père, des heures que l'on passait à peindre ou à jouer. Je revois dans ses yeux cette fierté toute-puissante, incompréhensible pour moi à l'époque. Elle ne le quittait jamais, même quand je lui désobéissais. J'en ai peut-être un peu joué. Je me souviens surtout d'une sensation qui me paraît aujourd'hui inconcevable : la joie constante. Pour tout. Pour rien.

Bien sûr, tout n'était pas parfait. Je suis métisse, d'une mère guadeloupéenne et d'un père bourguignon, même si, physiquement, j'ai tout pris de ma mère. Aujourd'hui j'en suis fière, mais enfant, c'était plus compliqué. Il faut dire que le fin fond de la Franche-Comté, niveau diversité ethnique, ce n'est pas trop ça. Les autres enfants me demandaient si j'avais mis les doigts dans une prise électrique pour me coiffer ou si c'était mon frère sur les boîtes de Banania. Heureusement, mes parents m'ont toujours permis de prendre le recul nécessaire sur ce genre d'idioties. Ma mère me citait Jésus et mon père Billie Holiday. Deux salles, deux ambiances, mais la finalité restait la même. Ils m'ont appris à relativiser tout en m'affirmant, à éduquer mes camarades ignorants, à détourner avec humour. Enfin ça, c'est ce que j'ai toujours cru.

Mes derniers souvenirs m'ont montré une enfance différente mais surtout bien plus douloureuse. Je me suis vue m'isoler, m'énerver, me battre à répétition dans la cour d'école… Celui de ce matin ne faisait pas exception.

Je suis en primaire, c'est l'heure de la récréation et je joue aux billes avec des garçons. Je suis tout excitée car je sais que si j'arrive à mettre la prochaine, je remporte tout. Je lance une bille verte avec un tourbillon à l'intérieur, ma préférée, et là, miracle, je gagne ! Je saute de joie mais l'un des petits garçons s'énerve et refuse de me donner ses billes, comme c'était prévu pour le gagnant.

« Tu rêves, sale Noire. T'as perdu, c'est tout. »

En entendant cette phrase, je vrille complètement. Je lui saute dessus et je le tabasse comme si j'étais possédée. Le petit est à terre mais je continue, incapable de me calmer et la maîtresse doit intervenir. Elle appelle ma mère pour qu'elle vienne me chercher et je passe le reste de la journée punie dans ma chambre. Je trouve ça si injuste que je refuse de manger.

Quand je repense à ce souvenir, il me paraît maintenant

aussi réel que n'importe quel autre. Je ressens à nouveau la douleur, la frustration et la rage que j'avais éprouvées à l'époque. Pourtant, je suis quasiment sûre que ce n'est jamais arrivé.

Pour en avoir le cœur net, je décide d'appeler ma mère en me disant que ça sera l'occasion de prendre des nouvelles. Je ne lui ai pas parlé depuis trois semaines et on se rapproche donc de la limite acceptable.

– Coucou maman, ça va ?

– Moi ça va mais toi ma puce, comment tu te sens ? Je commençais à m'inquiéter.

– Désolée, tous les jours je prévois de t'appeler et puis je fais autre chose.

– Tu ne peux plus me dire que tu travailles trop, maintenant ! Tout va bien ? Quoi de neuf ?

Je repense à ma sortie de route mais préfère la taire. Ça fait des années que ma mère me dit que ce genre d'accident me « pend au nez » à force de conduire la nuit et je refuse de lui donner raison.

– Ça va super. Je profite du chômage pour me reposer un peu.

– Oui, oui, t'en as besoin.

Ma mère me répond sans conviction, occupée à autre chose. En tendant l'oreille, je l'entends remuer un plat qui mijote.

– T'es en train de cuisiner ?

– Oui désolée, y a mes amis de l'asso qui passent ce soir. Ils ont expressément demandé mon colombo.

– Évidemment.

Je me doute qu'en vérité, ma mère le leur a imposé. Elle mange peu mais adore gaver les autres, avec ou sans leur consentement. La moindre occasion est bonne pour recevoir et cuisiner les recettes de sa tante, celle qui l'a hébergée quand elle est arrivée en métropole à 14 ans. Adolescente, je saturais de ce va-et-vient constant d'invités mais depuis que je suis partie, la savoir toujours entourée soulage un peu ma conscience.

– Je suis sûre qu'ils auront tous à manger pour la semaine.

Je passe les minutes suivantes à embellir mes journées actuelles ainsi que mes perspectives d'avenir pour ne pas l'inquiéter. Elle me raconte ses dernières embrouilles avec son voisin et se plaint du temps en enviant celui dont profitent ses parents, en Guadeloupe. Sans le vouloir, je finis par lui avouer que, récemment, mes sorties se font rares.

– Il faut que tu trouves quelqu'un pour te motiver. Forcément, toute seule tu vas rester chez toi à rien faire !

Internet a le point Godwin avec Hitler, ma mère a le point célibat. Plus une discussion avec elle se prolonge, plus la probabilité qu'elle évoque ma solitude amoureuse s'approche de un. À vrai dire, j'aurais presque préféré Hitler.

– Maman, tu vis seule depuis vingt ans, ça ne t'empêche pas de faire des trucs.

– Moi ce n'est pas pareil, toi t'es belle, dans la fleur de l'âge. Si t'étais moins difficile, tu trouverais ton bonheur.

Selon ma mère, j'ai saboté toutes mes relations dès qu'elles devenaient sérieuses. Même si je trouve la formule exagérée, je dois avouer que je n'ai jamais réussi en amour à me projeter très loin. C'est comme si j'avais inconsciemment une vision précise de celle que j'attendais mais que personne ne lui arrivait à la cheville. Oui, une fois de plus ma mère a probablement raison et une fois de plus, je ne lui donnerai jamais la satisfaction de le savoir.

– On peut changer de sujet ?

– Si tu veux, je disais ça pour toi.

– Je voulais te demander, est-ce que tu te souviens qu'en primaire je me suis battue avec un garçon parce qu'il m'avait traitée de sale Noire ?

– Battue ?

– Ouais, je lui ai tapé dessus jusqu'à ce que la maîtresse nous sépare. T'as dû venir me chercher avant la fin des cours et j'ai été punie pendant pas mal de temps.

J'entends une sorte de ronronnement, signifiant que ma mère fouille dans sa mémoire.

– Non, tu ne t'es jamais battue aussi violemment. Tu as toujours été très calme jusqu'au collège, tu étais celle qui avait le plus de bons points, tu ne te souviens pas ? Tu m'offrais toujours les images que tu gagnais.

Il n'en faut pas plus pour que ma mère passe les dix minutes suivantes à m'expliquer que j'étais une élève modèle. La bonté incarnée. Je l'écoute d'une oreille et m'interroge. Est-ce que ce n'est pas ce que croient toutes les mères ? Peut-être a-t-elle juste oublié ce tabassage en règle pour ne pas abîmer son image de moi ?

– Pourquoi tu me demandes ça, au fait ?

– Je m'en suis souvenue, d'un coup, mais j'ai dû me tromper. D'ailleurs, rien à voir mais on est d'accord qu'on n'a jamais eu de chien ?

– Un chien ? Qu'est-ce que tu racontes ?

– Je ne sais pas, peut-être que j'étais trop petite pour m'en rappeler ou qu'il est mort rapidement.

Pas de réponse. J'imagine ma mère en train de chercher une manière diplomate de me demander si j'ai perdu la boule.

– Non, ma puce, on n'a jamais eu de chien. Ça risque

pas, ton père aurait passé son temps à se gratter avec ses allergies. T'es sûre que tout va bien ?

– Oui, oui, ça va. C'est juste qu'en ce moment, j'ai des souvenirs bizarres qui me reviennent. Des souvenirs qui n'en sont pas, je ne sais pas comment l'expliquer.

Nouveau silence. Cette fois, le malaise est palpable.

– Tu dois encore être sous le coup de la fatigue. Repose-toi et n'y fais pas attention, je suis sûre que ça va s'arrêter, ma puce.

Sa réponse, bien que sensée, sonne artificielle, comme si elle me cachait quelque chose. À moins que ça ne soit juste de l'inquiétude légitime.

J'acquiesce et raccroche, encore plus confuse qu'avant.

5

Si ma mère elle-même confirme que mes nouveaux souvenirs d'enfance sont faux, il est peut-être temps de m'inquiéter. Assise sur mon canapé, le regard dans le vide, j'agite machinalement une ficelle pour tenter d'amuser Billie tout en réfléchissant. Ma chatte réagit avec la même motivation, tapotant mollement sa cible comme un boxeur léthargique.

Qui d'autre que ma mère pourrait m'aider ? Je parcours mentalement mon répertoire, dans l'espoir de trouver quelqu'un à qui parler sans risquer de passer pour une folle. Aucun nom ne me rassure sauf un, celui d'Antoine. Je le connais suffisamment pour être à l'aise avec lui mais pas assez pour redouter une détérioration de notre relation. Surtout, Antoine est psychiatre, donc bien placé pour juger de l'insanité de mes propos.

Je l'ai rencontré il y a quelques années, dans une énième soirée en appart parisien. Je serais bien incapable aujourd'hui d'expliquer comment une première discussion peut débuter là-dessus, mais on a échangé autour de nos dessins animés d'enfance et ça nous a aussitôt rapprochés. Évoquer des épisodes des *Super Nanas* ou de *Bob l'éponge* quand, dans la pièce d'à côté, on parle chemsex, a une saveur régressive inespérée.

En réalité, il ne l'avouera jamais mais Antoine m'a surtout draguée pendant une bonne demi-heure, jusqu'à ce que j'embrasse sa pote, ma meuf de l'époque. Après ça, je pense qu'il n'a pas voulu perdre la face donc il a continué à me parler le restant de la soirée. Depuis, on s'est souvent revus, mais jamais seuls. Une fois adulte, c'est un processus compliqué de passer de « pote de pote » à pote tout court. Il faut un élément déclencheur qui peut parfois ne jamais se matérialiser. Une histoire invraisemblable de faux souvenirs, par exemple.

Je l'appelle et lui propose qu'on se voie le lendemain soir, tout en restant vague sur la raison de cette soudaine invitation. Antoine est décontenancé mais accepte. J'espère qu'il n'imagine pas que j'ai besoin de lui pour récupérer mon ex ou, pire, que je suis magiquement devenue hétéro.

*

L'amour que je porte à ma voiture a des limites, dont celle de conduire à l'intérieur de Paris. Je choisis donc de rejoindre Antoine via la ligne 7, même si ça implique de jouer des coudes. Devoir se battre pour gagner une place dans un métro bondé, aussi étouffant par sa chaleur que ses odeurs de transpiration, est une part essentielle du charme parisien. Visiblement, le groupe de touristes japonais que j'aperçois horrifiés au fond du wagon n'a pas l'air de l'intégrer. Je me contorsionne tant bien que mal pour attraper les écouteurs que j'ai oublié de sortir de mon sac, coincée entre deux adolescents boutonneux et un barbu bodybuildé. Pour me changer les idées, je lance « Paranoid Android », une reprise de la chanson de Radiohead par Billie Holiday qui n'a bien sûr jamais existé. C'est Djamel, un pote ingénieur, qui s'est servi de l'IA pour me la générer. J'ai rarement eu un meilleur cadeau d'anniversaire. Entendre Billie reprendre de sa voix envoûtante l'une des obsessions musicales de mon adolescence a un côté surréaliste qui colle divinement à ma situation actuelle.

« You don't remember, you don't remember / Why don't you remember my name? »

Assis sur l'un des sièges du métro, l'homme sans visage est tourné vers moi. La peur m'attaque le ventre. Pendant un instant, je me perds dans un trou noir avant qu'un rugissement métallique ne me ramène à la réalité. Comme les fenêtres du wagon sont ouvertes, le crissement des rails est amplifié et donne l'impression d'être dans la descente d'une montagne russe. Je découvre alors, assis sur le siège, un cinquantenaire à lunettes intimidé par mon regard insistant. Je m'excuse d'un mouvement de tête et passe le reste du trajet à fixer le sol.

*

Je suis la première à arriver au jardin du Luxembourg, à mi-chemin entre chez moi et le cabinet d'Antoine. Dès qu'il y a un peu de soleil, les jeunes viennent s'y poser. Les parents, eux, y poussent leurs bébés ou leurs vieux. Je slalome entre les centaines de chaises vertes disséminées à travers le parc et rejoins la seule pelouse où les gens sont autorisés à s'asseoir, face au Sénat.

Je me pose à côté d'un duo de *backpackers* allongés sur leur sac de randonnée. Devant moi, deux petites filles jouent au ballon mais la plus jeune passe son temps à glisser dessus. Comme je n'ai pas d'enfants dans mon entourage, je n'arrive pas à leur donner un âge plus précis que « entre 1 et 4 ans ».

– Il faut en profiter, ça passe tellement vite ! affirme le père de la plus grande, tout en restant collé à son téléphone.

Les parents de la petite acquiescent mollement, des cernes sous les yeux.

Antoine est en retard, évidemment. Sûrement un truc de médecin. Au bout d'une vingtaine de minutes, il arrive enfin avec une sélection d'IPA aux noms improbables. Assez fin avec une barbe de trois jours et des lunettes rondes, il se fond à merveille dans la faune locale. Sa casquette trouée cache une calvitie naissante, peut-être même adolescente, vu que je ne l'ai jamais connu sans.

– Hello, hello ! Désolé pour le retard, il y avait la queue à l'épicerie.

Derrière lui, une jolie rousse entame un jogging. Je la suis du regard jusqu'à ce qu'elle disparaisse. Antoine s'assoit à mes côtés et entame la conversation. Nous échangeons des banalités puis je me décide à lui expliquer la raison de ces retrouvailles. En lui mentionnant mes nouveaux souvenirs, il laisse échapper un sourire gêné, devinant que la conversation légère entre potes va prendre une tout autre tournure.

– Donc là on est allongés sur l'herbe à boire des bières et tu me demandes un avis médical ?

– Un avis d'ami. Avec ton expertise professionnelle.

– Ouais, tu veux juste m'arnaquer du prix de la consultation, quoi.

Il n'a pas totalement tort. Pas sur le côté financier, évidemment, mais ça m'arrange bien de lui poser ce genre de questions sans devoir officiellement consulter. Je dois être l'une des rares Parisiennes de mon âge à n'avoir jamais franchi la porte d'un psy et ça me convient parfaitement.

– Alors, verdict ? Tu penses quoi de mes faux souvenirs ?

– Ben déjà, on ne peut pas vraiment parler de vrais ou de faux souvenirs dans le sens où tous nos souvenirs sont faux, dans une certaine mesure. On imagine un peu notre cerveau comme un disque dur dans lequel on va récupérer des informations enregistrées, mais c'est plus compliqué que ça.

Il redresse ses lunettes en réfléchissant à sa prochaine formulation. Derrière lui, la joggeuse rousse de tout à l'heure en est à son énième tour du parc, à bout de souffle.

– Si tu veux, à chaque fois qu'on essaie de se rappeler un moment précis, on va recréer ce souvenir. Et on va le recréer en prenant en compte son humeur, les conversations qu'on a eues entre-temps et des dizaines d'autres facteurs extérieurs qui font que ce souvenir ne sera pas tout à fait conforme à ce qu'il s'est réellement passé. Surtout que notre cerveau n'aime pas le vide donc s'il ne se souvient pas d'un détail, il préfère l'inventer. Imagine que demain tu me demandes de quelle couleur était ton chemisier. T'es habillée en noir mais comme je ne vais pas m'en souvenir et que tu mets souvent du mauve, je dirai sûrement mauve, sans conviction. Et puis si tu me redemandes dans une semaine, je vais te redire mauve mais avec plus de certitude parce que mon cerveau l'aura intégré à mon souvenir, tu comprends ? On appelle ça la confabulation.

– OK, donc t'es en train de me dire qu'on ne peut pas faire confiance à son propre cerveau, en fait ?

Antoine se met à rire. À côté de nous, un groupe de jeunes un peu éméchés jouent au tarot et gueulent à chaque pli remporté.

– Il ne faut surtout pas faire confiance à son cerveau ! Ce qui est très difficile vu que toute notre perception du monde repose sur lui. Mais oui, quand c'est possible, il faut toujours privilégier les preuves matérielles. C'est pour ça que dans les procès, par exemple, les témoignages sont compliqués à prendre en compte, surtout quand le témoin a un lien émotionnel avec ce qu'il raconte. Mais là, avec toi, c'est un peu différent. Ce ne sont pas tes souvenirs qui changent mais carrément des nouveaux souvenirs qui apparaissent, c'est ça ?

– Oui. C'est bizarre ?

– Oui et non. Ça arrive qu'on se crée des souvenirs à partir de rêves qu'on a eus ou d'histoires qu'on a entendues, par exemple. Notre cerveau y incorpore de vrais éléments de notre passé et du coup on ne sait plus trop si c'est arrivé ou pas. Il y a même plusieurs expériences qui ont prouvé qu'on pouvait assez facilement en implanter dans l'esprit de quelqu'un. On avait réussi avec des soldats revenus d'Afghanistan, je crois.

Ironiquement, Antoine se perd dans ses propres souvenirs défaillants. Quand il reprend, c'est avec une voix plus hésitante.

– Je ne me rappelle plus leur nationalité mais des chercheurs leur avaient demandé de raconter leurs souvenirs de guerre. Une fois qu'ils s'étaient épanchés sur le sujet, on leur avait évoqué une fausse anecdote très précise. Une attaque à la roquette la veille du Nouvel An, une scène qui sonnait vrai mais qui était totalement inventée. Sur le moment, les soldats réussissaient évidemment à affirmer que ça ne leur était pas arrivé. Mais quand on les a fait revenir quelques mois plus tard, un quart d'entre eux en parlaient maintenant comme d'un événement qu'ils avaient vécu. Il s'avère que c'était principalement ceux qui souffraient d'un stress post-traumatique important.

– Sauf que je ne reviens pas du front et aucun chercheur n'a fait d'expérience sur moi. Enfin, je crois.

– Toi, c'est plus étrange, effectivement. Parce que ce n'est pas juste un souvenir, si je comprends bien. C'est une accumulation.

– Donc je suis folle, tu peux le dire clairement.

– Tu sais que je n'aime pas ce terme mais oui, je crois que t'es folle.

Je lui donne un grand coup sur l'épaule qui rendrait fière Elaine Benes, l'un de mes premiers fantasmes en matière d'héroïnes de série. Antoine se renverse un peu de bière sur lui, en pestant avec humour. Au même moment, une odeur de beuh vient titiller nos narines. Les joueurs de tarot se font tourner un joint. En les regardant, je remarque qu'il n'y a plus un centimètre de libre sur la pelouse. Antoine, abandonnant la légèreté de l'instant, reprend avec un air plus concerné.

– Non, je ne sais pas, ça peut être dû à pas mal de trucs, il faut creuser. Par exemple, tu me dis que ce sont uniquement des souvenirs d'enfance ?

– C'est un peu dur à dater mais j'ai l'impression, oui. Pourquoi ?

– Il y a deux théories qui me viennent à l'esprit. La première, c'est que c'est une période propice aux souvenirs modifiés vu qu'on l'a vécue avec un regard d'enfant et que c'est très vieux. On sait bien que le temps est l'ennemi principal de notre mémoire.

– Forcément. Et la deuxième ?

– Ben la deuxième, c'est qu'on parlait tout à l'heure de stress post-traumatique. Et si je ne me trompe pas, toute la période que tu évoques se passe juste avant la mort de ton père.

Mon sourire s'évanouit.

6

Pourquoi faut-il qu'Antoine m'ait parlé de ça ? Les psys sont-ils contractuellement forcés de désigner nos parents comme source de tous nos problèmes ? Difficile, pourtant, de le contredire. Quand j'avais 12 ans, mon père est mort dans un accident de voiture alors qu'il venait me chercher à l'école. Je ne pense pas qu'il y ait de bon moment pour ce genre d'événement, mais celui-là, c'était clairement un moment de merde.

Si on parle de souvenirs, c'est évidemment pour moi le plus douloureux. Le plus tenace, aussi. C'était en septembre, au début de ma 6e. Depuis la rentrée des classes, des cauchemars me réveillaient quasiment chaque nuit. Mon père sacrifiait son sommeil pour prendre le temps de me rassurer, de me promettre que tout irait bien. Sans le vouloir, il me répétait le pire des mensonges.

Un vendredi, personne n'est venu me chercher à la sortie du collège. Je me souviens de ma confusion. D'être restée seule, devant la grille verte, à regarder tous mes camarades rentrer chez eux les uns après les autres. Des yeux embués de ma mère quand elle est arrivée. De son corps anormalement raide, comme si elle contractait tous ses muscles pour ne pas m'infliger ses larmes. Il m'a suffi de la voir s'approcher pour comprendre. Un simple regard pour que je perde toute innocence.

Sauf, bien sûr, si rien de tout ça n'est vrai. Si j'en crois Antoine, j'ai passé seize ans à réécrire ce souvenir, détail après détail. À chaque fois que je me le remémore, je le modifie. Peut-être même que depuis le temps, il ne reste plus rien de l'original. Ma seule certitude, c'est que la douleur que j'ai ressentie ce jour-là ne s'est jamais complètement effacée.

Qu'en est-il de mes autres souvenirs ? Est-ce qu'en voulant chérir la mémoire de mon père, je les ai tous altérés à jamais, eux aussi ? Toutes les fois où il me faisait écouter ses albums de jazz des années 1950 ? Ces centaines de vinyles récupérés dans des brocantes dont j'ai hérité. Ou quand je passais des heures à le regarder peindre, dans le garage qu'il avait transformé en atelier. Tous les petits boulots qu'il enchaînait pour subvenir à nos besoins et qu'il me détaillait, le week-end. Son calme qui m'apaisait et son amour qui me donnait envie de conquérir le monde avec lui. Ces souvenirs, je ne les ai pas fantasmés. Pas besoin. Il était le père parfait et, en une seconde, il a disparu. À cause de moi.

On dit que tout ce qui ne nous tue pas nous rend plus fort, mais c'est des conneries. Les vrais traumatismes te mutilent pour le restant de tes jours. Parfois, j'imagine ma vie si mon père était toujours vivant et, quelle que soit la projection, elle est toujours préférable à la réalité. Je n'ai pas mûri plus vite après sa mort, au contraire, elle n'a fait que prolonger mon adolescence. Les liens avec ma mère ne se sont pas resserrés, ils sont devenus lâches. Qu'est-ce que ce drame aurait pu m'apporter de positif ? Je n'ai pas l'imagination suffisante pour y répondre.

Peut-être donc qu'Antoine a raison et que mon cerveau part en vrille, comme une bombe à retardement qui arriverait à son terme.

Mais pourquoi maintenant ?

7

On est jeudi, 23 heures, même si le jour de la semaine importe peu. Quand on travaille, oui, tous les jours ont un sens. Le lundi c'est la reprise difficile, le mercredi le jour où on va au badminton et le vendredi celui où on essaye de partir à 17 heures. Quand on est au chômage, sans aucune vie sociale, on s'en fout un peu. La notion même de semaine disparaît, d'ailleurs. Ce n'est plus qu'une invention à la con des Romains qui paraît bien superflue.

Je sais que je devrais profiter de cette période de flottement pour recontacter mes anciens amis, ceux que ma carrière a effacés en quelques années, mais l'idée même m'épuise. À la place, je passe mes journées à réfléchir, dessiner ou comater devant la télé. J'ai l'impression que cette somnolence prolongée favorise l'apparition de mes nouveaux souvenirs, alors je cultive cet état végétatif. Chaque jour n'est qu'une photocopie dégradée du précédent, seuls mes souvenirs changent.

Comme tous ces derniers soirs, je finis mon repas acheté

au chinois d'en face, avant la fermeture des cuisines. J'éteins la télé et bourre ma poubelle de recyclage avec une énième boîte de vente à emporter. La *lose*. Si encore elles avaient le charme des emballages de Chinatown dans les films américains, quand l'héroïne mange en vitesse en avançant dans son enquête pour le *Washington Post*. Mais ce sont juste de banales boîtes blanches en polystyrène. En ce moment, ma vie n'est qu'une banale boîte blanche en polystyrène.

Quand, le lendemain, Antoine m'appelle et que je l'informe que de nouveaux souvenirs sont venus agrandir la liste, j'entends le ton de sa voix changer. Je crois que lors de notre discussion précédente, il n'avait pas pleinement évalué l'étendue des dégâts. L'inquiétude le gagne et il me pose de nouvelles questions, beaucoup plus sérieusement.

– Mais comment tu te sens, en ce moment ? Vraiment Alicia, je ne déconne pas. Est-ce que tu dors suffisamment ?

Il m'explique que plus il y réfléchit et plus ces souvenirs lui font penser à une forme d'hallucinations. Des hallucinations qui pourraient être causées par un trouble grave. Une dépression psychotique, par exemple.

– Ah ouais, carrément ? Non mais t'inquiète, ça va.

Sous prétexte que je cumule fatigue, troubles du sommeil, difficulté à me concentrer, manque d'espoir envers l'avenir et faible estime de moi, je ferais une dépression ? Antoine nage en plein délire.

Je fais de mon mieux pour le rassurer et lui promets de me reposer, voire de consulter l'un de ses collègues si les symptômes venaient à persister. Bref, je lui mens.

Il est évident que je suis fatiguée mais je ne suis pas folle. Ces souvenirs ont forcément une explication autre que « mon cerveau a tout inventé ». J'ai la certitude qu'en les scrutant plus en détail, je percerai le mystère. Le problème, c'est que fouiller dans mes souvenirs, c'est un peu comme chercher un livre dans une bibliothèque mal rangée puis se rendre compte que la moitié des pages ont été mangées par des termites. J'ai beau persister, ça ne donne rien.

Pour m'aider, je récupère un carton dans mes placards contenant une flopée de documents et d'objets divers datant de mon enfance. Ma mère a essayé de me les refourguer pendant longtemps sans que j'en voie l'utilité, la voilà peut-être. En l'ouvrant, je découvre quelques médailles de gym, des figurines en pâte à sel ainsi qu'une fiole pleine de sable guadeloupéen datant de mon dernier voyage là-bas avec mes deux parents, à l'été 2007. Ces reliques cachent une liasse de bulletins scolaires recouverts d'appréciations dithyrambiques, donnant raison à ma mère sur mon image de petite fille modèle.

« Alicia est une enfant appliquée, très réfléchie. Malgré sa timidité, elle est en train d'acquérir un certain sens de l'humour… Enfant pleine de qualités que l'on regrettera ! »

La seule surprise est de découvrir mes bonnes notes en sciences, jusqu'au collège. Ma mère m'a tellement rabâché que je n'étais pas faite pour ça qu'à la première difficulté, sa prophétie s'est autoréalisée et j'ai mis ces matières de côté. Que serais-je devenue si j'avais persisté dans cette voie ? Si, plus tard, je n'avais pas rejoint une fille dont j'étais amoureuse dans des études de marketing qui ne m'emballaient pas ?

Ma fouille continue. Je sors quelques dessins avec beaucoup de soleils et de maisons à cheminées vu qu'il semblerait que je ne savais dessiner que ça. Sur l'un d'entre eux, je tente de me représenter aux côtés de mon père avec un sourire démesuré. « Bonne fête au meilleur de tous les papas ! Je t'aime fort fort fort ! » est écrit au milieu d'une multitude de cœurs.

Je réprime des larmes et concentre mon attention sur les photos de classe rangées en dessous. Sur la plupart, je suis la seule métisse, arborant fièrement des tresses élaborées. Je scrute chaque photo en cherchant le garçon avec qui je me battais dans mon souvenir du jeu de billes, mais impossible de le retrouver.

À côté de moi, sur presque toutes les photos se trouve Nawel, ma meilleure amie de l'époque. Le carton est rempli de lettres et de cartes postales qu'elle m'a envoyées au fil du temps. Je les relis avec un sourire attendri même si je n'en comprends pas la moitié.

Nawel a été ma seule amie de Franche-Comté avec qui je suis restée en contact jusqu'à l'adolescence. Après la mort de mon père, tout nous rappelait son absence dans notre maison alors ma mère a accepté du boulot en région parisienne et on a déménagé à Aulnay-sous-Bois. Forcément, c'était beaucoup moins bucolique. Je lui en ai toujours un peu voulu de m'avoir emmenée là-bas. Au lieu de m'aider à guérir, ça m'a isolée un peu plus. Je n'avais plus de père, plus d'amis… je ne me sentais à ma place nulle part. C'est aussi à l'adolescence que j'ai découvert mon homosexualité, histoire de me donner un petit challenge de vie en plus.

Les lettres qu'on s'envoyait avec Nawel m'ont aidée à tenir, les premières années. Au début, on a gardé un rythme soutenu puis, arrivées au lycée, elles se sont de plus en plus espacées, jusqu'à l'arrêt total. C'est elle qui a envoyé la dernière lettre. Encore aujourd'hui, je me sens un peu coupable de ça.

Nawel pourrait-elle, d'une manière plus neutre que ma mère, m'éclairer sur mon enfance ? Donner un sens à mes nouveaux souvenirs ?

Parce qu'on est toutes les deux de grosses *boomers*, je me lance dans une recherche Facebook et la retrouve sans difficulté. Malgré les années, je reconnais sa bouille de rêveuse un peu perchée, ses yeux verts et ses longs cheveux lisses. Sa page n'offre que peu d'informations publiques si ce n'est un lien vers sa boutique de bijoux artisanaux. Je lui envoie une demande en ami qu'elle ne tarde pas à accepter.

« Alicia ! Ça me fait trop plaisir ! Qu'est-ce que tu deviens ??? Et SURTOUT, que me vaut ces retrouvailles virtuelles ? »

Avant de répondre à Nawel, j'inspecte son profil afin d'établir à quel point elle est plus épanouie que moi. Ce qui est sûr, c'est que nous avons évolué dans des directions très opposées. Elle n'a pas quitté la Franche-Comté, est mariée, a deux enfants, mange sainement et fait du yoga. Ses publications sont remplies de photos de famille idéale et de pensées positives du genre « fais de ta vie un rêve et d'un rêve une réalité ». Si je ne la connaissais pas, je la détesterais un peu.

Je lui résume brièvement ma situation en enjolivant le tout puis lui mentionne mes faux souvenirs. Celui des billes et les autres. Nawel me répond instantanément.

« C'est dingue ce que tu me dis ! Il faut absolument qu'on s'appelle. Ou mieux ! Viens me rendre visite si tu ne bosses pas en ce moment. Tu ne vas pas me croire mais il m'arrive exactement la même chose. »

8

Je n'hésite pas longtemps avant d'accepter l'invitation de Nawel. J'ai du temps, la bougeotte et surtout l'espoir que retourner dans ma ville d'enfance stimulera ma mémoire. J'ai aussi très hâte d'entendre ce que Nawel va me dire sur ses propres faux souvenirs. Sont-ils liés aux miens ? Est-elle hantée par un homme sans visage, elle aussi ?

Direction l'A6 pour une route de quatre heures. Une chape nuageuse dément la prétendue autoroute du Soleil sur l'ensemble du trajet. Proust a sa madeleine, je me contente aujourd'hui d'un panneau de signalisation indiquant notre proximité avec Besançon, ou Besac, comme on dit ici. Je n'étais jamais revenue depuis mon déménagement.

Avant de rendre visite à Nawel, je me perds dans les rues d'École-Valentin, ce bourg où j'ai passé mes plus belles années. Sortie de l'autoroute, c'est un vieux mur en moellon recouvert de lierre qui m'y emmène. Je longe une grande zone industrielle et finis devant le Megarama, le cinéma multiplex de la ville. Quand j'étais gamine, les places étaient chères alors la moindre séance, c'était jour de fête. *Le Monde de Nemo*, *Le Pôle express*, *Charlie et la chocolaterie*... Je me rappelle tous les films que j'ai vus avec mes parents mais aussi ceux qu'ils m'avaient interdits, comme *Sleepy Hollow* ou *Sixième Sens*. J'ai passé tellement de temps à les imaginer à partir de leurs affiches qu'ils sont restés gravés dans mon esprit, encore plus peut-être que si je les avais visionnés à l'époque. Quand je les ai découverts de nombreuses années plus tard, j'étais déçue qu'ils ne correspondent en rien à l'image que je m'en étais faite.

Je m'enfonce dans les rues pavillonnaires et traverse le simili centre historique d'École-Valentin. Il comprend une minuscule église au clocher noir dans laquelle ma mère me traînait parfois ainsi que de majestueux bâtiments ayant abrité des missionnaires, au XIXe siècle. Ce sont aujourd'hui des entreprises qui les occupent, avec une mission pécuniaire plus assumée. Ils jouxtent un château où j'adorais me balader, petite, tant il titillait mon imaginaire. Je crois qu'il a été le lieu d'une bataille historique mais impossible de me rappeler laquelle. Je l'ai d'ailleurs sûrement inventée.

C'est si étrange de me retrouver ici, seize ans après. Tout me paraît tellement loin, mon enfance comme ma vie actuelle. Sous mes yeux, la commune se confronte à ma mémoire et me confirme à quel point elle est branlante. Rien ne correspond vraiment, comme si les architectes avaient tenté de recréer la ville à partir d'une vague description de mes souvenirs. Seule la mairie me paraît fidèle. En revoyant la succession de marches qui la devancent, j'ai soudain un flash. Je me revois les sauter en skate pour faire taire un garçon, me vautrer et finir à l'hôpital avec le genou ouvert.

Ce souvenir sonne à la fois vrai et totalement inconcevable. Moi, la pire des flipettes, tenter une telle cascade ? Je ne suis même pas sûre de m'être déjà essayée au skate. Instinctivement, je relève tout de même mon pantalon au premier feu rouge pour vérifier la présence d'une cicatrice. Évidemment, il n'y a rien.

Un peu plus loin, je tombe sur mon ancienne école primaire. La grille donne directement sur la cour, avec son unique jeu d'enfants et sa marelle multicolore dessinée au sol. Je m'aperçois que j'ai assez peu de souvenirs de ma scolarité ici, si ce n'est qu'on avait gagné un tournoi départemental de balle au prisonnier. C'est toujours le premier truc qui me revient à l'esprit quand je pense à cette période, je ne sais pas pourquoi. À croire que je n'ai jamais rien accompli d'aussi intense, depuis.

Je me gare à proximité et m'efforce de me remémorer un épisode plus significatif. Une sonnerie annonçant la récréation retentit puis une horde d'enfants se rue dans ma direction.

Je me revois à leur place. Une foule de parents attendent à l'extérieur. J'aperçois l'homme sans visage, tourné vers moi. J'ai l'impression qu'il m'observe comme on observe un animal au zoo. Là encore, plus je me concentre et plus il devient flou. Je n'en ai aucune envie mais je m'approche quand même de lui, contrainte par une force invisible. Et puis mon souvenir s'arrête.

Seuls mes parents venaient me chercher à l'école, j'en suis sûre. L'existence même de cet homme n'a aucun sens. Je rejoins ma voiture, frustrée. L'impression désagréable que mon passé n'est qu'un mensonge.

9

Arrivée devant le pavillon de Nawel, je me gare près d'un tas de bois et appuie sur le bouton de l'Interphone. Des roses trémières et de la lavande embaument l'air. Pendant que la sonnerie résonne, je remarque que le jardin abrite une piscine tubulaire dont l'eau scintille sous le soleil. Je me souviens que, petite, les parents de Nawel en avaient déjà une que je squattais allègrement l'été. Malgré la température, cette vision me donne envie de replonger en enfance.

– Hello ! C'est Alicia.

– Oh, coucou ! Ça fait trop bizarre d'entendre ta voix. Entre, j'arrive !

J'ouvre le portillon et retrouve Nawel, euphorique, avec un bébé dans les bras. Elle porte une blouse en lin brodée ainsi qu'un pantalon large et fin, proche du sarouel. Des bijoux que j'imagine être de sa confection complètent sa tenue, partout où c'est possible d'en mettre.

– J'y crois pas ! dit-elle en me voyant.

Je me penche pour l'embrasser. Sa peau dégage une légère odeur de plantes aromatiques. Apeurée, sa fille se recroqueville dans ses bras.

– Je te présente la petite dernière, Juliette. Le plus grand est avec son père, en forêt. Trop contente de te voir !

– Moi aussi ! Coucou Juliette… Elle est trop mignonne. Quel âge elle a ?

– 18 mois.

Foutus parents qui comptent en mois. Ils ne peuvent pas dire un an et demi, comme des gens normaux ?

– Ça va ? Elle fait ses nuits ?

– Elle, oui. Moi, non. C'est la pleine lune en ce moment, qu'est-ce que je dors mal.

Nous traversons une allée bordée de haies taillées avec précision menant à la porte d'entrée. Une fois dans sa maison qui doit faire dix fois mon appart parisien, Nawel récupère une limonade concoctée pour l'occasion. Dans le jardin, je retrouve la piscine mais aussi un potager, une balançoire, un salon d'extérieur… Il y a même une mare abritant des grenouilles. Moi qui étais si fière d'avoir trouvé une table qui tenait sur mon balcon, je redécouvre la notion d'espace.

– T'as vu, j'ai même des framboisiers ! T'adorais les framboises toi, non ?

Je suis toujours sur le cul quand des gens se souviennent de détails aussi aléatoires à mon sujet alors que je galère à retenir le moindre prénom. Je ne sais pas si ça fait de moi une connasse ou juste quelqu'un avec une très mauvaise mémoire, mais c'est toujours gênant à vivre.

En une framboise, j'ai 10 ans à nouveau, comme si je n'étais jamais partie. Nawel ravive le passé avec des anecdotes inépuisables, façon vieille sage du village. Je suis bluffée par leur précision déconcertante même si, en toute honnêteté, elle pourrait inventer la moitié des détails sans que je m'en rende compte. Parfois, Juliette nous interrompt avec des « teau-teau » signifiant que l'heure de son goûter est proche. Vu que Nawel n'évoque pas la question des faux souvenirs, je me retiens de le faire, de peur qu'elle ne découvre que ma visite est purement égoïste.

Nous remontons la ligne du temps jusqu'à notre vie actuelle. Nawel me détaille la sienne, ses deux années à Bali, son retour en Franche-Comté et la rencontre avec son mari. Je recoupe visuellement son récit avec tous ses posts Facebook aperçus avant de venir.

– Ça fait dix ans que j'attendais ma fille. Je la connaissais avant même qu'elle soit née.

Elle a l'air sereine et épanouie même si toujours un peu perchée. Par jalousie, je ne peux m'empêcher quand vient mon tour de tout survendre : mon ancien boulot, ma vie sociale, mon chômage actuel « qui me permet de me reconnecter à l'essentiel ». Nawel semble sincèrement heureuse pour moi, amplifiant mon sentiment de honte.

Pour changer de sujet mais aussi par impatience, je me décide enfin à évoquer mes faux souvenirs.

– Tu me disais que t'en as, toi aussi ?

– Ah, oui, pardon ! Je te raconte ma vie et j'oublie pourquoi t'es venue.

– Non, non, t'inquiète. C'est juste que je t'avoue que ça me travaille pas mal, en ce moment.

– Je comprends. Moi ça m'arrivait en rêve, au début, mais maintenant ça vient aussi pendant la journée.

– Et tu vois quoi ?

– Des conneries. Tu te souviens de Lucien ? Un petit

blond qui était avec nous, en primaire ? Son père était informaticien.

– Vaguement.

– J'ai plein de souvenirs qui me reviennent avec lui. Même des vacances ensemble.

– Mais c'est jamais arrivé ?

– Ben, non. En tout cas, les vacances, c'est sûr que non. Je l'aimais bien mais on n'a jamais été si proches.

– Putain, c'est fou.

Je sais que ce n'est pas si fou. Que si j'en crois Antoine, ce souvenir anodin a pu facilement être créé à partir d'une multitude d'éléments, vingt ans plus tard. Le souvenir d'autres vacances, le récit d'une amie, le chapitre d'un livre, même. Pourtant, entendre Nawel me le raconter me libère d'un poids énorme. Enfin, je ne me sens plus seule.

– Je me vois faire de la danse classique, aussi. Je n'ai jamais fait de danse classique. J'aurais bien aimé mais je n'en ai jamais fait.

– Et il n'y a pas quelqu'un de bizarre qui revient dans tes souvenirs, par hasard ?

– C'est-à-dire ?

– Il y a un mec qui revient tout le temps dans les miens mais je n'arrive pas à voir son visage, comme si ma mémoire l'avait effacé. Tout à l'heure, devant l'école, j'ai eu un souvenir où il venait me chercher.

– Ce n'est pas ton père qui venait te chercher, normalement ?

– En primaire c'était lui, oui.

Nawel évite mon regard, un peu gênée. Je m'inquiète.

– Qu'est-ce qu'il y a ?

– Non, rien.

– Vas-y, dis-moi. Je t'assure que je suis prête à tout entendre.

– Non c'est con mais… Tu sais à quel point j'adorais ton père ?

– Ouais…

Mon cœur se met à palpiter. J'ai très peur de ce qu'elle va m'annoncer.

– C'est juste que j'ai toujours trouvé qu'il y avait un truc bizarre, avec lui. Tu sais, moi je suis une hypersensible empathe donc je ressens pas mal de trucs que les autres ne sentent pas.

Je m'imagine l'étrangler mais je me retiens. Pas devant sa fille. Je fais donc un effort considérable pour prendre sur moi et lui répondre de manière calme.

– Comment ça, bizarre ? Genre malsain ?

– Non, non, pas malsain. Mais il y avait un truc que je ne sentais pas, je ne sais pas comment l'expliquer. C'est une question d'énergie. Après, ça n'a peut-être rien à voir, hein.

– Donc toi non plus, tu n'as aucune explication valable à tes faux souvenirs ?

J'ai perdu tout sourire. Nawel le sent. Après tout, elle est « hypersensible empathe ». Elle se ressert un verre de limonade et me répond, mal à l'aise.

– Pas vraiment. Je me suis dit qu'avec la naissance de ma fille, ça me replongeait dans ma propre enfance. Les bons côtés, les regrets… Mais j'essaye de ne pas trop m'y attarder. Le passé, c'est le passé, ce qui compte c'est le présent, tu ne crois pas ?

– Je t'avoue que j'ai du mal à me focaliser sur le présent alors qu'il m'arrive ce genre de trucs. Je n'ai pas d'enfants pour m'occuper, moi. Je ne fais que penser, en ce moment.

– T'as l'impression de ne pas pouvoir avancer ?
– C'est un peu ça, oui.

Nawel s'étale sur sa chaise de jardin molletonnée et croise les jambes. Alors qu'elle réfléchit, un vent léger fait vibrer un carillon accroché au chêne, derrière elle. Les gazouillis d'oiseaux viennent parfaire cette ambiance de retraite bouddhiste.

– Tu sais, parfois, il y a un truc dans notre passé qu'on refoule et qui bloque tout le reste. On ne s'en rend même pas compte parce que ça tient de l'inconscient. T'as déjà essayé l'hypnose ?

10

Je n'ai jamais été tentée par l'hypnose mais je crois à peu près en son efficacité depuis que ma pote Amina a arrêté de fumer, grâce à ça. Une fois rentrée à Paris, je nourris Billie puis saute sur mon ordinateur à la recherche d'un hypnothérapeute autour de chez moi. Tous ceux que je trouve sont extrêmement bien notés, à croire qu'ils terminent chaque séance en suggérant à leur patient endormi de laisser un avis positif. Je choisis donc le plus proche, un certain Ludovic Entrame, et découvre de nombreux témoignages de son don extraordinaire. Tous leurs auteurs affirment que ce praticien serait parvenu à débloquer chez eux des souvenirs enfouis les empêchant d'avancer. Ils se disent libérés et plus heureux grâce à lui. Je ne fais pas forcément confiance à ce genre de commentaires mais au moins personne n'alerte qu'Entrame a essayé de les toucher pendant qu'ils étaient dans un état second.

De toute façon, je n'ai rien à perdre. Enfin si, soixante-dix balles, le prix de la séance. Heureusement que j'ai négocié une bonne prime de départ de mon précédent taf.

*

La salle d'attente est vide. Parfait, ça ne fera aucun témoin. Autour de moi, tout est pensé pour dégager un sentiment de plénitude, des motifs floraux délicats du papier peint aux photographies représentant une mer calme et infinie. Je m'assois sur l'un des fauteuils rembourrés. Il est tellement confortable que j'hésite à tout annuler pour le ramener chez moi.

– Madame Viotty ?

L'hypnothérapeute m'accueille dans une tenue bien plus sobre que je ne l'aurais prédit. Pantalon noir et chemise blanche. Son cabinet est dans un style similaire à celui de la salle d'attente, peint dans des tons neutres et réconfortants. Au centre de la pièce, un fauteuil incliné m'attend, tourné vers un petit bureau sur lequel j'aperçois une poignée de cristaux, des bougies et une magnifique montre à gousset.

– Que puis-je faire pour vous ?

– C'est un peu compliqué à expliquer mais depuis quelque temps, j'ai des souvenirs qui ne sont pas les miens. Ils me paraissent vrais mais je sais aussi que je n'ai jamais vécu ces moments-là.

– Ce seraient des souvenirs que vous auriez pu oublier ou refouler, selon vous ?

– Je ne crois pas, mais je vous avoue qu'à ce stade, je suis complètement perdue.

L'hypnothérapeute sourit et m'invite à m'installer. J'hésite. S'asseoir sur le fauteuil d'un professionnel, que ce soit un psy ou un dentiste, c'est toujours le risque de finir en larmes.

Résignée, je m'allonge et je tente, pour une fois dans ma vie, de me vider l'esprit. Entrame m'explique de sa voix grave comment va se dérouler la séance puis me demande de fermer les yeux.

– Vous plongez dans un océan de calme, vous enfonçant dans les profondeurs de votre âme, dans cette partie secrète de vous-même, dans un monde de plénitude et de silence…

La lenteur de sa voix m'agace. Si elle sortait d'une application de méditation, je l'aurais déjà désinstallée. Mais je suis là alors maintenant, il faut que j'assume. J'essaie donc tant bien que mal de dépasser mes *a priori* et de coopérer, afin de ne pas être venue pour rien. Je n'ai pas oublié le prix de la séance.

– Vous vous enfoncez profondément, toujours plus profondément, au-delà de votre conscience, pour rejoindre un lieu qui ne contient que vos souvenirs les plus intimes.

Je me sens basculer dans un état second, pleinement consciente mais protégée de tout élément extérieur, comme dans une bulle. L'impression d'être enfin munie d'un fil d'Ariane pour me repérer dans ce labyrinthe mental.

– Vous arrivez dans un long couloir contenant des portes à perte de vue, chaque porte menant vers l'un de vos souvenirs. Rapprochez-vous de celle qui vous attire le plus et ouvrez-la. Que voyez-vous ?

Sans vraiment comprendre pourquoi, je me dirige vers l'une de ces portes imaginaires, comme aimantée. Je l'ouvre avec appréhension, angoissée par ce que je m'apprête à découvrir. C'est une chambre d'enfant qui se dessine. Je ne la reconnais pas pourtant, je m'y vois gamine, assise contre un mur. Inconsolable.

– Je… Je suis petite, peut-être une dizaine d'années. Je

suis dans ma chambre et je pleure. J'essaie de m'arrêter mais je n'y arrive pas. À l'extérieur, j'entends deux personnes qui se crient dessus. Je... Je crois qu'ils parlent de moi.

– Que faites-vous ensuite ?

– J'attends jusqu'à ce que les cris s'arrêtent. Le silence revient puis j'entends des bruits de pas. La porte de ma chambre s'ouvre. C'est... Je crois que c'est ma mère qui vient me voir.

Pour la première fois, je visualise une personne familière dans l'un de mes souvenirs. C'est bien ma mère que je vois, avec vingt ans de moins. Pourtant, je ne reconnais ni la chambre ni sa décoration.

– Ma mère me console mais la porte s'ouvre à nouveau. C'est un homme qui entre.

– Qui est cet homme ?

Je me focalise sur lui, avec la même concentration que si je tentais de déchiffrer une langue inconnue. Son visage se dévoile alors peu à peu.

– Je ressens une forte connexion entre lui et moi mais... Je ne sais pas, je ne le reconnais pas. Il ne ressemble pas à mon père. Il est plus fin, avec des lunettes... Ses cheveux sont plus courts... Les traits de son visage sont complètement différents.

– Et que fait-il ? Il vous console aussi ?

– Non... il... il me crie dessus. Il me dit qu'il n'a pas le temps de supporter mes crises, que son travail est plus important que mes caprices. Qu'il attend mieux de moi. J'ai l'impression qu'à tout moment, il va se mettre à me gifler. Je suis terrorisée. Ma mère s'interpose et lui demande de se calmer. Elle... Je crois qu'elle l'appelle Isaac.

– Isaac ? C'est un prénom qui vous dit quelque chose ?

– Non… Je ne connais aucun Isaac.

Tandis que je reprends mes esprits, la confusion laisse place à l'évidence et mon cœur s'emballe.

C'est lui.

L'inconnu que j'ai vu au côté de ma mère, celui qu'elle appelait Isaac. C'est l'homme sans visage qui s'expose enfin.

11

Sous le choc, je me redresse, prête à m'enfuir.

Je viens enfin de découvrir l'homme sans visage, et pourtant, je suis toujours incapable de l'identifier. Pourquoi est-ce si difficile alors qu'au fond de moi, je suis persuadée de le connaître ? Et où se trouvait mon père dans ce souvenir ? Est-ce qu'il était déjà mort ? La pire des hypothèses s'incruste alors dans mon esprit, comme un squatteur que je rêve d'expulser. Et si j'avais enfoui ce souvenir parce qu'il m'avait traumatisée ? Et si mon cerveau avait inventé le personnage d'Isaac pour remplacer mon père et refuser d'admettre la vérité ? Refuser d'admettre qu'il n'était pas si parfait. Que depuis sa mort, je l'ai idéalisé au point de refouler tous ses mauvais côtés ?

À bout de force, j'avorte la séance. Je me rappelle qu'au cours de notre conversation, Antoine m'avait prévenue des dangers de l'hypnose. Des thérapeutes avaient réussi à faire croire les pires horreurs à leurs patients, comme des drames incestueux que leur mémoire aurait dissimulés. Par peur, je paye et je quitte les lieux, me jurant de ne jamais revenir.

Je ressors dans une petite rue du Ve arrondissement, au pied de la Grande Mosquée. D'habitude, j'adore y traîner pour savourer un thé à la menthe dans la sérénité du jardin intérieur. Aujourd'hui, tout m'agresse. La blancheur éclatante de ses murs blancs en stuc m'éblouit. L'imposant minaret qui s'élève jusqu'au ciel m'oppresse. Je trouve les gens trop bruyants. Je n'arrive pas à me calmer. J'étouffe. Perdue dans mes pensées, chaque klaxon manque de me donner une crise cardiaque. Je ne sais pas qui est le connard qui a inventé ce truc mais je le déteste. Je respire profondément et tente de me convaincre que mon souvenir est faux. Que tout est faux. Je me persuade d'arrêter les conneries et de consulter un vrai médecin, sans bière à la main, cette fois. Mon corps, lui, encore sous l'effet de la séance, n'en croit pas un mot. Ce souvenir paraissait si réel que j'en ai mal au ventre. Sur un coup de tête, j'appelle ma mère pour qu'elle abonde dans le sens de la raison.

– Allô ?

– Allô maman, ça va ?

– Oui ça va et toi, ma puce ?

– Pas vraiment. Tu ne vas pas me croire mais je sors d'une séance d'hypnose, là.

– Ah bon ? Tu fais de l'hypnose toi, maintenant ?

– C'était la première et la dernière fois, je te rassure. C'est juste que pendant la séance, il m'est venu un souvenir bizarre.

Je lui décris la scène en question du mieux que je peux ainsi que l'homme qui me criait dessus. Ma mère m'écoute sans rien dire. Je ne sais pas si c'est parce qu'elle est troublée par ce que je lui raconte ou parce qu'elle est déjà en train de me réserver une place en maison de repos.

– Je crois que tu l'appelais Isaac. Ça te parle ? Tu connaissais un Isaac quand j'étais petite ?

Aucune réponse de ma mère, je n'entends plus qu'un léger grésillement.

– Allô ?

Je pars à la recherche d'un endroit silencieux et vérifie sur mon téléphone que l'appel est toujours en cours.

– Allô maman ? Tu m'entends ?

– Désolée ma puce, je dois raccrocher. Je te rappelle plus tard, d'accord ?

– Quoi ? Allô ?

Je vérifie à nouveau l'écran de mon téléphone. Cette fois, l'appel a bien pris fin. Je reste bloquée, la bouche légèrement ouverte à me demander ce qui a bien pu pousser ma mère à raccrocher. Une véritable urgence ou le récit de mon souvenir ?

Je reprends ma route, le cerveau en surchauffe. Sans réfléchir, je m'engouffre dans le Jardin des Plantes. Une classe se presse devant le musée d'Histoire naturelle pour son exposition consacrée aux félins. Je fuis le cri des enfants et rejoins les allées fleuries, tentant d'absorber le calme qu'elles dégagent. Arrivée au niveau de la ménagerie, un message de ma mère vient stopper mon avancée : « Est-ce que c'est l'homme que tu as vu ? »

La question est suivie d'une photo qui manque de me faire lâcher mon téléphone. Sur celle-ci, je reconnais immédiatement Isaac.

« Oui ! C'est qui ? »

Complètement figée, je fixe alors pendant quelques

interminables secondes les trois petits points mouvants qui indiquent qu'elle est en train d'écrire sa réponse. Une danse hypnotique, insolente. J'imagine tout ce que ces trois petits points peuvent cacher. J'invente des dizaines de scénarios improbables, de plus en plus pessimistes. Et puis soudain, la sentence tombe.

« Viens me voir, il faut qu'on parle. »

12

Je cours jusqu'à mon appart pour récupérer les clés de ma Prius et je m'empresse de rejoindre ma mère, maudissant tous les riverains qui m'ont forcée à me garer au bout de la rue des Peupliers, à presque dix minutes de chez moi. Une fois à l'intérieur, j'allume la clim pour évacuer la sueur que j'ai accumulée pendant le trajet. Peine perdue. Rien que d'imaginer ce qui m'attend réactive illico ma transpiration.

Ma mère et moi avons eu une relation assez conflictuelle pendant mon adolescence mais depuis, je la qualifierais de cordiale. Quoi qu'il arrive, je ne l'ai jamais surprise en flagrant délit de rétention d'informations. Cela rend son dernier message particulièrement énigmatique. Une partie de moi est soulagée d'espérer enfin une explication, mais l'autre, bien plus dominante, sait qu'elle sera difficile à accepter. De toute manière, ma curiosité maladive m'empêche de faire marche arrière. J'ai toujours préféré la froideur de la vérité à la douceur de l'ignorance.

*

Ma mère habite encore à Aulnay-sous-Bois, dans un petit appart qu'elle redécore continuellement. Malgré sa mauvaise réputation, le principal défaut de cette ville reste à mes yeux d'avoir accueilli mon adolescence. Je sais maintenant que les années qui ont suivi la mort de mon père auraient été difficiles, peu importe où je les aurais passées, mais à l'époque, je n'avais qu'un seul objectif en tête : partir. Je l'ai fait à 18 ans et depuis, aucun de mes retours ne m'a réconciliée avec l'endroit. L'aigreur de ma jeunesse est désormais remplacée par la simple flemme de la route et du périph' constamment bouché, comme aujourd'hui. Je bous intérieurement. Si je n'aimais pas autant ma voiture, je l'abandonnerais en plein milieu des embouteillages, comme Michael Douglas dans *Chute libre*. Mon GPS mental m'indique que j'en ai encore pour plus d'une heure de route. Toutes les bonnes choses se méritent, mais parfois, les mauvaises aussi.

Une fois libérée des bouchons, la nervosité force de nouveau mon cœur à battre à une cadence anormale. L'autoroute A3 et ses murs antibruit tagués s'étirent à l'infini, si bien que je me demande si j'arriverai avant que ma mère ne se couche.

Enfin sortie, j'entre dans Aulnay-sous-Bois et salue de la tête un vieil ami, le McDo de la rue Charles-de-Gaulle, celui qui ressemble à une minuscule gare et dont le McDrive est ouvert vingt-quatre heures sur vingt-quatre. Je pourrais jurer sentir son odeur de friture si réconfortante, malgré mes fenêtres fermées. Peu importe ce que m'avouera ma mère, je me rassure en me disant que je me consolerai avec une saine dose de *junk food* sur le chemin du retour.

Je remonte les rues pavillonnaires jusqu'à son immeuble, une bâtisse anonyme jouxtant le parc de la Roseraie. Comme la route, l'escalier menant au cinquième étage s'éternise, chacune des marches craquant sous le poids de mes pas décidés. Je m'arrête devant le paillasson en forme de tête de chat qui m'a servi de cadeau de crémaillère (ça me paraissait être une bonne idée, à l'époque) et je sonne. J'entends la radio s'éteindre puis la porte s'ouvrir.

– Coucou ma puce.

Ma mère m'accueille en robe de chambre, ses cheveux crépus et grisonnants maintenus en chignon. Elle est plus petite que moi, sa peau est légèrement plus sombre, mais notre ressemblance physique reste si évidente que j'ai l'impression de me voir, dans vingt ans. En temps normal, ce miroir vieillissant ne n'effraie pas. À 50 ans, ma mère a toujours cette grâce subtile qui donne l'impression que le temps glisse sur elle sans jamais vraiment l'atteindre. Le peu de rides visibles sur son visage est camouflé par l'intensité de ses yeux sombres cerclés d'un bleu saisissant. Sa bonne humeur omniprésente à en devenir énervante, parfois, achève l'illusion d'une jeunesse éternelle. Ce soir, pourtant, sa mine grave et fatiguée peine à cacher le poids des années.

– Coucou maman.

– Assieds-toi, ma puce. Tu veux boire quoi ?

– À toi de me dire. Je te demande un verre d'eau ou on passe au rhum direct ?

Elle se camoufle derrière un sourire de façade et se dirige vers la cuisine. À travers le mur, j'entends un voisin s'essayer à la guitare électrique. Je suis tellement sur les nerfs que j'ai envie de l'égorger. Pour me calmer, j'arpente le salon. Une quinzaine de photos encadrées offrent une rétrospective de la vie de ma mère. Sa jeunesse en Guadeloupe, ses treize années avec mon père ainsi que les nombreuses associations pour lesquelles elle a été bénévole. Comme pour les bénir, une croix de bois portant Jésus les accompagne. À côté, une imposante bibliothèque regroupe tous les livres qu'elle a accumulés au fil des années, des biographies pour la plupart. Artistes, sportifs, politiques... Ma mère a toujours préféré ce genre aux romans, comme si toute fiction était triviale à côté de ces récits de vie. Personnellement, je ne peux m'empêcher de comparer la mienne à ces destins incroyables, c'est pourquoi je les repose souvent au bout de quelques pages.

– Tu as fait quoi de beau aujourd'hui ? Tu as commencé à chercher du travail ?

Ma mère a profité du silence pour changer de sujet. Si je suis prête à entendre la vérité sur Isaac, elle semble beaucoup moins encline à la dévoiler.

– Il me reste un an et demi de chômage, je ne suis pas pressée.

Ma mère revient avec une carafe d'eau fraîche dans laquelle flottent trois rondelles de concombre et s'assoit en face de moi.

– Tu ne tournes pas trop en rond, à rien faire ? Faut t'occuper l'esprit.

– Non t'inquiète, ça me fait du bien de me reposer.

Ma mère acquiesce en me dévisageant, à croire que mon visage confirme ce besoin. Je ne parviens plus à contrôler mon impatience.

– Bon alors, on ne va pas tourner autour du pot toute la soirée, tu peux me dire qui c'est, cet Isaac ? J'ai l'impression que tu vas m'annoncer un truc horrible.

– Mais non, ma puce, rien d'horrible, rassure-toi.

Elle s'apprête à parler puis se ravise, préférant mâchouiller son pouce. Le silence s'étire, chaque seconde augmentant la tension palpable.

– Donc ?

– Isaac, c'est quelqu'un que j'ai rencontré quand j'étais encore au lycée.

Sa phrase se fraye un chemin hors de sa bouche avec une lenteur disproportionnée, comme si chaque mot lui demandait un effort considérable.

– C'était un homme très charmant déjà à l'époque, même si beaucoup le trouvaient bizarre. Il ne ressemblait pas aux autres garçons. Il était très intelligent et très curieux de tout. Passionné. Ça m'avait séduite.

– Ça veut dire quoi, que vous êtes sortis ensemble ?

– Oui, voilà.

– Avant papa, du coup ?

– Bien sûr, avant papa ! Au lycée et un peu après, quand il est parti faire ses études scientifiques et que moi je me suis mise à travailler dans la librairie de ton oncle. C'était la première fois que je vivais une relation passionnelle comme ça.

– OK… Mais je croyais que t'avais rencontré papa à ce moment-là, justement. T'as enchaîné les deux ?

– C'est un peu plus compliqué que ça… Mais avant que je t'explique, je veux que tu saches que si je ne t'ai jamais rien dit, c'est parce que j'ai toujours pensé que c'était mieux pour toi.

– Je vais juger ça par moi-même, si ça ne te dérange pas.

– Bien sûr.

Ma mère se tait en espérant que ça mette magiquement fin à la conversation. Chaque seconde de silence me tord un peu plus l'intestin.

– Enchaîne, maman, là. Je t'en supplie.

– Oui, excuse-moi ma puce, c'est juste que…

Elle prend une longue inspiration qu'elle doit espérer pleine de courage et se lance enfin, sans oser me regarder.

– Je te l'ai dit, avec Isaac, on était jeunes et on s'aimait très fort. On est restés plusieurs années ensemble et un jour, la vie a fait que… je suis tombée enceinte.

Je recule légèrement la tête de surprise. Évidemment, c'est la première fois que j'entends cette histoire.

– Je ne pense pas qu'on était prêts à être parents si jeunes, surtout lui, mais on a décidé de garder le bébé parce qu'on s'aimait et on s'est dit que c'était un cadeau du ciel.

– Attends, qu'est-ce que tu racontes, là ? Il lui est arrivé quoi, à ce bébé ? J'ai un frère ou une sœur cachée quelque part ?

– Non…

Elle me regarde enfin. Son sourire est rempli d'amour et de regrets.

– Il est devant moi, le bébé.

13

Les yeux de ma mère sont embués mais elle se retient de pleurer, comme lorsqu'elle m'a annoncé la mort de mon père, il y a seize ans. J'ai l'impression qu'elle le tue une seconde fois.

– Tu n'es plus un bébé…

– Pardon ? Tu es en train de me dire qu'Isaac, là, c'est mon père ?

Je sens les larmes monter en moi, en même temps qu'une rage incontrôlable. Ma mère tente de minimiser le choc, en vain.

– Bien sûr que non ! Ton père c'est ton père, c'est celui que tu as toujours connu, celui qui t'a élevée. Isaac, c'est… c'est juste ton père biologique, c'est tout.

– C'est tout ? C'est tout ?! Tu te fous de ma gueule ? C'est tout ? Et t'as attendu vingt-huit ans pour me dire ça ?

Le sol se dérobe sous mes pieds. Ma vision se trouble. Mon corps se met à flotter, la gravité n'a plus d'effet. En quelques phrases, ma mère vient de remettre toute ma vie en question. Vingt-huit ans de certitudes qui s'effondrent comme un immeuble qu'on aurait oublié d'évacuer. J'avais envisagé pas mal de scénarios en allant voir ma mère, mais certainement pas celui-là. Comment prévoir ce genre d'aveux ? Comment imaginer un seul instant que le père que j'ai tant aimé n'était pas réellement mon père ? Qu'on m'avait toujours caché la vérité à son sujet ?

– Pourquoi tu ne me l'as pas dit plus tôt ?

– Ça aurait changé quoi ?

– J'sais pas, peut-être tout ! Il est où, maintenant ?

– Après ta naissance, il est devenu très étrange. Il était toujours perdu dans ses pensées et parfois il s'absentait pendant des heures entières sans que je sache vraiment où il était. Et puis quand t'avais un mois, il m'a laissé une lettre disant que pour le bien de tous, il était préférable qu'il s'en aille. Je ne l'ai jamais revu après ça.

J'apprends du même coup que mon père n'était pas celui que je croyais et que le vrai est un véritable connard. J'ai envie de crier jusqu'à m'esquinter la gorge mais rien ne sort, même pas mes larmes.

– Je suis désolée, ma puce…

Ma mère pose sa main sur ma cuisse, sa chaleur me brûle. Je la repousse sans un regard. Je sens qu'elle aimerait me prendre dans ses bras pour me consoler mais l'idée me dégoûte.

– Et papa, il est arrivé quand ?

– Je l'ai rencontré peu de temps après. Je ne savais pas comment il allait se comporter en apprenant que j'étais déjà maman, mais il a été parfait. Il t'a tout de suite aimée, comme si t'étais sa fille de sang. Il n'a jamais sous-entendu une seule fois le contraire. Au bout de quelques années, on aurait cru qu'Isaac n'avait jamais existé. C'est pour ça qu'on ne t'a jamais rien dit. Ton père voulait mais moi j'ai toujours pensé que ça t'apporterait plus de mal que de bien. Ce n'était pas pour te mentir, tu comprends ? C'était pour te protéger.

Je reste mutique, impuissante, à l'écouter se noyer dans ses explications. Peu importe comment ma mère le tourne pour soulager sa conscience, je suis la fille d'un mensonge. Comment ne pas lui en vouloir ?

Soudain, un rayon de lucidité vient transpercer l'épais brouillard de colère qui recouvre mes pensées.

Cette histoire ne colle pas.

– Attends, attends… Si Isaac nous a abandonnées juste après ma naissance, comment je peux avoir le moindre souvenir de lui ?

L'espoir que toute cette confession soit fausse me donne l'énergie de relever la tête. Je me tourne vers ma mère avec la même intensité qu'un flic à deux doigts d'obtenir des aveux.

– Je ne sais pas, ma puce.

– Tu l'as revu après ? Il est passé me voir ?

– Non, je te l'ai dit, je n'ai jamais eu de nouvelles de lui.

Dans son regard, je perçois qu'elle dit vrai, mais pas tout. Ça a le don de m'énerver encore plus.

– Tu veux me dire autre chose ? Accouche maman, tu n'es plus à ça près.

– C'est juste que moi aussi, j'ai eu des souvenirs de lui, ces derniers mois. Je ne t'en ai pas parlé, forcément, mais de toute façon ils n'avaient aucun sens. Je le revoyais lui, plus vieux, comme s'il n'était jamais parti. Parfois tu étais là aussi, avec nous, mais tu n'étais plus un bébé, tu étais une petite fille ou une ado.

Je ne sais pas si entendre ça doit me rassurer ou m'inquiéter encore plus. Soit nous sommes folles toutes les deux, soit quelque chose de très étrange est en train de nous arriver.

– Et il se passait quoi dans ces souvenirs ?

– Je ne sais pas trop, des moments de vie. Quand je les ai eus, j'ai cru que c'était ma culpabilité de ne te l'avoir jamais dit qui ressortait. J'ai tout fait pour ne pas y penser et ils ont disparu. Mais quand tu m'as parlé d'Isaac au téléphone, tout à l'heure, je me suis dit que c'était un signe. Qu'il fallait que je t'avoue la vérité.

– Parce que sinon tu ne me l'aurais jamais dit ?

– Je ne sais pas, ma puce… Mets-toi à ma place.

– Mets-toi à ma place ?! Et toi, tu t'es déjà mise à la mienne, de place ? T'imagines un seul instant ce que je ressens, là ?

Je perçois désormais toutes ses réponses comme des provocations. Est-ce que j'aurais dû faire pareil et enfouir ces nouveaux souvenirs ? Les parquer dans un coin de mon cerveau et les entourer d'un ruban de scène de crime « *Do not cross* » ? Je n'aurais jamais découvert l'existence d'Isaac, jamais appris la vérité sur mon père. La douceur de l'ignorance ne me paraît plus si futile, désormais.

– Tu l'as encore cette lettre ?

– La lettre d'Isaac ?

– Oui. Tu l'as gardée ou pas ?

– Oui. Je ne sais pas pourquoi, je n'ai jamais réussi à la jeter.

– J'aimerais bien la voir, s'il te plaît.

Ma mère me fixe sans rien dire. Elle réfléchit sûrement à la manière de me convaincre d'y renoncer. En réponse, je durcis mon regard. Découragée, elle se lève et marche jusqu'à sa chambre. Je l'entends fouiller pendant un certain temps avant de revenir, une enveloppe jaunie entre les mains. Je la récupère de mes mains moites, sans un mot, et l'ouvre en tremblant.

14

« Mon amour,

J'ai le cœur brisé mais pour le bien de tous, je dois partir. Je ne peux te donner aucune raison que tu accepterais mais, crois-moi, cette décision est la seule possible. Malheureusement, j'avais raison. Sur tout. Prends soin d'Alicia, je vous aime toutes les deux. »

Je relis la lettre, encore et encore, afin de trouver un sens à ces mots qui ne font que se mélanger. Un puzzle éparpillé que je ne suis pas sûre de vouloir reconstituer.

– Raison sur quoi ?

– Je ne sais pas, ma puce. Je n'ai jamais compris de quoi il parlait.

La pièce semble se refermer sur moi, les murs sont trop proches, l'air trop épais. Prise de bouffées de chaleur, je me lève du canapé sous les yeux apeurés de ma mère qui pense me perdre à jamais.

– Tu vas où ?

– Loin. J'ai besoin d'être seule.

Ma mère me regarde partir, incapable de faire plus. Je quitte l'appartement et, sans m'en rendre compte, je me retrouve à l'intérieur de ma voiture. Il ne faudrait pas que je prenne le volant dans cet état mais je suis déjà en route.

*

Le soleil se lève et je n'ai dormi qu'une heure. Faire ce genre de révélation à une insomniaque revient à donner une dose illimitée de crack à une junkie. La soirée d'hier repasse en boucle dans ma tête jusqu'à me donner le tournis. J'analyse chaque mot de la lettre évasive d'Isaac, chaque phrase prononcée par ma mère. Je remets tout et tout le monde en cause. Ma mère, mon père, Isaac… mais surtout moi-même.

J'ai passé une bonne partie de ma vie et surtout ces derniers mois à me demander qui j'étais vraiment. Aujourd'hui, je comprends que c'était peine perdue. Tout ce que je croyais savoir sur mon passé n'était qu'une illusion, un tour de magie dont je viens de comprendre le truc. Tout me paraît factice, artificiel, presque insultant. Je repense à tous les « tu tiens ça de ton père ! » auxquels j'ai eu le droit dans mon enfance, tous ces mensonges que je gobais fièrement. Finalement, qu'ai-je hérité du père dont je partage les gènes ? Ma lâcheté ? Ma peur de l'engagement ? C'est comme si mon esprit, mon corps, n'étaient plus tout à fait les miens. Ce matin, je me sens si horrible que j'évite tous les miroirs de chez moi.

Je donnerais tout pour revenir en arrière et n'avoir jamais rendu visite à ma mère. M'arrêter au McDo d'Aulnay-sous-Bois, prendre un double cheese et faire demi-tour. Lui dire : « Oublie cette histoire d'hypnose, on s'en fout, je rentre me coucher. » Mais bien sûr, c'est trop tard. C'est trop tard pour tout, maintenant.

Ma mère me bombarde d'appels et de SMS mais je n'ai pas la force de lui répondre. À ma grande surprise, je n'ai même pas envie de fumer. Depuis mon réveil, une seule pensée m'obsède : il faut que je trouve Isaac. La logique me dicte que plus je creuserai et plus le trou sera grand, mais l'histoire ne peut pas s'arrêter comme ça. Je n'ai toujours aucune réponse à mes questions, aucune explication à mes nouveaux souvenirs. Si Isaac a un lien avec ce qu'il m'arrive, je me dois d'essayer de le retrouver. Sinon, je resterai juste dévastée, ne tirant aucun bénéfice de ces dernières semaines. Pire encore, je donnerai raison à ma mère de m'avoir toujours protégée de ce secret.

Malgré une réticence viscérale à lui parler, je me résous donc à la rappeler.

– Allô, ma puce ? Je me suis tellement inquiétée ! T'es bien rentrée ?

– Je suis rentrée, en tout cas.

– Tu ne sais pas à quel point je suis désolée pour…

– Maman, je n'ai plus envie d'en parler, là. On verra ça plus tard. Je t'appelle parce que je voulais savoir comment Isaac s'appelle. Son nom de famille.

– Pourquoi tu veux savoir ça ? Ça va te servir à quoi ?

– Putain, maman ! Tu n'as rien retenu de ce qu'il s'est passé hier, en fait ? Que ce n'est plus à toi de prendre les décisions à ma place ?

– Ce n'est pas ça, c'est juste qu'il ne vaut pas le coup d'être retrouvé. Ça ne t'apportera rien de bon.

– Je le sais, ça, mais je m'en fous. Donne-moi son nom, s'il te plaît.

J'entends ma mère soupirer derrière son téléphone. Elle sait que dans cet état, il ne sert à rien de discuter avec moi.

– Il s'appelait Lestat. Isaac Lestat.

15

Le nom d'Isaac en poche, j'allume mon ordinateur, convaincue qu'en quelques clics je trouverai tout sur lui. Je suis animée par le même mélange de curiosité et d'appréhension qu'avant de rendre visite à ma mère. Je m'attends à découvrir Isaac souriant sur une photo, en compagnie de sa nouvelle famille. Ou peut-être sur un avis de recherche international. Je déchante très vite. À part des pages étrangères et l'obscur profil Facebook d'un adolescent gothique, je finis dans une impasse numérique. Rien qui mentionne un « Isaac Lestat ». Rien, même, qui confirme son existence. Est-ce que c'est volontaire de sa part ? Est-ce qu'il a voulu disparaître totalement afin d'être sûr de ne jamais être retrouvé par sa casse-couilles de fille ? Ou est-ce qu'il lui est arrivé quelque chose ?

Mon ego blessé invente théorie après théorie, toutes plus invraisemblables les unes que les autres, pour expliquer son départ. Et si on l'avait forcé à nous abandonner ? Et si on l'avait tué en laissant une fausse lettre à ma mère pour brouiller les pistes ?

Dépitée, j'enlève les guillemets pour élargir ma recherche et tente toutes les variantes : Isac, Izac, Lesta, Lesttat… Des centaines de résultats sortent, allant du blog sur les vampires au compte rendu d'un tournoi de jeunes brasseurs. Je scrolle Google, clique sur « Plus de résultats » puis scrolle à nouveau dans un cycle interminable digne de celui de Sisyphe. Les pages défilent, floues et sans fin, me plongeant dans un océan d'informations inutiles. Billie se frotte à moi pour que je lui remplisse son bol de croquettes mais je préfère m'imaginer que c'est pour me réconforter.

Au bout de l'équivalent d'un kilomètre de résultats, l'un d'entre eux attire enfin mon attention. L'extrait provient d'un forum amateur nommé « L'effet Mandela [fr] ».

« Le proprio s'appelait Lesta je crois. Je sais plus son prénom. Isaac, un truc juif dans le genre. »

Je survole le reste du post. Il mentionne un accident dans la construction d'un hangar mais je n'y comprends pas grand-chose. Pour plus de contexte, je remonte à l'accueil du forum afin de comprendre sa raison d'être. En lisant la description, un frisson me traverse le corps.

« Avez-vous des souvenirs qui ne correspondent pas à ce qu'il s'est réellement passé ? Soyez rassurés, vous n'êtes pas seuls ! Bienvenue sur le premier forum francophone consacré à l'effet Mandela. »

16

Cette fois, ça ne peut pas être une coïncidence. Je parcours une longue page explicative avec une seule question en tête : *c'est quoi ce foutu effet Mandela ?*

Je découvre que cette expression a été créée en 2009 par une autrice spécialisée dans le paranormal du nom de Fiona Broome, persuadée à l'époque que Nelson Mandela était mort en prison, dans les années 1980. Le site explique qu'elle se rappelait parfaitement le jour où elle l'avait appris et les flashs info qui en parlaient. Sauf qu'en réalité, Nelson Mandela est mort chez lui en 2013, à 95 ans.

Ce qui est troublant c'est que, toujours selon le site, Fiona est loin d'être la seule à avoir ce souvenir. Elle s'en est rendu compte grâce à internet. Une communauté s'est alors créée et de nombreux souvenirs alternatifs sont venus s'y greffer, partagés par des milliers, parfois des millions de personnes, mais ne correspondant pas à notre réalité.

Ai-je enfin mon explication ? La suite de la description modère mon enthousiasme.

Déjà, le phénomène est principalement centré autour de la pop culture américaine donc loin de mes préoccupations. Le souvenir d'un film pour enfants qui n'a jamais existé, des répliques erronées, des noms de marques orthographiées différemment… Non, « Kit-Kat » n'a jamais eu de trait d'union, le bonhomme du Monopoly n'a jamais eu de monocle et la chanson « We are the champions » de Queen ne se termine pas par « *of the woooooorld* », même si j'ai dû faire un détour par Spotify pour le confirmer.

Ensuite, personne n'a réussi à avancer d'explication claire à ce sujet. Pour la majorité, il s'agit d'une simple combinaison d'erreurs et d'emballement mutuel, ce qui rejoint ce qu'a pu m'expliquer Antoine sur les faux souvenirs. Quand on est persuadé d'une chose, il est difficile d'avouer qu'on a tort, surtout quand d'autres personnes partagent le même avis. Certains, plus paranoïaques, affirment que nous sommes tous manipulés par le gouvernement et les Gafam qui triturent à leur guise notre mémoire collective. Il est vrai que sans internet, je perds une grande partie de la mienne.

Le forum en question a notamment pour mission de recenser les occurrences francophones, beaucoup plus rares. On y débat de tel ou tel événement historique pourtant irréfutable, on remet en cause tout et n'importe quoi. Certains internautes sont par exemple convaincus que François Mitterrand est mort pendant son deuxième mandat et non après. Vus de l'extérieur, tous ces messages sont difficiles à prendre au sérieux tant leurs auteurs sont incapables de se remettre en question.

« Je crois que je deviens folle. Je suis sûr et certaine qu'en seconde je parlais tout le temps de Kaamelot avec un pote du lycée, hors c'était en 2003 et selon internet la série n'a été diffusé qu'a partir de 2005. Bah non, sa colle pas, j'en parlais déjà avant et je suis pas la fille d'Astier. »

« Les amis, on est d'accord que le logo d'Adidas a 2 bandes, pas 3 ? Je suis convaincue que petite j'avais une paire avec deux bandes mais bien sûr, impossible de retrouver la moindre photo. »

« Vous avez remarqué que maintenant tout le monde écrit “bâiller” au lieu de “bayer” ? Ça me parait complètement faux, surtout avec l'accent circonflexe sur le a. Est-ce que d'autres personnes ici se souviennent que ça s'écrit “bayer” ? J'aimerais bien qu'on rétablisse cette orthographe dans la Bêta. À bon entendeur………… »

La lecture de ces messages me désespère. Est-ce que, moi aussi, ce que je raconte sur mes faux souvenirs ressemble aux élucubrations d'une personne bourrée ? Je me rappelle alors ce qui m'a amenée sur ce forum : le post mentionnant Isaac. Je retourne sur l'onglet correspondant et découvre qu'il fait partie d'une section dans laquelle les membres confessent des souvenirs plus personnels, relatifs cette fois à leur vie privée.

« Je commence à en avoir marre de toutes ces personnes qu'on croit mortes mais en fait non (célébrités ou personnes de mon entourage). Y a encore plus bizarre avec mes cousins, neveux, etc. Ils changent de sexe puis rechangent encore. Ou alors parfois ils existent dans la Bêta (j'ai des cartes de vœux de Noël pour le prouver) puis n'existent plus. Et leur famille n'en fait jamais mention ! WTF ? »

Le forum a quelques années mais la plupart de ces posts sont récents. En les lisant, je découvre un lexique propre à leur communauté : « NS » pour « nouveaux souvenirs »,

« Alpha » pour « réalité alpha », soit celle dont ils se souviennent à tort et « Bêta » pour « réalité bêta », soit celle que l'on vit actuellement.

Les souvenirs partagés sont bien moins anecdotiques que les miens ou ceux de Nawel. Plusieurs membres se souviennent avoir été mariés à une tout autre personne, d'autres parlent d'une carrière différente. Beaucoup n'en démordent pas et vont jusqu'à croire que ceux qui les contredisent leur mentent, y compris leurs proches. Malgré ma situation similaire, je ne peux m'empêcher de constater que cette accumulation de témoignages frise la surenchère. Les participants s'accrochent au moindre détail divergent pour se prouver qu'on les a trompés sur leur passé, jusqu'à l'obsession. Combien disent la vérité et combien rêvent juste d'une vie plus intéressante que la leur ? De se sentir spécial ?

Je retourne sur le message mentionnant Isaac. Il apparaît en réponse à un *thread* qui tente d'identifier un point de départ à l'apparition des faux souvenirs. C'est un certain Argos qui raconte son histoire. Sa photo de profil est tirée d'une fresque mythologique qui m'est inconnue. Elle montre un homme dont le corps est recouvert d'yeux.

« Personnellement, je sais exactement quand la réalité est partie en couille. Quand j'étais jeune j'ai participé à la construction d'un hangar pour un mec. J'ai eu un accident et j'ai perdu ma jambe. Depuis que mes NS sont apparus, ils me montrent toujours ma vie APRÈS l'accident. Mais sans l'accident, du coup. Avec mes deux jambes, vous captez ? Pour moi c'est lié, c'est obligé. »

Un autre membre lui demande alors pour qui il a construit ce hangar et à quoi il servait. C'est là qu'Isaac fait son apparition.

« Je sais pas à quoi il servait, c'est ça le truc ! Le proprio s'appelait Lesta je crois. Je sais plus son prénom. Isaac, un truc juif dans le genre. »

C'est le dernier message posté par Argos sur le forum.

17

Je n'ai aucune envie de m'identifier à cette communauté de tarés mais ai-je le choix ? Si cet Argos a la moindre information sur Isaac et mes faux souvenirs, je veux l'entendre. Je m'inscris donc sur le forum et lui envoie un message privé.

En attendant sa réponse, je passe le reste de la journée dans ma tête pendant que mon corps fait des allers-retours entre le lit et la cuisine, au même rythme que Billie. Je me concentre sur Isaac en me disant que maintenant que je connais son visage, d'autres souvenirs de lui, plus clairs, pourraient émerger. Quelques flashs me reviennent mais rien de significatif. Je repense alors au hangar mentionné par Argos et associe l'idée à Isaac, dans le but de provoquer une réaction fructueuse. Les bonnes synapses doivent se connecter car, dans la soirée, un nouveau moment oublié se manifeste.

J'ai l'impression d'être plus vieille que dans mes précédents souvenirs. Adolescente, peut-être même adulte. Je suis dans un hangar. Isaac est debout, devant moi, et je crois qu'on s'engueule à propos de son travail. Il me crie dessus et je lui réponds qu'il n'a jamais été capable de me traiter comme un être humain. Alors qu'il encaisse, je m'aperçois que nous ne sommes pas seuls. À côté, il y a une rousse avec un faux air de Winona Ryder dans Edward aux mains d'argent. *Elle a une vingtaine d'années et arbore un élégant tatouage de fleurs sur le bras. Je remarque qu'elle n'ose pas regarder Isaac dans les yeux.*

Qui est cette femme ? Une collègue d'Isaac ou une sœur cachée, peut-être ? Au fond de moi, je sens qu'elle est importante, peut-être même la clé de toute cette histoire. J'essaie de lui associer un nom mais comme pour Isaac avant ça, mon cerveau échoue lamentablement.

La nuit s'installe. Je sombre peu à peu dans une délicate apathie, renforcée par la fatigue qui me rattrape. Pendant de précieuses secondes, mes pensées se font plus douces. Elles deviennent superficielles, presque insignifiantes. Plus rien ne me paraît grave, tant que je peux garder les yeux fermés.

*

À ma grande surprise, je me réveille avec le sourire. Ça ne m'était pas arrivé depuis une éternité. En essayant d'en comprendre la raison, une réminiscence de mon dernier rêve surgit. La rousse au tatouage de fleurs. C'est elle, dont j'ai rêvé. On faisait du cheval ensemble, sur Mars. Je suis à peu près sûre, donc, que ce n'était pas un souvenir. Néanmoins, la sensation que j'ai en pensant à elle m'en dit long sur la nature de notre relation. Contrairement à Isaac qui m'inspire peur et colère, cette femme exalte en moi un sentiment de plénitude.

De nouveaux souvenirs d'elle, flous mais agréables, s'enchaînent alors. En sortant acheter à manger, l'un d'entre eux, plus distinct, me revient.

Il est tard et je monte dans un bus quasiment vide. À peine à l'intérieur, j'entends mon prénom et me tourne dans la direction de la voix. Je découvre la rousse, seule, ses Dr. Martens posées sur le siège en face d'elle. Je ne peux m'empêcher de fixer ses longues jambes nues, partiellement recouvertes par un short en jean. Par peur qu'elle ne s'en rende compte, je me dépêche de détourner le regard. Elle me sourit et m'invite à prendre place à ses côtés, comme si elle était chez elle. Les mèches de cuivre encadrant son visage dansent avec le mouvement du bus. Elle arrive à dégager une élégance folle tout en étant à moitié avachie, un exploit que je ne parviendrai jamais à accomplir. Je me plonge dans l'intensité de ses yeux verts et lui souris en retour.

Je crois qu'elle s'appelle Ève. En tout cas, c'est le prénom qui me vient instinctivement en reprenant mes esprits. De toute façon, je ne sais pas qui c'est ni même si elle existe vraiment donc je peux bien l'appeler comme je veux. Vu qu'elle correspond étrangement à ma vision de la femme idéale, je commence quand même à me demander si mon cerveau ne l'a pas inventée, histoire d'apporter un peu de gaieté à mes pensées actuelles.

De retour chez moi, je pose le sac contenant mon kebab mayonnaise sans oignon et récupère ma tablette de dessin. Maladroitement, je tente alors de reproduire le visage d'Ève avant qu'il ne s'efface. Mon manque de talent ne lui fait pas honneur mais je parviens tout de même à restituer certains de ses traits, suffisamment pour sourire bêtement en contemplant mon œuvre.

Alors que je déguste mes mille calories en pensant à elle, une notification réveille mon téléphone. Argos a répondu à mon message. J'essuie mes doigts gras avec une serviette en papier et je fonce sur le forum pour le consulter.

« T'as une preuve de ce que t'avances ? Que t'es la fille de Lesta ? »

C'est lui, le taré du forum, qui ne me fait pas confiance ? J'observe mon kebab, le dessin d'Ève et le foutoir qu'est devenu mon appart, ces derniers jours. Argos n'a peut-être pas tort de se méfier.

« Non, je n'ai pas de preuve. Il m'a abandonnée à la naissance. J'ai juste une photo que m'a envoyée ma mère. »

Je lui joins l'image et attends sa réponse en avalant une nouvelle bouchée.

« Il fait plus jeune mais je le reconnais. »

Son message est lui-même accompagné d'une photo de deux ouvriers devant un chantier. En arrière-plan, un homme de profil les regarde avec un air absent. Il ressemble à l'homme de mes souvenirs, à l'homme sur la photo de ma mère. Malgré la qualité discutable de l'image, j'en suis sûre : c'est Isaac.

« Tu peux me dire comment tu le connais ? C'est quoi cette histoire de hangar ? »

Sa réponse tarde à arriver. Je voudrais en profiter pour finir mon repas mais l'appréhension m'a coupé l'appétit. Ce n'est qu'au bout de plusieurs minutes qu'un long message s'affiche.

« À l'époque, je venais d'arrêter le lycée et j'ai rejoint l'entreprise de mon oncle comme ouvrier en bâtiment. Je débutais, j'avais pas beaucoup d'expérience. Un jour, Isaac nous a engagés pour construire une sorte de hangar, perdu dans la campagne. Fallait aussi le sécuriser et mettre en place une grosse installation électrique. Le truc, c'est que je ne savais même pas ce que je construisais. Le reste de l'équipe non plus. Isaac nous donnait juste assez d'infos pour qu'on puisse bosser mais pas plus. Le seul truc dont je suis sûr, c'est que l'installation électrique était trop importante pour que ça soit juste un hangar de stockage, tu vois ce que je veux dire ? »

À vrai dire, pas trop. Je cherche quoi lui répondre quand la suite apparaît.

« Un jour je suis tombé sur une fraise hydraulique, ça m'a broyé la jambe. Après ça, Isaac est devenu encore plus chelou. Il n'a pas voulu faire jouer les assurances et tout le bordel, alors on s'est arrangés et il m'a fait un gros chèque à la place. Le genre de somme que je ne pouvais pas refuser. »

« Et il existe toujours, ce hangar ? »

« Il est référencé sur aucune carte mais ouais, il est toujours là. Je suis retourné le voir y a pas longtemps. Tu veux que je t'y emmène ? »

La question me prend de court. Devant l'absurdité de la conversation, tout s'embrouille dans ma tête au point que je me demande si je suis vraiment en train de parler à Argos et non en plein rêve.

Je pèse intérieurement le pour et le contre en évaluant mes chances de finir trucidée au fond d'un ravin. En théorie, tout me pousse à refuser. Pourtant, comme si une autre Alicia venait de prendre le contrôle, je lui réponds : « OK. Maintenant ? »

18

Argos m'envoie une adresse pour que je passe le récupérer, à La Courneuve. Ce n'est qu'une fois dans ma voiture que je suis frappée par la dangerosité de l'idée. Je viens d'accepter de me laisser guider par un inconnu vers un endroit tout aussi inconnu, et ce dans le seul but de trouver une explication à mes faux souvenirs. En d'autres termes, je fais n'importe quoi.

Une fois sur le périph', je perds progressivement toute assurance. À chaque sortie, j'hésite à faire demi-tour pour rentrer chez moi. Même l'énergie du saxophone de Louis Jordan, dans mes enceintes, ne parvient pas à m'égayer. Seules des visions éparses d'Ève m'apportent un semblant de bien-être. Je m'y accroche de toutes mes forces si bien qu'en passant le canal de l'Ourcq, un nouveau souvenir d'elle me submerge.

La nuit tombe, je suis avec Ève sur un pont que je ne reconnais pas et on regarde les lumières de la ville. On se confie, on se chambre... Je lui dis que je me sens apaisée quand je suis avec elle. Soudain, elle se tourne vers moi pour m'embrasser. Mon estomac se noue, ma respiration se coupe. Par gêne peut-être, elle s'arrête avant d'atteindre mes lèvres. Pendant une seconde, j'hésite, puis je termine son geste.

Pour une fois, ce souvenir est si agréable que j'aimerais m'y replonger. Tout y est parfait, un peu trop, peut-être. Et puis merde, je m'en fous. Même si je viens de l'inventer, c'est toujours préférable à ceux d'Isaac.

Je traverse Aubervilliers via la nationale. Tout est en travaux, des routes aux bâtiments, donnant l'impression que la ville vient de subir un bombardement. Les grues et les engins de chantier se dressent dans un vacarme assourdissant. Arrivée à La Courneuve, je repère la sortie de métro que m'a indiquée Argos. Sur le mur de la galerie marchande qui la surplombe, une affiche géante rappelle dans toutes les langues que « la cigarette de contrebande tue le quartier ».

Je longe les rails du tramway, quelques taxiphones et épiceries indiennes, à la recherche d'un endroit où me garer. Une place entourée de bâtiments bariolés attire mon attention, dégageant une énergie positive dont j'ai désespérément besoin. Au milieu, quelques mecs fument des clopes ou boivent des bières en canette. Deux d'entre eux se tournent dans ma direction et me dévisagent, accentuant mon malaise. Je fuis leur regard et rejoins une impasse donnant sur la place, entre une école catholique et l'un des immeubles multicolores.

Une fois garée, j'envoie un message à Argos pour l'informer de ma position et coupe le moteur. Devant moi, une fresque murale montre une enfant marchant parmi les loups.

Me voilà donc à vingt kilomètres de chez moi, à attendre

quelqu'un dont j'ignore le vrai nom, rencontré sur un forum obscur. L'angoisse d'un *blind date*, sans fin heureuse possible. Je me surprends à stresser en regardant tout autour de moi, comme si j'avais rendez-vous avec un espion russe. Ça doit être un peu ridicule, vu de l'extérieur.

Au bout de dix minutes, un homme s'approche de la voiture et tape à ma fenêtre. Il n'est pas très grand, mal habillé avec un peu de bide et une barbe hirsute. J'en déduis donc que c'est soit un mec relou qui vient me draguer, soit le gars du forum.

– Alicia ? demande-t-il à travers la vitre.

C'est le gars du forum.

– Heu, oui. Monte.

Je déverrouille ma voiture et l'invite à s'asseoir, bien consciente que c'est l'une des idées les plus stupides que j'ai jamais eues. Derrière nous passe un vieux tramway vert et blanc faisant penser à un métro parisien reconditionné. Argos ouvre la porte côté passager et s'installe. Il dégage quelque chose de malaisant, en plus d'une forte odeur d'alcool. En l'examinant, je devine une prothèse à la place de sa jambe droite, venant corroborer les propos qu'il m'a tenus par message.

– Je t'avais reconnue, de t'façon, lâche-t-il de sa voix nasillarde.

Il défroisse son tee-shirt Rage Against the Machine et me fixe. L'arrogance qu'il dégage alors qu'il ressemble à un punk à chien me donne envie de le baffer.

– Comment ça ?

– J'ai un peu enquêté sur toi, c'est tout. Tu croyais vraiment que tu restais anonyme en postant sur le forum ?

– Apparemment, non.

Argos ricane d'un air satisfait.

– Je m'y connais un peu mais t'inquiète, c'est pas le cas de tout le monde. C'est juste que je voulais vérifier qui t'étais avant de monter dans ta voiture. J'suis pas taré.

Dans ma tête, des dizaines de piques défilent comme réponses possibles, mais je me contiens. Argos continue.

– Les gens racontent tout et n'importe quoi, sur ce forum, mais toi t'as l'air sincère. En général j'ai un bon flair pour ce genre de trucs.

Son regard se perd momentanément dans le vide, comme si son esprit n'était plus tout à fait là. Je fais mon possible pour l'écouter mais le malaise qu'il provoque en moi m'empêche de rester concentrée.

– Toi aussi, t'as des faux souvenirs, alors ? me demande-t-il.

– Oui, c'est surtout des souvenirs d'enfance. Avec Isaac, du coup.

– Moi je me revois sur des chantiers où j'ai jamais bossé. Et j'arrête pas d'avoir des souvenirs d'une meuf que j'connais pas, avec des gamins. Ça me rend fou, pas toi ?

J'observe la place afin d'éviter son regard. Au centre, un gang de pigeons tente de faire le tri entre miettes de pain et mégots de cigarette.

– C'est un peu le bordel dans ma tête aussi, je ne vais pas te mentir.

– Y a deux semaines, j'ai acheté des antipsychotiques sur internet mais ça n'a pas marché. Ça m'a juste donné faim. J'avais tout le temps faim, c'est ouf, j'arrêtais pas de bouffer.

– Ah ouais ? Ce n'est pas sur ordonnance, ça, d'habitude ?

– Ouais ouais, de toute façon, ça marche pas. J'arrivais plus à bander non plus. J'sais pas ce qu'ils foutent dans leurs trucs, c'est censé corriger ton cerveau mais ça t'empêche juste de bander. Mais c'est bon maintenant, j'ai arrêté, tout est revenu à la normale. Enfin, comme avant que j'en prenne, quoi.

– Cool.

Qu'est-ce que je fous là ?

Pressée d'en finir, je rallume le moteur.

– Du coup, on va au hangar ?

Vexé, Argos s'avachit sur son siège.

– Ouais, ouais. Tourne à gauche pour récupérer l'autoroute, je vais te guider.

– Tu ne veux pas me donner l'adresse, plutôt ? Histoire que je la rentre dans le GPS.

– Non non t'inquiète, je connais la route.

Faute de mieux, je roule dans la direction indiquée en cherchant mentalement une solution de repli. Que faire si Argos venait à se montrer violent ? Freiner brutalement et m'enfuir ? Tenter d'ouvrir sa portière pour l'éjecter sur l'autoroute ? Argos met fin à ma paranoïa avec une question que je n'attendais pas.

– T'as des gosses, toi ?

– Non, ça ne risque pas. Pourquoi ?

Je craignais qu'il veuille me tuer mais c'est pire, il s'obstine à me faire la conversation.

– Non, j'sais pas. C'est juste que j'ai jamais voulu de gamins mais ceux dans mes souvenirs, j'ai l'impression de les aimer, tu vois ? Je tiens grave à eux. J'ai jamais rien ressenti dans le genre, aimer des gens que j'connais pas.

Je pense évidemment à Ève mais me retiens de la mentionner. Cette conversation n'a pas besoin de ça pour partir en vrille.

– Ouais, ça doit faire bizarre.

– Un psy dirait sûrement que je fantasme la vie que j'aurais eue si j'avais pas perdu ma jambe, mais je sais que c'est pas ça. La femme que je vois dans mes souvenirs, elle me plaît même pas ! C'est pas logique, tu vois ce que je veux dire ?

Les propos d'Argos sont tellement tordus que je le crois sincère. Pas sûr que ça soit rassurant pour autant. D'un geste, il m'indique d'aller tout droit alors que nous entrons sur l'A86.

– Je me dis que si ça se trouve, Isaac travaillait sur un truc qui détraque les cerveaux. Tu sais que la CIA avait fait des expériences dans le genre, pendant la guerre froide ? MK-Ultra, ça te parle ?

Ça commence. Mes mains se crispent sur le volant.

– Pas plus que ça.

Argos me dévisage puis regarde à l'extérieur, comme pour s'assurer que personne ne nous suit.

– Après si tu t'en branles, dis-le-moi, que je ne parle pas pour rien.

– Quoi ? Non, c'est juste que je suis concentrée sur la route, c'est tout.

– T'as pas à te concentrer, je t'ai dit que c'était tout droit ! Tu me fatigues, là.

Argos sort une flasque de la poche intérieure de sa veste et en boit une gorgée. Je vais devoir travailler mon hypocrisie si je ne veux pas que le reste du trajet dégénère.

– Suis Cergy-Pontoise, je t'indiquerai la sortie.

Je continue sur l'autoroute dans un silence aussi plombant qu'interminable. L'impression d'être coincée dans un ascenseur roulant avec un inconnu, sur un millier d'étages. Au bout d'une demi-heure, nous rejoignons une départementale bordée de champs et de zones industrielles. Seuls les rares routiers que nous doublons viennent casser la monotonie.

Si j'en crois les noms des patelins que l'on traverse, nous sommes dans le Vexin, un grand plateau agricole partagé entre l'Île-de-France et la Normandie. Le paysage est essentiellement composé de champs moissonnés surmontés au loin par des arbres touffus et quelques toits de maisons. Une impression persistante de déjà-vu m'envahit mais je n'y prête pas attention. Ici, tout se ressemble. Un décor reposant à en devenir inquiétant. Si Argos pète un câble, il n'y aura personne pour me venir en aide.

19

Je m'engage sur une petite route longée par deux champs. L'un est recouvert de chaumes de blé tandis que l'autre est composé d'épis de maïs attendant leur récolte. Une légère brise fait danser leurs longues feuilles vertes, donnant un semblant de vie à ce paysage désert. Argos m'indique un chemin en gravier, un peu plus loin. D'où je suis, il semble mener à une forêt si dense que je jette un regard perplexe à mon guide. En retour, il se contente d'un signe de tête m'invitant à continuer.

Je m'exécute jusqu'à rejoindre une clairière. Peu à peu, un énorme hangar gris industriel se dévoile sous mes yeux. Son emplacement au milieu des arbres est tel que le bâtiment est invisible depuis la route.

– On y est, ralentis.

L'édifice, sans aucune fenêtre, est entouré d'un petit terrain bétonné, lui-même bordé d'un énorme grillage surmonté par des barbelés. J'imagine que c'est une sécurité relativement standard pour ce genre de construction, rien d'extravagant mais suffisant pour décourager le premier venu.

– Le problème c'est que y a qu'un chemin qui mène au hangar, donc on peut vite se faire griller. Gare-toi derrière, là.

Argos me désigne une énorme pyramide de meules de foin recouverte d'une bâche en plastique bleue. Le tout est posé en lisière du champ de maïs.

– Ah putain, c'est obligé ? J'ai peur de niquer ma caisse.

– Mais on s'en fout de ta caisse là, s'ils nous repèrent on aura des problèmes plus gros que ça !

Je souffle et effectue un demi-tour à travers le champ pour contourner les meules. Les épis de maïs fouettent les flancs de ma voiture et se plient sous mon pare-chocs. Je caresse mon volant en grimaçant.

– Désolée, ma belle.

Une fois dissimulée, je coupe le moteur. Nous sommes assez proches pour observer le hangar mais suffisamment cachés pour satisfaire la paranoïa d'Argos.

– Tiens, regarde. C'est un zoom X100.

Argos espionne l'entrée du hangar via l'écran de son téléphone. À travers les pixels, j'aperçois une énorme porte grillagée pouvant laisser passer un véhicule. Sur le côté, on devine une caméra de surveillance ainsi qu'une borne électronique.

– Y a aucun panneau nulle part, c'est chelou, non ? Comme s'ils ne voulaient pas qu'on sache à qui ça appartient ou ce qu'il y a à l'intérieur.

– Ça ne pourrait pas juste être un hangar d'agriculteur ?

– Si Isaac est agriculteur, alors moi, je suis ministre. Le mec voulait à peine nous serrer la main de peur de se salir.

En entendant cette phrase, je prends conscience que je ne

sais rien d'Isaac, en dehors de ce que ma mère a bien voulu me dire. La curiosité me pique.

– Tu peux m'en dire un peu plus sur lui ?

– Tu veux savoir quoi ?

– J'sais pas. N'importe quoi.

– On n'a pas vraiment été boire des verres après le boulot, si tu vois ce que je veux dire. Il passait de temps en temps pour vérifier les travaux, c'est tout. Tu sais rien de lui, c'est ça ?

– Non, pas grand-chose, je ne l'ai jamais connu.

Argos quitte momentanément sa surveillance pour se confier à moi.

– Mon père aussi s'est cassé quand j'étais jeune. Pas bébé mais jeune, quoi. À cet âge-là, tu peux pas t'empêcher de te demander si c'est de ta faute.

Je lui renvoie un sourire de compassion.

– Je n'en ai pas souffert, de mon côté. Il y a encore quelques jours, je ne savais même pas qu'il existait.

– Mais maintenant que tu le sais, t'as envie de le retrouver, non ?

– J'sais pas. J'ai envie de comprendre, surtout. Du coup, on fait quoi ? Je vais sonner à la borne ?

Argos laisse échapper un petit rire méprisant.

– J'te conseille pas, non. Toi t'arrives dans la zone 51, tu vas sonner à l'entrée ?

– C'est pas vraiment la zone 51.

– Qu'est-ce que t'en sais ? Avant qu'ils sortent l'affaire de Roswell, personne connaissait la zone 51. On a peut-être juste de l'avance, c'est tout.

Il y a deux types de personnes avec qui il ne sert à rien de débattre : les gens bourrés et les complotistes. Argos cochant les deux cases, je choisis de ne pas remettre en cause sa rhétorique.

– On fait quoi, alors ?

Argos affiche un petit rictus de frustration puis reprend d'une voix paternaliste :

– On attend. On observe. T'inquiète, je sais comment gérer ce genre de trucs.

Autour de nous, les épis de maïs ondulent de manière hypnotique, rendant le moment un peu plus irréel encore. Le mois dernier, je cravachais pour finir une énième campagne de pub pour une marque de biscuits apéritifs. Je repense au stress, aux nuits blanches et aux remarques infinies des clients. À ce moment-là, c'était toute ma vie. Rien d'autre ne comptait. Aujourd'hui, je surveille un bâtiment potentiellement vide qui, selon le mec à ma droite en train d'avaler une nouvelle rasade de whisky, sert à créer des faux souvenirs. Est-ce moi qui suis condamnée à une vie absurde ou le sont-elles toutes, avec le recul suffisant ?

Mon esprit continue de divaguer. Mes barrières mentales affaiblies, Ève en profite pour se faufiler à nouveau. Je la vois sur le siège passager, à la place d'Argos. Sa présence est rassurante. Elle me sourit. Ses lèvres m'appellent.

– Quand j'étais ado, je me battais tout le temps. Je faisais du kung-fu.

Ève se volatilise tandis qu'Argos continue ses confidences spontanées, le regard dans le vide.

– J'étais super bon, je niquais des mecs bien plus vieux que moi. Mais après mon accident, j'ai dû arrêter. Je restais chez moi, sans sortir. J'ai même pas utilisé mon argent au début, je faisais que manger de la merde et jouer à Tekken. Tu connais ?

– C'est un jeu vidéo, c'est ça ?

– Ouais, un jeu de combat. Je regardais les persos se battre et je me disais que, moi, je pourrais plus jamais le faire. Ça me déprimait mais je continuais quand même.

Argos sort de sa léthargie et se tourne vers moi, la rancune le gratifiant d'une énergie soudaine.

– Je regarde pas mal l'UFC, je vois le niveau des mecs. Si j'avais pu continuer, je pense que j'aurais pu facilement y entrer. T'imagines où je serais, aujourd'hui ?

À demi-mot, Argos identifie son accident comme le moment déterminant qui a tout fait basculer, son excuse imparable pour tous ses regrets. Je repense aux miens et comment j'ai longtemps utilisé la mort de mon père comme source de toutes les erreurs que j'ai commises après. Est-ce que j'aurais vraiment évolué différemment s'il était encore en vie, aujourd'hui ? Quand est-ce qu'une raison devient une excuse ? Un prétexte passe-partout pour faire de la merde sans en assumer les conséquences ?

– Khabib, c'est pareil. Tout le monde disait qu'il était imbattable, mais moi je vois les failles qu'il avait. Je dis pas que je l'aurais défoncé, tu vois ? Mais j'aurais trouvé un truc.

Je l'écoute fantasmer la vie qu'il pense avoir perdue tout en priant pour qu'il se passe enfin quelque chose au niveau du hangar. Mais j'ai beau regarder attentivement, je ne vois rien ni personne. Finalement, c'est Ève, telle Jeanne d'Arc, qui vient libérer mon esprit du monologue d'Argos.

Je suis avec elle dans une voiture. Nos fenêtres sont ouvertes et je l'embrasse pour lui dire au revoir. Un mec qui passe dans la rue nous voit et se permet une remarque salace. Ève me serre le bras, manière de me dire de laisser couler, mais c'est plus fort que moi, je sors et je commence à l'embrouiller. Le gars s'énerve à son tour et ça part en couille, des passants sont obligés de s'interposer.

Je remarque un élément récurrent dans mes nouveaux souvenirs. Une rage constante et une impulsivité que je n'ai pas dans la vie réelle et qui me paraissent pourtant étrangement naturelles. Et si je n'étais pas la personne que je crois être ?

– Planque-toi !

L'ordre d'Argos me sort de mes pensées. Une voiture vient juste de s'arrêter devant le hangar.

– T'arrives à voir le mec qui conduit ? C'est Isaac ?

– Non, je ne crois pas.

Le conducteur passe un badge pour ouvrir la grille puis entre. Rien de plus. Je me dis que si on vient d'attendre deux heures pour ça, j'ai vraiment perdu ma matinée. Mais quelques minutes plus tard, côté hangar cette fois, une Volvo s'approche de la grille et s'apprête à sortir. Argos se tourne vers moi.

– Qu'est-ce qu'on fait ? On le suit ?

– Comment ça, on le suit ? On ne sait pas qui c'est ni où il va !

– Ben justement, comme ça, on saura ! T'es marrante, toi.

La Volvo quitte le hangar et s'engage sur le chemin. Je regarde Argos, hébétée, à la recherche d'une réponse cinglante puis, sans vraiment savoir pourquoi, je remets mon moteur en route.

20

Malgré ma soudaine détermination, je n'ai jamais suivi quelqu'un. À part une ex dans la rue, l'année dernière, mais j'étais à pied et elle m'a repérée au bout de dix mètres. À vrai dire, le seul truc que j'ai appris des romans policiers c'est qu'il faut laisser plusieurs voitures entre nous et la personne suivie. Sauf que d'habitude, ce genre de filature a lieu à New York, pas à Foulangues. Ici, laisser passer plusieurs voitures peut durer la journée. J'attends donc que la Volvo s'éloigne un peu et démarre. Les épis de maïs s'enroulent autour de mes pneus, compliquant la manœuvre. Je monte dans les tours, dans tous les sens du terme, et parviens à rejoindre le chemin non sans perdre de précieuses secondes. La terre tourbillonne autour de la voiture, formant un nuage opaque. Au loin, la Volvo franchit un feu et j'accélère pour ne pas la perdre. Argos soupire, dépité par mes compétences en matière de filature. J'hésite à accélérer davantage mais par peur de me faire repérer, je me contiens. Le feu passe à l'orange puis au rouge. Je freine. La Volvo s'éloigne jusqu'à devenir un petit point blanc.

– Putain !

Mes mains tapotent nerveusement le volant. Je fixe le feu de manière insistante, le pressant mentalement de changer de couleur, mais il reste rouge vif.

Des lumières rouges qui clignotent. Isaac qui s'approche.

– Tu fous quoi ? Tu vas la perdre, là !

La semonce d'Argos me ramène à la réalité. Je réalise alors que le feu a eu le temps de passer au vert, pendant mon absence.

– Désolée.

J'accélère en fixant ce que je crois être la Volvo, au loin, puis ralentis brusquement pour ne pas la coller. Argos pousse un nouveau soupir de rage et se laisse glisser le long de son siège.

– Oublie et tourne au prochain croisement. Il va nous repérer, tu fais que de la merde.

Je préfère ne pas répondre et continue ma filature hasardeuse sur une dizaine de kilomètres, en stress total et sous les remarques inutiles d'Argos qui regrette son idée. Je manque plusieurs fois de laisser filer la Volvo mais je m'accroche. Des gouttes de sueur dégoulinent le long de mon corps et provoquent une envie irrésistible de me gratter. Malgré tout, mes deux mains restent fermement agrippées au volant.

Au bout d'un quart d'heure, la voiture rejoint un petit village et s'arrête devant un pavillon. Le conducteur sort de sa voiture. Il a la quarantaine, sans réel signe distinctif si ce n'est sa démarche anormalement lente. Il se traîne jusqu'à la maison sous le regard sidéré d'Argos.

– T'as vu comment il marche ? C'est chelou. Tu crois qu'ils lui ont fait quoi, là-bas ?

– J'sais pas, il a juste l'air crevé. Je ressemble un peu à ça quand je rentre de soirée.

– Ouais enfin il est 10 heures du mat' et je pense pas que le hangar organise des afters. Essaie de voir plus loin que le bout de ton nez.

Je tente au mieux de canaliser mon énervement et réfléchis à comment mettre fin à cette matinée. Devant nous, l'homme franchit la porte d'entrée de la maison.

– Il y a une boîte aux lettres, on n'a qu'à aller voir le nom marqué dessus. Peut-être qu'on trouvera des infos sur internet. Tu m'as dit que t'étais fort pour ça, non ?

Argos, pas rassuré par la proposition, cherche une échappatoire.

– Ouais, pourquoi pas. Mais du coup vas-y toi, c'est mieux.

– Ah bon, pourquoi ?

– Parce que si tu te fais griller ça passe toujours mieux avec une meuf, les gens se méfient moins.

– Tu te fous de moi ?

– Mais quoi ? T'inspireras plus confiance à un inconnu que moi, c'est tout.

– C'est bien la première fois qu'un Blanc me dit ça.

Argos rigole.

– De toute façon, te fais pas choper et ça règle le problème. S'il se passe un truc, je viendrai t'aider.

Je ne prête pas attention à son mensonge et je descends de la voiture. Argos m'encourage du regard, à travers la vitre. Tendue, je me dirige vers le pavillon avec le même sentiment de culpabilité que si j'allais le cambrioler. La rue est déserte.

Seuls des gazouillements d'oiseaux viennent masquer mes bruits de pas incertains.

J'arrive au niveau de la boîte aux lettres. Alors que je lis le nom inscrit sur l'étiquette, je m'aperçois que la porte gondolée est à moitié ouverte. Je regarde autour de moi puis, sur un coup de tête, je la force pour récupérer le courrier. Affolée, je cours vers ma voiture en me demandant ce qu'il vient de se passer, comme si j'avais perdu le contrôle de moi-même. À la confusion s'ajoute l'adrénaline et je ne peux m'empêcher de sourire en rejoignant Argos.

– Qu'est-ce que t'as foutu, putain ? Démarre avant que le gars nous chope.

J'acquiesce et m'éloigne de la maison en trombe, paniquée à l'idée que son propriétaire m'ait repérée. Mon regard passe du pare-brise au rétroviseur avec la régularité d'un métronome réglé sur 200 BPM. En passant le panneau de sortie du village, je respire enfin. Personne ne nous suit. Je m'arrête au bord d'un trottoir et me tourne vers Argos.

– Vas-y, regarde le courrier.

Argos souffle puis se décide à le trier en éliminant les pubs. Une lettre en particulier attire son attention.

– Michel Tusken. C'est le nom que t'as vu sur la boîte aux lettres ?

– Ouais. Ça te parle ?

– Non. Du coup je vais ouvrir, on n'est plus à ça près.

Il déchire l'enveloppe en deux et récupère une feuille. C'est un bulletin de salaire.

– Y a marqué que le mec est agent de sécurité pour une boîte qui s'appelle Éphémère. Putain il gagne bien, l'enfoiré.

– Il y a le nom d'Isaac quelque part ?

– Non. Je vais regarder sur internet si je trouve un truc.

Argos recopie le numéro SIREN trouvé sur le bulletin et tombe sur un site de listing d'entreprises. Éphémère y est présentée comme une agence de conseil parisienne avec un chiffre d'affaires déclaré de plusieurs millions d'euros. Étonnamment, les infos légales de l'entreprise ne mentionnent aucun site officiel. Ce n'est qu'en tapant le nom de son gérant, un certain Anthony Nomade, qu'Argos met le doigt sur une information intéressante. Un article de *Mediapart* réservé aux abonnés l'identifie en tant qu'homme de l'ombre pour divers politiques et PDG. Malheureusement, les seules lignes accessibles n'en disent pas beaucoup plus. Argos refuse de payer, prétextant qu'il trouvera le moyen de contourner la sécurité du site une fois chez lui. Je n'en crois pas un mot mais je ne suis pas encore assez folle pour lui confier les numéros de ma carte bleue.

– Tu crois qu'il y a un lien entre ce mec et Isaac ?

Au fond de moi, je connais la réponse. J'ai probablement gâché ma matinée à surveiller un bâtiment lambda avec un taré, sans aucune raison valable. Argos, lui, se veut plus optimiste.

– Je pense qu'ils sont liés, ouais. De toute façon, si Isaac est haut placé, on trouvera son nom nulle part, ils sont pas cons.

Haut placé dans quoi ? Je crois que même Argos n'en a aucune idée.

Les autres lettres ne nous apportent aucun indice supplémentaire et je me résous à ramener mon compagnon de fortune chez lui, à La Courneuve. Ce qu'il reste de rationnel en moi me dit que j'ai assez joué les détectives amateurs. Il est temps de reprendre une vie normale si je ne veux pas me transformer en version féminine d'Argos. Pourtant, sur la route du retour, je réalise avec stupeur que nous sommes proches de Beaumont-sur-Oise. Certains me diraient qu'en termes de révélation dramatique, on a fait mieux. Ça serait oublier un détail qui n'en est peut-être pas un.

Beaumont-sur-Oise est la ville où je suis née.

21

Une fois chez moi, je vérifie ma carte d'identité, de peur que mes faux souvenirs me jouent encore des tours. Le lieu de naissance indique bien Beaumont-sur-Oise.

Quand j'ai été suffisamment âgée pour me rendre compte que ça ne correspondait pas à la région où j'avais grandi, j'en ai bien sûr demandé la raison à mes parents. À l'époque, ma mère m'a expliqué qu'elle avait accouché avec un mois d'avance, qu'ils ne l'avaient bien sûr pas prévu et qu'à ce moment-là, ils se trouvaient en vacances dans le Vexin. Le problème, c'est que si ma mère a rencontré mon père adoptif après ma naissance, ça veut dire que cette histoire a été inventée, elle aussi. Sur quoi d'autre ma mère m'a-t-elle menti ?

– Coucou ma puce, ça va ?

Sa voix est plaintive, presque soumise.

– J'ai connu mieux.

Je n'ai toujours pas digéré sa révélation sur Isaac et je

ne suis donc pas encore prête à apaiser son sentiment de culpabilité. Comme je n'ai pas non plus envie de me relancer dans une dispute digne d'un soap opera, je donne le change pendant quelques minutes puis j'en viens à la vraie raison de mon appel.

– Tu sais, l'histoire de ma naissance, que vous étiez en vacances dans le Vexin, avec papa ? Du coup j'imagine que c'était faux, ça aussi.

– Je suis désolée ma puce… Quand tu nous as posé la question, c'est la seule chose que j'ai réussi à improviser.

– Il s'est passé quoi, en vrai ? Pourquoi je suis née là-bas ?

– Ce n'est pas très différent de ce que je t'ai raconté, c'est juste que j'étais avec Isaac. Ses grands-parents avaient une petite ferme là-bas, on y était pour se reposer. T'es arrivée avec un mois d'avance alors on n'a pas eu le choix, j'ai accouché dans une maternité du coin, à Beaumont-sur-Oise.

– OK… Et tu n'as pas le souvenir de trucs bizarres qui auraient pu se passer dans cette ferme ?

– Comment ça, bizarres ?

– Je ne sais pas, qui sortent de l'ordinaire.

Ma mère laisse échapper un petit rire.

– J'ai perdu les eaux là-bas, je ne sais pas si c'est assez bizarre pour toi mais ça l'était pour moi.

Je ne peux m'empêcher de sourire à mon tour.

– C'est pas vraiment ça que j'avais en tête mais oui, j'imagine.

Je ressors de cet appel avec plus de questions que de réponses. La ferme des grands-parents d'Isaac a-t-elle un lien avec le hangar ? Est-ce qu'elle se trouvait au même endroit, avant sa construction ? Soudain, ma mère me rappelle.

– Allô, ma puce ? Je repensais à ce que tu m'as demandé

et je me suis souvenue de quelque chose. Deux jours avant ta naissance, je me reposais à l'extérieur de la ferme et Isaac était à l'intérieur, pour réviser. À un moment, j'ai entendu un bruit strident puis une voix qui venait de la maison. Ça ressemblait à la voix d'un vieil homme, pourtant Isaac était seul.

– Et elle disait quoi, cette voix ?

– Je ne sais pas, je n'entendais qu'un son étouffé. Quand j'ai fini par aller voir, la voix s'était arrêtée mais Isaac était assis par terre, complètement abasourdi. On aurait dit qu'on venait de lui annoncer qu'il allait mourir ou quelque chose dans le genre, je ne l'ai jamais vu comme ça.

– Et tu lui as demandé ce qu'il avait ?

– Oui, mais il m'a juste dit qu'il révisait à voix haute. Ça ne me paraissait pas coller à ce que j'avais entendu mais j'ai compris qu'il ne me dirait rien de plus, alors je n'ai pas insisté. En y repensant, je me suis dit que c'était un moment bizarre donc voilà, je te le partage.

Ma mère rit discrètement, gênée par son anecdote. Je la remercie et je raccroche, sans savoir quoi retirer de cet appel si ce n'est que les coïncidences commencent à s'accumuler.

Et si ce hangar contenait vraiment les réponses que j'attends ?

22

Après avoir retrouvé le bâtiment sur Google Maps et m'être accordé un semblant de nuit réparatrice, je reprends la route pour continuer mon enquête. Cette fois, il n'y aura pas d'alcoolique paranoïaque pour m'empêcher d'atteindre le hangar. Si un sniper me tire une balle dans la tête à mon arrivée, j'accorderai un « au temps pour moi » à Argos depuis l'au-delà.

La campagne défile sous la voix laineuse de Sarah Vaughan. C'était la diva préférée de *mon père*. Quand il m'en parlait, ses histoires parvenaient toujours à me projeter dans les clubs de jazz des années 1940. Je m'imaginais en assurer le show avec toute la panoplie adéquate. Escarpins en cuir verni, longue robe bleue en velours pour mettre en valeur les formes que je rêvais d'avoir, chignon bas, gants en satin, perles et sequins scintillant sous les projecteurs. Pas le genre de déguisement pour enfant qu'on trouve facilement. Alors une fois, pour mon anniversaire, mon père m'avait cousu maladroitement une robe imitation soie. Ma mère m'avait même confié ses bijoux les plus *bling bling*, le temps d'un après-midi. Comme les photos le confirment, je ne ressemblais strictement à rien, pourtant je n'ai jamais été aussi heureuse.

Ce souvenir est la définition de l'expression « doux-amer ». Il y a quelques jours, j'y aurais repensé avec la même satisfaction que si j'avais rempli le Carnegie Hall. Un moment anodin transformé en scène culte par le pouvoir de la nostalgie. Aujourd'hui, je le rejette avec écœurement. Mes parents ont commis un péché originel qui a tout souillé. Désormais, mes souvenirs d'enfance sont entachés d'une boue indélébile, même les plus agréables. En comparaison, mes faux souvenirs me paraissent presque plus authentiques.

De retour dans le Vexin, la campagne déploie ses couleurs à la manière d'un tableau impressionniste. Déterminée à troquer ma nostalgie écaillée contre la vérité, je retrouve le champ de maïs de la veille et me gare au même endroit. En sortant de la voiture, une peur irrationnelle ralentit ma marche. Est-ce vraiment judicieux de revenir seule ici ? Sûrement pas. Mais qui aurait accepté de m'accompagner dans cet endroit improbable en milieu de semaine ? Dès que je répète intérieurement l'explication du pourquoi je veux inspecter ce hangar, j'imagine mon accompagnateur hocher poliment la tête avant de changer discrètement la destination dans le GPS, direction l'hôpital psychiatrique le plus proche. J'ai donc opté pour une nouvelle virée solitaire, même si je le regrette un peu maintenant que l'imposant hangar gris me domine.

Arrivée devant la grille d'acier, j'inspecte minutieusement les environs. Argos disait vrai, rien n'indique la raison d'exister de ce bâtiment. Je ne remarque qu'une caméra de surveillance me fixant de son œil rond et vide.

– Madame ? Je peux vous renseigner ?

Ma recherche est interrompue par une voix sortant de l'Interphone, grave et distordue. L'homme semble agacé. Mon ventre se serre un peu plus tandis que je m'approche de la borne.

– Oui bonjour, je voudrais savoir à qui appartient ce bâtiment.

– Et vous êtes ?

Question piège, du moins c'est ce que me dirait Argos. Je décide de m'en tenir à mon prénom.

– Je m'appelle Alicia.

Un long silence s'ensuit. Seuls quelques grésillements me signalent que la communication n'a pas été coupée.

– C'est un bâtiment privé, madame. Si vous n'avez pas de raison d'être ici, je vous prierai de partir.

Je trouve l'idée excellente. Pourtant, un courage insoupçonné m'empêche de renoncer si vite.

– Si, j'ai une raison. Je voudrais parler à Isaac. Est-ce qu'il est là ?

Nouveau silence, plus menaçant encore que le précédent. Le bourdonnement lointain des insectes se mêle aux crépitements de l'Interphone. Ai-je affaire à un gardien ou un militaire ? Je l'imagine en train de choisir gaiement le fusil dont il se servira pour me faire taire. Ou peut-être est-il déjà pointé sur moi ?

– Oui, il est là. Entrez.

Quoi ? C'est la réponse que je voulais entendre et pourtant, elle sonne comme un piège. Les mots du gardien sont suivis d'un fort grincement métallique provoqué par l'ouverture du portail. L'austère hangar gris se dévoile peu à peu, prêt à me dévorer. Les battements de mon cœur se calent sur le rythme de l'engrenage d'ouverture de la grille.

Clic clic clic clic.

Je n'ai certes pas la paranoïa d'Argos mais il est hors de question que je m'engouffre seule à l'intérieur de ce bâtiment.

– Je ne serai pas longue, est-ce qu'il peut sortir, plutôt ?

– Non, il est occupé. Il va falloir l'attendre à l'intérieur.

Je reste plantée sur place, incapable de prendre une décision. C'est peut-être ma chance de comprendre enfin ce qu'il m'arrive. C'est peut-être aussi le moyen de me faire tuer sans que personne ne retrouve jamais mon corps.

Le gardien doit s'impatienter car j'entends une porte s'ouvrir, de l'autre côté du portail. Un homme sort d'une annexe du hangar et se dirige vers moi. C'est le mec que l'on a suivi jusque chez lui, avec Argos.

– Venez madame, je vais vous accompagner.

Alors qu'il s'approche, je crois deviner une arme à sa taille. Il arbore un sourire qui se veut rassurant mais qui me donne furieusement envie de faire demi-tour.

– Madame, vous m'entendez ?

Le garde a presque dépassé le portail. Il n'en faut pas plus à mon instinct de survie pour reprendre le dessus sur ma curiosité. Je me retourne et m'enfuis comme une dératée.

– Qu'est-ce que vous faites ? Attendez !

Le gardien part à ma poursuite et se rapproche dangereusement. Je cours à en perdre haleine mais ma voiture me semble beaucoup trop loin, tout comme ma dernière séance de cardio.

– Arrêtez-vous !

Un humiliant point de côté jaillit dans mon abdomen. Chaque respiration devient une torture, mes poumons en feu réclamant une pause impossible. Je sens que, derrière, le gardien est tout près. À ce rythme, il me collera au sol avant que je ne puisse atteindre ma voiture. J'utilise le peu de force qu'il me reste pour une dernière accélération et déverrouille ma Prius de mes doigts tremblants. Je me retourne. Le gardien n'est plus qu'à quelques mètres. La rage sur son visage me donne l'impression d'être coursée par un doberman affamé. J'ouvre la portière puis me précipite à l'intérieur de la voiture. Le gardien attrape ma veste et tente de m'en extirper.

– Dites-moi qui vous êtes !

D'un geste brusque, je me dégage et ferme la porte. La peur aggrave mon essoufflement. J'ai à peine le temps de verrouiller la voiture et d'appuyer sur le bouton *Power*. La lenteur de l'allumage m'horripile et je hurle sur le tableau de bord pendant que le gardien tape sur la vitre.

– Allez, putain !

J'appuie sur l'accélérateur mais impossible d'avancer. De nouveau, les épis de maïs s'agrippent à mes pneus comme des tentacules, à croire qu'ils sont de mèche avec mon poursuivant qui continue de martyriser ma porte. J'écrase la pédale. Tant pis si je renverse le gardien. Tant mieux, même. Ça y est, la voiture avance. L'homme, stupéfait, recule mais ne s'arrête pas de crier. Je n'ai désormais qu'un seul objectif : mettre le plus de distance possible entre lui et moi.

23

Ce n'est qu'après plusieurs kilomètres et l'assurance que le gardien ne m'a pas suivie que ma respiration reprend un rythme normal. Je passe le reste du trajet à me remémorer les derniers événements en boucle. C'était quoi, ce bordel ? Il y a quoi dans ce putain de hangar ? Dans ma tête, des dizaines de théories contradictoires s'entrechoquent. Certaines rationnelles, d'autres beaucoup moins. Ai-je échappé à la mort ou juste paniqué de manière totalement absurde ? Isaac et ses réponses étaient-ils vraiment à l'intérieur, à m'attendre ?

Une fois chez moi, je ferme la serrure à double tour et m'effondre sur mon lit. Sans que je m'en rende compte, des larmes me recouvrent le visage. Je pleure enfin. Un torrent salé qui emporte tous ces derniers jours, de la révélation de ma mère à ma course-poursuite. Billie vient en lécher une partie. Je la repousse mollement puis la serre dans mes bras. Elle repart aussitôt.

*

Et puis merde, je me rachète des clopes. Quand j'ai pris la résolution d'arrêter, il y avait une condition tacite qui me permettait de reprendre en cas de force majeure. On l'a largement dépassée.

J'ouvre le paquet et en tire une cigarette providentielle. Je l'allume avec appétit. La première bouffée s'immisce en moi, me réchauffant de l'intérieur. Un soupir de satisfaction s'échappe de mes lèvres tandis que la fumée âcre emplit mes poumons. Jamais une telle merde n'a autant eu le goût du bonheur.

Je passe les jours suivants à comater en évitant soigneusement de repenser à l'épisode du hangar. À toute cette histoire de faux souvenirs, même, dans sa globalité. Pour y parvenir, je planifie les prochaines semaines avec un programme qui donnerait une crise cardiaque à mon conseiller Pôle emploi : me reposer, goûter un à un les cinquante-quatre plats proposés par le chinois d'en face et consommer un nombre similaire d'épisodes de téléréalité.

Je passe des galettes de riz aux galettes de riz chocolatées puis des galettes de riz chocolatées aux Pépito nutriscore E. Si le F existait, je m'en gaverais sûrement.

Je parviens à dégager mon géniteur de mes pensées mais ce n'est pas le cas d'Ève. Elle se révèle aussi tenace qu'une ex impossible à oublier. Sauf que je n'ai ni rancune ni regret, juste un amour inaltérable pour cette femme que je n'ai jamais rencontrée. Je la vois me sourire, me rassurer, m'apaiser. Quand je pense à elle, je me sens toute-puissante et fragile à la fois, comme une Walkyrie en armure de cristal. Je ressemble pourtant davantage à une enfant timide s'inventant une amie imaginaire. La personne à qui je tiens le plus actuellement n'existe que dans ma tête. À moins que…

Alors que la deuxième saison de *Love Is Blind* est en lecture automatique sur mon ordi, un nouveau souvenir d'Ève vient se superposer aux candidats apprêtés pour leur mariage.

Je suis dans un appartement, différent de celui que j'ai en ce moment mais décoré d'une façon similaire. Ève est à côté de moi, sur le canapé, avec une flûte de champagne dans la main. Devant nous, une petite télé qu'on ne quitte pas du regard, même quand on discute. Une publicité pour un parfum passe à l'écran. Je pousse un cri de joie et je prends Ève dans mes bras. À l'image, c'est elle que l'on voit, presque méconnaissable en robe de soirée satinée. Elle me sourit, gênée, et je lui embrasse le cou, incroyablement fière d'être avec elle.

Cette pub a-t-elle vraiment existé ou est-ce une nouvelle invention de mon cerveau ? Malgré mes efforts, je ne parviens à me souvenir ni du nom ni de la marque du parfum. Heureusement, comme internet est formidable, je déniche à la place un compte YouTube ayant posté à peu près toutes les pubs de parfum de ces dix dernières années. Telle une paléontologue, je me mets en tête de retrouver la bonne, enfouie dans ces centaines de vignettes colorées. Je scrolle, encore et encore, et subis des dizaines de courts métrages incompréhensibles et faussement poétiques. Idée désastreuse quand on est déjà en train de perdre pied avec la réalité. Pour avoir travaillé dans la publicité de luxe, je sais que la plupart des personnes concernées vivent elles-mêmes dans un monde parallèle. Un monde où la phrase « le bleu de sa robe n'est pas assez évanescent » est une remarque valable.

Les vidéos défilent et les slogans prônant la liberté s'enchaînent, au même rythme qu'une manifestation d'altermondialistes. J'en viens à oublier la pub que je cherche, tant elles se ressemblent toutes. Je suis à deux doigts d'arrêter quand, soudain, Ève apparaît.

Je la vois courir sur les toits de Paris, dans une succession de scènes relativement fidèles à mon souvenir. Elle est suivie de près par l'un de ses prétendants que l'on croirait issu d'un *boys band* anglais. Je n'ai jamais été trop dans le délire robe de soirée ou coiffure tapis rouge mais objectivement, Ève est splendide. Le parfum, lui, s'appelle *Utopie*.

Mon cœur s'emballe et dix mille questions fusent dans mon cerveau. Est-ce que j'ai enfin la preuve qu'Ève existe ? Que mes souvenirs d'elle sont vrais ? Et puis l'angoisse m'envahit. Si cette pub est passée à la télé il y a quelques années, est-ce que je ne l'ai pas tout simplement vue à ce moment-là ? J'ai même peut-être croisé Ève dans le cadre de mon précédent travail. Une comédienne, putain. De tous les métiers possibles, il fallait que ce soit une comédienne.

Après une nouvelle recherche, je parviens à trouver son identité. Elle a même un site. Mais quand je lis son nom, c'est comme si un poids de cent kilos venait d'être ajouté sur mon dos. Elle ne s'appelle pas Ève, mais Annabelle.

Je suis officiellement cinglée.

24

Je continue de visiter le site d'Ève/Annabelle mais, après une telle déception, chaque clic me demande un effort surhumain. En dehors de la pub pour le parfum, elle semble avoir touché un peu à tout, sans que sa carrière ne décolle vraiment. Mannequinat, doublage, séries… Elle donne aussi des cours d'acting dans une école parisienne.

Je clique sur sa bande démo et reconnais tout de suite la voix pétillante qui résonne encore dans mes souvenirs. Le sourire qui m'avait abandonnée rebrousse chemin.

« Je serai toujours là pour toi », dit-elle à une amie dans l'un des extraits tirés d'un court métrage. J'ai l'impression qu'elle me parle à moi. Mieux, je m'en souviens. De manière obsessionnelle, je me repasse la vidéo en boucle, soulagée de constater qu'Ève existe autre part que dans ma tête.

Une fois cette source tarie, je parcours le reste de son site et découvre un élément intrigant. Son CV indique qu'elle a pris des cours de théâtre près de Besançon, c'est-à-dire dans le même coin que là où j'ai grandi. Pendant ses études, j'avais déjà déménagé en région parisienne, mais j'ai du mal à croire au hasard.

Je me demande ce que ferait une personne raisonnable mais je n'en ai plus la moindre idée. Devrais-je essayer de l'appeler ? Mais pour lui dire quoi ? « Salut, on ne se connaît pas mais j'ai des souvenirs d'une relation amoureuse où tu t'appelles Ève… » OK, je suis complètement à la ramasse en ce moment mais suffisamment lucide pour éliminer cette option. Je retourne alors le problème dans tous les sens, je réfléchis à des manières plus intelligentes de la contacter et puis, le soir même, un appel masqué vient briser tous les plans que j'avais pu élaborer.

– Allô ?

– Alicia ? demande un homme que je ne reconnais pas.

– Oui ?

– Est-ce que tu étais dans le Vexin, mercredi dernier ? Devant un hangar ?

La voix devient familière mais au lieu de me rassurer, elle me paralyse. Tout en moi crie de me méfier de cet homme.

– Vous êtes qui ? On se connaît ?

– Le gardien a noté ta plaque d'immatriculation quand tu t'es enfuie et je t'ai retrouvée grâce à elle. Tu voulais lui dire quoi, à Isaac ?

Son ton est menaçant. Je me sens comme Sidney dans *Scream*, des popcorns dans le micro-ondes. D'un coup d'œil, je vérifie que ma porte d'entrée est bien fermée et serre mon téléphone un peu plus fort.

– En quoi ça vous regarde ?

– Parce que c'est moi, Isaac.

25

Évidemment. C'est lui. Je reconnais son timbre grave et monocorde ainsi que sa façon méticuleuse d'articuler, comme si chaque mot était important. C'est bien la voix qui hante mes faux souvenirs même si, contrairement à Ève, l'entendre aujourd'hui ne me procure aucun confort.

– Alors ? insiste-t-il. Pourquoi tu voulais me voir ?

Pourquoi voulais-je retrouver Isaac ? Les raisons sont tellement nombreuses qu'aucune n'ose prendre le dessus. Je décide d'aller au plus simple.

– Il semblerait que je sois ta fille. Biologique, j'entends.

Aucun *gasp* de surprise, juste un silence angoissant.

– Comment tu m'as retrouvé ? réplique-t-il d'un ton glacial.

J'ai 10 ans à nouveau, craintive et vulnérable face à cette figure paternelle qui ne m'offre aucune compassion. Sauf que non. Ce n'est jamais arrivé. Cet homme est parti à ma naissance, il ne m'a pas élevée. Comment expliquer que j'aie si peur de lui ?

Par fierté, je tente de cacher mon anxiété de la seule manière que je connaisse.

– Une histoire de faux souvenirs et d'alcoolique unijambiste. Apparemment, tu serais responsable des deux.

Comme beaucoup trop de gens, Isaac n'est pas réceptif à mon ironie. Il marque un nouveau silence, à croire que c'est un gimmick personnel, et finit par me répondre avec une voix apaisée.

– Reviens me voir demain matin, à 10 heures, au hangar. Tu pourras me poser toutes les questions que tu veux.

Avant que je ne puisse formuler un début de réponse, Isaac raccroche.

26

Après une nuit sans sommeil, je prends pour la troisième fois la route du hangar, espérant que ça soit la dernière. Le temps gris et humide donne un aspect lugubre aux champs que je traverse. Même les épis de maïs ont l'air tristes. Dans le ciel, la pluie attend le top départ depuis les nuages qui lui servent de starting-blocks.

Comme mon ego n'a pas apprécié la sommation d'Isaac, j'ai hésité à lui prouver qu'il n'était rien pour moi en restant couchée. Bien sûr, cette tentative de bravade a été laminée par mon envie de comprendre. J'écouterai Isaac PUIS je l'abandonnerai avec dédain. L'idée d'un guet-apens m'a aussi traversé l'esprit, mais je ne suis plus vraiment sûre d'en avoir quelque chose à foutre.

Arrivée sur place, je profite du luxe de pouvoir enfin me garer à proximité du bâtiment et non à cent mètres, comme j'en avais pris l'habitude. L'immense structure grise se découpe nettement contre le ciel lourd. Un homme que je pense être Isaac m'attend devant l'entrée. Je l'ignore à travers la vitre et coupe le moteur. Des flashs de ma course-poursuite avec le gardien me reviennent et je me mets à trembler. N'ayant aucune envie qu'Isaac le remarque, je feins de ranger un magazine dans la boîte à gants pour gagner du temps. Une fois ma peur canalisée, je rejoins l'extérieur. La pluie suit mon exemple et se décide à sortir, elle aussi. Je m'approche d'Isaac et le découvre en survêtement sous un imperméable. Je m'en veux d'avoir passé autant de temps à m'habiller, ce matin. Il me jette un sourire timide et je le dévisage pour la première fois. Je redécouvre son front ridé, son début de calvitie, sa mâchoire carrée et ses yeux d'un bleu acier perçant malgré ses lunettes. Une intimidante austérité de façade qui dissimule une gêne palpable.

Le choc de le voir annihile toute la nonchalance que je souhaitais dégager. L'impression irréelle de rencontrer une célébrité en chair et en os. Ou peut-être le diable. Je n'ai aucune idée de ce que je suis censée ressentir. De la joie, d'être enfin parvenue à le retrouver ? De l'excitation, à la perspective de comprendre enfin ce qu'il m'arrive ? De la haine, pour ce père qui m'a abandonnée alors que je n'étais qu'un bébé ?

Seul réconfort, Isaac renvoie l'impression que lui non plus ne sait pas comment réagir. Son air niais et les gouttes qui s'accumulent sur ses lunettes lui donnent un air de François Hollande en déplacement.

– Merci d'être venue. Tu dois avoir énormément de questions.

– J'en ai pas mal, ouais. Comme pourquoi tu nous as abandonnées moi et ma mère, ce genre de trucs.

Ma pique glisse sur Isaac. Il me répond avec la même

tiédeur qu'un chef d'entreprise prêt à me faire visiter ses locaux.

– Évidemment, oui. Viens, je vais tout t'expliquer.

Isaac passe un badge pour ouvrir le portail de l'entrée. Être en sa présence me trouble bien plus que je ne veux l'admettre. Déjà parce que je me rends compte que c'est un être humain et non l'image simplifiée que je me suis créée à partir d'un échantillon de souvenirs flous. Ensuite parce que beaucoup de ses traits distinctifs me paraissent familiers. Son regard, sa façon de bouger, de passer la main dans ses cheveux. Tout ça je l'ai déjà vu dans mes souvenirs, mais surtout devant le miroir.

Une fois le portail ouvert, nous marchons jusqu'à la porte principale du hangar. Derrière se trouve une sorte d'antichambre qu'occupe le gardien avec un bureau et quatre écrans reliés aux caméras de surveillance extérieures. Il n'y a pas si longtemps, elles filmaient mon visage affolé.

– Je te présente Cyril.

Je reconnais l'homme qui m'a couru après et je hoche la tête de honte. Il me reconnaît lui aussi et me jette un regard noir, sans rien dire de plus. Isaac sort une clé et se dirige vers une porte blindée, un peu plus loin. Il l'ouvre puis la referme derrière nous. Je découvre un long couloir vide donnant sur une deuxième porte similaire.

– À partir de maintenant, on sera tranquilles. Le gardien n'a pas le droit de venir ici, il ne sait même pas ce qu'il s'y trouve.

Il n'y a plus aucun bruit en dehors de nos pas qui martèlent le béton. Plus nous avançons et plus le couloir semble s'étirer. Je me retourne avec la douloureuse impression d'avoir abandonné ma vie actuelle derrière la première porte. Vers quoi mène la seconde ? Autour de moi les parois sont mornes et lisses. Un gris si neutre qu'il en devient dérangeant. Aucun indice sur ma destination. Ce couloir est un sas de décompression. Un purgatoire avant l'inconnu.

Isaac insère sa clé d'un geste qui semble quotidien. Il ne remarque pas qu'à côté, je tremble de peur en regrettant ma venue. Je réalise qu'il est rare de pénétrer dans un lieu sans avoir aucune idée de ce que l'on va découvrir. Je ne le recommande à personne.

Le clic métallique marquant l'ouverture du verrou est assourdissant. Le bruit résonne dans mon crâne de manière si disproportionnée que je ferme les yeux de douleur. La porte s'ouvre.

Je découvre alors une immense pièce qui doit constituer la majeure partie du hangar. Au centre se trouve un cylindre transparent de deux mètres de haut entouré de quatre pylônes en métal, eux-mêmes reliés par des câbles à plusieurs machines. À l'intérieur du cylindre, des dizaines de lasers rouges se superposent de haut en bas.

Le vrombissement continu d'une soufflerie... L'odeur du plastique qui fond... Des lumières rouges qui scintillent...

La vision qui a failli me causer un accident, quelques semaines plus tôt, me revient de plein fouet.

La salle dans laquelle nous sommes est moins spacieuse. La machine est différente, moins évoluée, mais le cylindre central est trop similaire pour que ce soit une coïncidence. L'homme sans visage se dévoile mais contrairement à mon premier souvenir, il est rayonnant. Isaac est si fier de me montrer son installation que son enthousiasme est communicatif. Malgré mon agacement, je réprime un sourire.

Le vrai Isaac s'adosse à une cabine transparente. Je remarque qu'autour de lui, un chaos organisé règne. L'amas de pièces électroniques en tout genre me donne l'impression d'être dans le nid d'une pie voleuse, ramenant un nouveau composant après chacun de ses voyages à l'extérieur. Les tables sont couvertes de pièces détachées, d'outils et de plans. Des écrans de toutes les tailles affichent des graphiques et des données qui m'échappent totalement. Des câbles serpentant à travers la pièce connectent divers appareils émettant des bips réguliers. Ce hangar ressemble autant à un atelier professionnel qu'au repaire d'un savant fou.

– Voilà l'endroit où j'ai passé la majeure partie de ma vie. Je ne sais pas combien de semaines d'affilée je suis resté ici sans sortir une seule fois.

– Et c'est quoi cet endroit, du coup ?

Isaac redresse ses lunettes et me regarde avec fierté.

– Est-ce que tu as déjà entendu parler de l'anti-téléphone tachyonique ?

– Non, je devrais ?

– Pas nécessairement, ça dépend du genre d'études que tu as suivies.

– Pas les bonnes, visiblement.

Isaac semble déçu de ma réponse, comme si elle avait une quelconque importance. Je lui renvoie un regard plein d'incompréhension, l'invitant à s'expliquer. Ses yeux s'illuminent, il n'attendait que ça. En un instant, son expression passe de robotique à exaltée.

– L'anti-téléphone est le nom barbare donné à un appareil purement théorique imaginé par Einstein au début du XXe siècle et par de nombreux physiciens après lui. Un dispositif qui permettrait d'envoyer des signaux dans le passé grâce à des particules tachyoniques voyageant à une vitesse plus rapide que la lumière. On a longtemps cru que c'était impossible et on le croit toujours, mais je suis parvenu à prouver le contraire.

– Donc quoi, t'as réussi à envoyer des signaux dans le passé ?

– Des ondes audio, oui.

– Et à quoi ça sert ?

– À envoyer des messages, par exemple.

27

Alors c'était ça, le projet d'Isaac qui l'occupait dans mes souvenirs ? Une machine permettant d'envoyer des messages dans le passé ? L'explication est difficile à croire. Ai-je devant moi un génie ou juste un affabulateur détraqué ? C'est un bruit strident qui m'apporte la réponse. Un son distordu qui me donne l'impression que l'espace-temps est en train de se déchirer. En l'entendant, ma tête se met à tourner. J'essaie de déterminer son origine mais c'est comme s'il provenait d'une enceinte invisible. Ça n'a pas l'air d'inquiéter Isaac car il se contente de sourire, de la même manière que si un ami venait lui rendre visite à l'improviste.

Après un court moment, le son s'arrête pour laisser place à la voix légèrement déformée d'un homme. Ce que j'entends me retourne le cerveau. Cela ressemble à l'enregistrement d'une discussion entre Isaac et moi. Le problème, c'est que cette discussion n'a jamais eu lieu.

– *Vas-y, tu peux parler.*

Je reconnais la voix d'Isaac malgré la qualité sonore déplorable.

– *Tu veux que je dise quoi ?*

C'est la mienne qui lui répond avec agacement.

– *Dis-toi que tu t'adresses à ton toi du passé, donc donne-lui une information que seule toi peux connaître. Je ne sais pas, ta chanson préférée par exemple.*

– *OK... Alors « Summertime », la version de Billie Holiday. Mon père l'écoutait tout le temps quand j'étais petite.*

Isaac accuse le coup, celui qui parle tout comme celui qui est devant moi. Pendant un temps, sa fierté est voilée de honte.

– *Très bien.*

– *C'est bon ? T'as ce qu'il te faut ?*

– *Je pense, oui.*

Un nouveau bruit perçant abîme mes oreilles puis, d'un coup, tout s'arrête. Je me tourne vers Isaac, complètement ahurie, et je lui pose la seule question que je réussis à formuler.

– C'était quoi ce bordel ?

– Exactement ce que tu crois. C'était nous deux, quelques minutes dans le futur, en train d'enregistrer le message que l'on vient d'entendre.

– Donc ça veut dire quoi ? Que dans quelques minutes, on va enregistrer ce message et qu'on va se l'envoyer ?

– Pas exactement, non. Ça veut dire que dans la temporalité précédente, on a envoyé ce message. Maintenant qu'on l'a reçu, une nouvelle réalité vient de se créer, différente de l'ancienne. Je t'ai probablement fait enregistrer ce message pour te prouver que l'anti-téléphone marchait et j'imagine que tu es convaincue, donc maintenant, je n'ai plus besoin de le faire.

Mon cerveau bugge et plante. Je reste quelques secondes, hébétée, à fixer la machine devant moi. Isaac me parle nonchalamment de nouvelles réalités comme s'il me présentait les nouveautés du dernier Iphone. Si tout est vrai, comment peut-il être aussi serein ? Amusé, même ? Prise d'un vertige, je me raccroche au premier meuble que je trouve pour ne pas tomber.

– Je comprends que ce soit délicat à appréhender. Dis-toi que ça fait presque trente ans que je travaille sur la question mais pour moi c'est toujours aussi épatant. J'imagine que nos ancêtres ont ressenti la même chose en découvrant l'électricité ou notre place dans l'Univers. Cela implique tellement de conséquences et de possibilités que notre esprit a du mal à le digérer. Je reconnais que c'est une découverte extraordinaire, mais dis-toi qu'au fond, ce n'est rien de plus que de la physique.

Rien de plus que de la physique ? J'étais déjà dépassée par le programme de 3e, comment peut-il croire que cela m'aide ?

– Désolée mais je ne pige pas. Comment on a pu recevoir ce message si on ne l'envoie jamais ?

– Parce que l'Isaac et l'Alicia d'une temporalité précédente l'ont fait à notre place. Tiens, regarde.

Isaac efface une série de formules écrites au marqueur sur un tableau Velleda et tire un trait horizontal.

– Imagine que cette ligne représente la temporalité précédente.

Il griffonne un point à l'extrémité droite de la ligne et trace une flèche revenant en arrière.

– Ça, c'est le message qu'on a envoyé dans le passé.

Partant de la pointe de la flèche, il trace alors une deuxième ligne qu'il étend par-dessus la première.

– Et ça, c'est la nouvelle réalité qui s'est créée, à partir de notre message.

– Et qu'est-ce que devient la précédente réalité ? L'Isaac et l'Alicia qu'on a entendus ?

– Cette temporalité a cessé d'exister au moment de l'envoi. C'est un peu comme si on avait décidé de recharger une sauvegarde dans un jeu vidéo, si tu veux.

Sa réponse me laisse pantoise.

– Tu joues aux jeux vidéo, toi ?

– Ça m'est arrivé, pourquoi ? Ça ne marche plus comme ça ?

– Si, si, je crois.

Isaac a la décence de me laisser le temps de reprendre mes esprits et je passe les minutes suivantes à cogiter. Seul le son lancinant de la soufflerie m'accompagne. C'est débile mais je dois avouer que savoir que mon père est un putain de génie flatte mon ego. Je ne peux pas m'empêcher de me demander si j'en ai hérité un peu.

Comme si je m'en voulais de penser ça, le souvenir de mon autre père vient balayer cette fierté mal placée. C'est pour lui que je devrais avoir de l'admiration. Il n'a pas révolutionné la science mais, me concernant, il a fait mieux. Il est resté. Il a mis nos gènes de côté et m'a élevée avec un amour infini quand beaucoup d'autres n'en auraient pas trouvé la force. Soudain, tous mes souvenirs de lui ressurgissent sous un nouvel angle. Ils ne sont plus souillés. Au contraire, ils sont magnifiés.

Une nouvelle idée jaillit alors comme une évidence. Le son régulier des machines semble s'estomper et mon esprit s'éclaire. Et si ce n'était pas pour retrouver Isaac que je me trouvais ici… mais pour retrouver mon autre père ?

– Attends, si ta machine peut envoyer des messages dans le passé, elle peut permettre d'éviter certains accidents, non ?

– Sous certaines conditions, c'est possible, oui. Pourquoi ?

Ma confusion laisse place à une excitation incontrôlable. Mon visage s'illumine quand celui d'Isaac se ferme d'appréhension.

– Mon père, dont je parle dans le message qu'on vient de recevoir, celui qui m'a élevée. Il est mort dans un accident de voiture quand j'avais 12 ans. Du coup je ne sais pas à quoi sert ta machine d'habitude mais si je pouvais le prévenir de ne pas prendre la route ce jour-là, je pourrais peut-être le sauver ?

Isaac me regarde avec un air désolé et retire ses lunettes, signe d'un long monologue à venir.

– Malheureusement, ce n'est pas aussi simple. Il y a des limitations à l'anti-téléphone que j'essaie de corriger. La plus importante c'est que le message ne peut être envoyé qu'à l'endroit où se trouve l'appareil pendant l'envoi, c'est-à-dire ici. C'est un hangar que j'ai fait construire sur l'ancienne ferme de mes grands-parents. Ça veut dire aussi que lorsqu'on envoie le message, il faut s'assurer que la bonne personne sera présente au moment précis de sa réception. Évidemment, plus on remonte dans le passé et plus ça se complique.

La ferme des grands-parents, le message, la personne qui le reçoit… En écoutant Isaac, le puzzle se complète enfin.

– Alors c'est ça la voix qu'a entendue ma mère, juste avant ma naissance ? Tu t'es envoyé un message ?

En voyant la tête d'Isaac, je comprends que j'ai visé juste.

– Elle s'en souvient ?

Isaac se ronge les ongles en cherchant comment éviter la conversation à venir. Il n'a aucune envie de partager cette histoire mais, résigné, il le fait quand même.

28

– Ce jour-là, j'étais dans la ferme en train d'étudier et ta mère était dehors. J'ai entendu le même son strident que celui de tout à l'heure et puis, pendant que je cherchais d'où ça venait, j'ai entendu ma voix, beaucoup plus âgée.

Isaac se replonge dans le moment décrit avec tristesse et émerveillement.

– La voix prétendait être moi, dans le futur. Cet Isaac me disait qu'il avait réussi à construire un appareil permettant d'envoyer ce message. Ça peut paraître fou mais c'était une idée qui me trottait déjà dans la tête depuis un bail, donc je l'ai écouté attentivement. Il m'a donné des infos que seul moi pouvais connaître et il m'a dit de prendre de quoi noter. Comme lui, je devais parvenir à construire l'anti-téléphone mais plus rapidement. Il m'a donné des formules que j'aurais mis des décennies à trouver et les résultats d'un tirage du Loto à venir pour que je n'aie plus à me soucier de la partie financière.

Je l'écoute attentivement, fascinée par son stupéfiant récit. Isaac semble avoir réalisé le fantasme de tous, devenir riche sans effort en découvrant à l'avance les bons numéros du loto. Pourtant, à l'annonce de cette prouesse, la fierté quitte son regard pénétrant. Je comprends alors que la suite va prendre une tournure beaucoup moins féerique.

– Il m'a aussi dit que dans sa réalité, il avait été un père désastreux et qu'il avait gâché la vie de sa famille. Son ex-femme le détestait ainsi que sa fille. Selon lui, j'allais vite m'en rendre compte. Il était persuadé qu'il valait mieux pour tout le monde que je parte et qu'elles refassent leur vie sans moi.

Mon intestin se tord. Jusqu'ici, j'avais continué à espérer qu'une raison extérieure avait forcé Isaac à nous abandonner. Un *deus ex machina* qui le disculperait de toute malveillance. En réalité, c'est l'extrême opposé qui s'était produit. Cette raison extérieure, c'était lui.

– Et tu l'as cru ?

Isaac baisse les yeux vers ses baskets usées, trop honteux pour croiser mon regard.

– Au début, je ne savais pas trop quoi en penser… Mais il faut que tu comprennes que j'avais à peine 20 ans à ce moment-là et que ta mère m'a imposé sa grossesse.

Je manque de m'étouffer avec ma salive. Comment ose-t-il accuser ma mère de sa lâcheté ?

– Ce n'est pas ce qu'elle m'a dit. Selon elle, vous pensiez que c'était un cadeau du ciel.

Isaac pouffe et secoue la tête.

– Je n'aurais jamais sorti une telle ânerie, même à cet âge-là.

J'encaisse cette claque verbale avec dégoût. Isaac réalise la cruauté de ses paroles puis reprend, plus diplomatiquement :

– Ce que je veux dire, c'est que c'est ta mère qui était croyante. Ses parents, surtout. Ils n'auraient jamais accepté qu'elle avorte.

– C'est ce que t'aurais voulu ?

Isaac remet ses lunettes et retourne vers le tableau pour l'effacer, sans raison apparente. Est-ce qu'il va se lancer dans un nouveau schéma explicatif ? Un truc du genre « cette ligne, c'est ma vie sans toi. Remarque à quel point elle est plus élégante » ? Je sens la haine monter en moi.

– On était encore étudiants, Alicia, on n'était pas prêts pour avoir un enfant. Ça n'a rien à voir avec toi.

– C'est bizarre mais j'ai du mal à ne pas le prendre personnellement.

Isaac pose son chiffon à côté d'une montagne de fils électriques et réfléchit, embarrassé.

– Je ne sais pas quoi te dire d'autre que la vérité, je suis désolé.

Malgré son air navré, je ne décèle chez lui aucune compassion. Il m'expose sa froide vérité comme il résoudrait une équation. Le vrombissement incessant des ventilateurs devient plus oppressant. Tout me répugne, sa tête de con et sa machine de merde. J'ai envie de m'enfuir, d'arracher tous les câbles au passage. Étrangler Isaac avec, pourquoi pas.

– Et quand ma mère a accouché et que tu m'as vue, ça s'est confirmé ? T'as regretté qu'elle n'ait pas avorté ?

– Bien sûr que non. Mais je te dois d'être honnête, les premiers jours ont été très durs. Je ne supportais pas la fatigue, je ne supportais pas tes crises de larmes constantes. Je suis quelqu'un qui a besoin de calme et, d'un coup, une tornade a emporté toute ma vie. Je n'avais pas un amour suffisant pour compenser tout ça et j'avais peur qu'il n'arrive jamais.

J'avais peur de devenir violent, aussi, de ne pas pouvoir me contrôler parce que ça m'arrive, parfois. J'avais peur pour toi, Alicia. Alors je me suis dit que j'avais sûrement raison, que je n'étais pas fait pour être père.

Isaac continue de fixer le sol. Je bouillonne de rage, écœurée par cette lâcheté qui ne l'a pas quitté.

– Aie au moins le courage de me regarder dans les yeux quand tu me dis ça, putain !

Isaac peine à relever la tête, comme si elle était de plomb. Je continue de l'assiéger alors qu'il s'éloigne vers le cylindre central.

– Tout le monde pète un câble avec un bébé, ce n'est pas une raison pour l'abandonner au bout de deux semaines !

Acculé, Isaac commence lui aussi à s'énerver. Son flegme laisse place à une hargne nourrie par la frustration. Sa peau rougit et ses yeux deviennent menaçants. Je frissonne en redécouvrant le visage sinistre qui hantait mes nouveaux souvenirs.

– Je ne sais pas quoi te dire, je n'y arrivais pas ! Je ne dormais plus et au fond de ma tête, j'avais cette voix qui me disait que j'avais déjà vécu la suite et que ça n'allait pas s'arranger, que ça serait un désastre pour tout le monde ! J'en avais reçu la preuve, qu'est-ce que tu veux de plus ? Je n'en suis pas fier mais à ce moment-là, j'étais sûr que tu allais être plus heureuse sans moi dans ta vie.

– Merci *papa*, quel cadeau tu m'as fait.

De toutes les raisons données par des connards de mecs qui ont abandonné leur famille, je ne crois pas que « mon moi du futur m'a conseillé de le faire » ait déjà été cité. Si on devait établir un classement, de la meilleure excuse à la plus pourrie, je ne sais même pas où je la rangerais. Au moins, si elle avait été inventée, j'aurais pu apprécier la créativité d'Isaac. Mais là, vu tout ce que je viens de vivre, je n'ai aucune raison de ne pas le croire.

– Et les souvenirs que j'ai de toi, ce sont des souvenirs de cette vie-là ?

La question semble fasciner Isaac. Il me répond avec une voix adoucie.

– En toute hypothèse, oui. Tu te souviens de quoi, exactement ?

– Je ne sais pas, c'est assez flou. Que t'as été un père de merde, effectivement. Que tu passais ta vie à travailler sur un projet en particulier que j'imagine être la machine en face de moi.

Isaac hoche la tête.

– Je suis désolé, Alicia, je n'ai jamais envisagé que de tels souvenirs puissent subsister. Quand est-ce que les tiens sont apparus ?

Je détecte dans sa question une pointe de curiosité qui ne fait qu'amplifier mon exaspération.

– Qu'est-ce que ça change ? C'est de ça que tu t'excuses ? D'un défaut de fabrication de ta machine ?

– Non, c'est juste que…

– Donc si je résume bien, la vie dont je me souviens maintenant, c'est la vie que tu n'as pas voulue ?

– Pas exactement…

– Si si, en fait t'as construit ta putain de machine en négligeant ta famille, en niquant ma vie, et quand t'as fait le point à la fin de tout ça, tu t'es dit que le problème c'était nous. Pas toi ou ta machine. Nous. Alors tu t'es dit que ça serait plus simple pour tout le monde que tu nous abandonnes, c'est ça ?

– Tu simplifies un peu les choses, Alicia.

– Je ne crois pas, non. Je ne suis peut-être pas un génie comme toi mais là ça me semble assez clair. T'as compris que ta famille et ta machine n'étaient pas compatibles et quand t'as dû faire un choix, tu ne t'es même pas posé la question, t'as choisi ta machine de merde.

– Je comprends que tu sois énervée mais il faut que tu arrives à concevoir une donnée importante. Ce n'est pas moi qui ai envoyé ce message. C'est un autre Isaac, celui de la réalité précédente.

– Ne me prends pas pour une conne, je comprends très bien. Mais celui qui nous a abandonnées au final, c'est bien toi, non ?

Isaac reste planté devant le cylindre. Les lasers rouges illuminent son visage humilié, creusant un peu plus ses cernes. Mon premier souvenir de lui se déforme à nouveau. Cette fois, c'est lui qui subit ma colère. Lui qui se retrouve au pied du mur, comme un petit garçon qui aurait fauté. Je lui jette un regard satisfait alors que tout mon corps menace de s'écrouler.

– On est d'accord.

29

Je me dirige vers la sortie, certaine que je n'ai plus rien à tirer de cet homme. Isaac, affolé, tente de me convaincre de rester.

– Attends Alicia, il faut qu'on parle de ce qu'il s'est passé !

Sans lui prêter la moindre attention, je continue ma route jusqu'à la porte. Elle est fermée.

– Ouvre-moi.

– Alicia, s'il te plaît…

– Ouvre-moi.

En croisant mon regard, Isaac comprend qu'il n'a aucune chance. S'il tient à son intégrité physique ainsi qu'à celle de sa machine, il va devoir me libérer.

Il m'ouvre la porte et me raccompagne à la suivante comme un majordome, cherchant des paroles pour me retenir sans oser les prononcer. Je sors du hangar sous le regard ahuri du gardien. Il doit probablement se demander ce qui a bien pu se passer à l'intérieur de ce sanctuaire proscrit.

– Bonne journée, Cyril.

Je lâche cette phrase avec insolence puis rejoins ma voiture, pressée de quitter définitivement ce lieu. Argos avait raison au final, je n'aurais jamais dû m'en approcher.

*

Une fois sur la route, j'avale les kilomètres en essayant de digérer cette rencontre avec mon géniteur. Les arbres défilent, leurs feuilles se mêlant dans une danse frénétique sous l'effet du vent. Je viens d'apprendre qu'Isaac a trouvé le moyen d'envoyer des messages dans le passé, c'est une découverte scientifique incroyable dans tous les sens du terme, et pourtant, dans mon esprit, cette nouvelle passe au second plan. Seules les causes de son abandon subsistent.

Ce qui m'énerve le plus, c'est qu'Isaac a raison sur un point. Si je me fonde sur les souvenirs que j'ai de mon ancienne vie, il n'a pas brillé par ses aptitudes parentales. Selon lui, on en était même venues à le détester, ma mère et moi. Est-ce la vérité ou une interprétation de sa part ? J'ai effectivement des réminiscences de ma mère refusant de lui parler ou de moi allant dans sa tanière lui réclamer la pension alimentaire qu'il nous doit. Des images floues de disputes, de portes claquées et de larmes coulent dans mon esprit, s'accordant avec les paysages monotones qui défilent derrière mon pare-brise. Au moins, quand Isaac nous a abandonnées, j'ai pu connaître mon père pendant mes douze premières années.

En fait, dans une vie, j'ai un père qui s'en fout de moi et dans l'autre, j'ai un père qui m'aime mais qui meurt quand je suis encore gamine. Je dois vraiment avoir un karma de merde. Ou alors c'est une histoire de destin immuable, je ne sais pas. Dans tous les cas, je me fais baiser.

Je me trompe volontairement de route pour mieux réfléchir. Pendant des heures, je compare ces deux réalités, ces deux vies. Celle que j'ai vécue et celle dont Isaac m'a privée. Y en a-t-il une meilleure que l'autre ? Comment comparer deux vies de presque trente ans chacune, à partir de souvenirs imprécis ? Nawel me dirait probablement que ça n'a pas d'importance, qu'il n'y a que le présent qui compte. Sauf qu'après tout ce que je viens d'apprendre, le présent m'importe peu.

J'ai envie de partager cette confusion, mais avec qui ? Tous mes amis me prendraient probablement pour une folle. Argos, lui, me croirait mais je n'ai aucune envie de lui reparler. Il ne me reste que ma mère.

– Allô ?

– Coucou maman, c'est moi.

– Coucou ma puce, ça va ?

J'ai envie de fondre en larmes et de tout lui raconter, comme quand j'étais gamine et qu'un autre enfant m'avait volé mon jouet. Je veux l'entendre me rassurer, me dire qu'Isaac est insignifiant, que j'ai été aimée depuis mon premier cri, mais rien ne sort.

– Ça va.

– Ça n'a pas l'air. Tu fais quoi ?

– Je suis en voiture, je me balade.

Dans le ciel, des avions volant anormalement bas m'indiquent que je suis du côté de Roissy.

– T'es sûre que tout va bien ?

Je ne sais pas si c'est parce que je suis découragée d'avance de tout lui expliquer ou par vengeance personnelle, mais je n'ai plus l'envie de lui confier le moindre secret. Après tout, elle m'a trahie, elle aussi, presque autant qu'Isaac.

– Oui, je voulais juste te faire un coucou, en fait. Je te rappelle plus tard, je n'ai pas mon kit mains libres et il y a souvent des flics dans le coin.

Ma mère sait que je mens mais se résigne.

– D'accord, ma puce. Si t'as un truc à me dire, n'hésite pas, tu sais que je suis là.

– Oui, je sais. Bisous, maman.

Je raccroche avec un sentiment de culpabilité vite disparu.

Les kilomètres défilent. Ma jauge d'essence diminue mais ma rage, elle, est inépuisable. Je pourrais rouler jusqu'à la mer du Japon que ça n'y changerait rien.

Mon téléphone vibre. J'y jette un œil, prête à agresser verbalement ma mère, mais c'est le nom d'Argos qui apparaît. Je soupire en laissant mourir l'appel. La voix robotique de ma boîte vocale lui répondra sûrement plus chaleureusement que si je décrochais.

« Ouais, c'est Argos. Tu filtres mes appels ou quoi ? Bref, je voulais juste te prévenir que depuis qu'on est allés au hangar, j'ai l'impression qu'y a quelqu'un qui me suit. Ça me l'a fait au retour et ce matin quand je suis allé chercher des clopes. Je sens une présence derrière moi et dès que je me retourne, le mec disparaît. Du coup je pense que je vais faire profil bas pendant quelque temps, je te conseille de faire la même chose. Fais gaffe à toi. »

Sa paranoïa a le mérite de me faire sourire. Il s'imagine en ennemi d'État poursuivi par les services secrets alors qu'Isaac n'a mis en péril que la vie de deux personnes, au final, ma mère et moi.

Enfin, je crois.

Car si le message qu'il s'est envoyé ne concernait que notre famille, pourquoi d'autres personnes ont des souvenirs d'une précédente vie ? Argos a participé à la construction du hangar, certes, mais *quid* de tous les membres du forum aux témoignages similaires ? Sont-ils tous mythomanes ? Ou le message d'Isaac a-t-il foutu une merde bien plus importante qu'il ne le croyait ?

30

La tête embrumée, je me gare sur la première place libre près de chez moi. Les rues sont mouillées par la pluie récente, les rayons du soleil couchant se reflétant sur l'asphalte. Je continue de chercher la faille dans chacune des phrases d'Isaac tout en m'en voulant de lui accorder autant d'importance. Une fois devant mon immeuble, je tape le digicode machinalement puis monte les deux étages qui me séparent de mon appartement. J'insère la clé dans la serrure. Elle ne rentre pas.

Cette résistance m'oblige à sortir de mes pensées. J'inspecte ma clé sans lui trouver le moindre problème et je retente l'opération. Nouvel échec. Un éclair de panique traverse mon corps. Quelqu'un aurait-il changé ma serrure ? J'essaie toutes les clés de mon trousseau, même quand il paraît clair qu'elles ne rentreront pas. Aujourd'hui, j'ai assisté à bien plus surprenant. Après plusieurs tentatives, je me rends à l'évidence. Je n'arriverai pas à rentrer.

Hors de moi, je tambourine à la porte jusqu'à ce que j'entende un homme crier, à l'intérieur de l'appartement. Sa voix se rapproche puis la porte s'ouvre.

– Ça ne va pas ou quoi ? Qu'est-ce que vous me voulez ?

L'inconnu n'a l'air ni d'un tueur à gages, ni d'un agent de la DGSE, juste d'un chômeur en baggy que je viens d'interrompre en pleine partie de PS5. Son tee-shirt froissé à l'effigie des *Bulls* est recouvert de miettes de chips. Discrètement, j'observe derrière lui. J'aperçois des chaussures, un trophée posé sur un meuble bancal et le portrait d'une vieille encadré sur un mur noir. Je ne reconnais rien. Si cet homme a eu le temps de vider mon appartement et de le redécorer en quelques heures, je suis prête à l'engager pour mon prochain déménagement.

– Vous habitez ici ?

L'homme me dévisage, évaluant mon niveau d'intoxication. Je ne peux pas lui en vouloir vu la situation et notre proximité avec la colline du crack, porte de La Chapelle. Je sais que je n'ai pas trop pris soin de moi, dernièrement, mais j'espère quand même dégager une tout autre aura.

– À votre avis ?

– Désolée, j'ai cru que c'était chez moi. J'ai dû me tromper d'étage.

– Ça m'étonnerait, je ne vous ai jamais vue dans l'immeuble.

Il me ferme la porte au nez, me laissant comme une conne au milieu du couloir. En regardant autour de moi, je m'aperçois que l'occupant des lieux a raison. Ce n'est ni mon appartement, ni mon immeuble. En sortant dans la rue Riquet, dans le XVIIIe arrondissement, je réalise que je ne suis même pas dans le bon quartier de Paris. Cette rue m'est pourtant familière. La boulangerie qui sert un délicieux pain aux fruits secs et amandes, l'hôtel de passe miteux, la laverie où je venais faire sécher ma couette trop volumineuse… J'ai habité ici dans mon autre vie.

Je retourne à ma voiture, groggy, en essayant de comprendre dans quelle merde je suis. Mes faux souvenirs ne se contentent plus de me hanter, ils commencent à remplacer les vrais.

31

Quatre ans après le dernier confinement, je suis de nouveau en quarantaine. Je reste enfermée, les stores baissés. Je ne réponds plus au téléphone et ne sors plus que pour m'approvisionner. Les meubles sont encombrés d'emballages vides, de vêtements et de vaisselle sale, signes d'une vie mise sur pause. Isolée dans une bulle d'acide, seules les Billie me tiennent compagnie. L'une chante et l'autre ronronne. Toutes les deux sont indifférentes à mon état mais me réconfortent quand même.

« *I'll be seeing you... / In all the old familiar places / That this heart of mine embraces...* »

Il ne suffirait que d'une portée de chatons pour que je devienne officiellement la folle aux chats de l'immeuble, celle qui a renoncé à tout, celle qui provoque dégoût et peine, celle qu'on hésite à aller voir pour se plaindre de l'odeur et des miaulements à répétition. Ce ne sont pourtant pas les sollicitations qui manquent. Isaac m'inonde de messages, m'implorant de le rappeler, mais je n'ai aucune envie de lui accorder la moindre pensée. Des souvenirs de lui me reviennent parfois mais je les chasse aussitôt, comme une espèce nuisible. Ma mère la joue plus fine avec des messages épars faussement anodins auxquels je réponds de manière laconique. Mes anciens collègues me proposent divers plans alcoolisés plus ou moins prestigieux. Je vis chaque nouvelle notification comme une agression.

Antoine me demande des nouvelles, par amitié ou conscience professionnelle, peut-être. Il faut avouer que notre dernier échange n'a pas été rassurant. Je lui mens, comme à tous les autres, et refuse ses invitations. De toute façon, je ne suis pas vraiment seule. En plus des Billie, Ève m'accompagne.

Maintenant que je connais la raison de mes faux souvenirs, j'en déduis que j'étais en couple avec elle, dans mon autre vie. Encore une chose dont Isaac m'a privée. Je n'ai toujours pas compris pourquoi elle s'appelle désormais Annabelle mais je ne m'en inquiète plus.

Les croquis de son visage jonchent mon bureau. Chaque soir, je revisionne sa bande démo, encore et encore, en fermant les yeux pour tenter de la retrouver. Je peste contre sa carrière qui n'a jamais décollé et ne m'offre que si peu à me mettre sous la dent. Je sonde les tréfonds de YouTube à la recherche de la moindre vidéo dans laquelle elle pourrait apparaître. J'ai même loué un navet en VOD pour profiter de son apparition de quelques secondes à la vingt-sixième minute du film. C'est ridicule, je sais, mais je suis prête à tout pour la sentir à mes côtés.

« Je serai toujours là pour toi », répète-t-elle en boucle. Un extrait de film que je transforme en promesse. Un traitement de fortune contre ma solitude.

De nombreux souvenirs me reviennent d'elle et se mélangent aux scènes que j'ai visionnées, à mes fantasmes aussi, peut-être. Je les dessine en espérant les rendre plus vrais. Je nous revois débattre, rire, faire l'amour. On est sur un scooter et on traverse les rues d'une ville d'Amérique latine en manquant de mourir à chaque croisement. On refait le monde au beau milieu d'un lac, un verre de vin à la main. On chante à tue-tête dans la fosse lors d'un concert de Hyphen Hyphen. Elle réussit à combler le vide, à apaiser ma rage, à m'apprendre le bonheur. Je peine à démêler le vrai du faux mais c'est sans importance. Une certitude ressort, limpide et persistante. Ève est ce qui m'est arrivé de mieux dans mon ancienne vie, peut-être même dans celle-ci. La seule qui fasse sens dans tout ce merdier. Peu à peu, mon envie de la rencontrer se transforme en besoin vital.

Mais comment convaincre une personne qui ne vous connaît pas que vous êtes son âme sœur ? Combien se posant la même question ont fini avec une ordonnance de protection demandée contre eux ? J'ai bien conscience que ma lucidité se raréfie, mais elle n'a pas complètement disparu. J'élabore donc un plan, sans risque ou presque.

Malgré ma démission, je suis restée en bons termes avec mon ancien patron. Il a toujours cru que mon burn-out était aussi passager qu'un état grippal. Si ça ne tenait qu'à lui, je serais déjà de retour parmi ses esclaves surpayés. Je sais donc qu'il me laissera utiliser l'une des salles de son agence si je m'abaisse à user de son arme préférée, le *bullshit*. Au téléphone, je le brosse dans le sens du poil et invente une histoire de court métrage dont je me charge notamment du casting. Un projet artistique temporaire, une quête de sens nécessaire pour souffler un peu avant de reprendre les choses sérieuses, sous-entendu retourner travailler chez lui. Mon ancien patron m'offre tout son soutien, ne m'écoute qu'à moitié et me parle avec nostalgie de sa carrière avortée de comédien.

La salle acquise, je contacte l'agent d'Ève en lui faisant croire que je travaille toujours pour mon ancienne agence et je lui donne rendez-vous pour qu'elle passe le casting d'une prochaine publicité.

Évidemment, j'ai menti en disant qu'il me restait un semblant de lucidité. Tout a disparu quand j'ai entendu ma voix grésiller au fond d'un hangar.

32

L'enfer est pavé de bonnes intentions et mon ancienne agence de pub ne fait pas exception. Macs surpuissants, batailles de Nerf et soirées karaoké hebdomadaires, tout est pensé pour dégager une ambiance « performante mais pas prise de tête ». Un mariage forcé entre travail et vie privée car, ici, on n'a pas le temps de séparer les deux. Dans l'open space, la moyenne d'âge est moitié moins élevée que celle des patrons. Sur la photo de groupe prise dans la cour, tout le monde sourit. Les hommes portent des chemises que l'on croirait sorties d'un épisode d'*Hélène et les garçons* et les filles font des grimaces sur des tricycles. On va probablement boire des bières et manger des pizzas à 20 euros, le soir même, pour terminer la dernière campagne dans une bonne humeur créative.

En franchissant la porte d'entrée, j'ai la nausée. Peut-être un choc post-traumatique ou juste l'appréhension de bientôt rencontrer Ève. J'ai l'impression de redécouvrir un monde oublié, à la fois familier et absurde. À l'accueil, Amina se lève pour me faire la bise, son corps anormalement parfait moulé dans une robe à fleurs.

– Aliciaaaaaaa, t'es vivante, en fait ? Espèce de connasse, pourquoi tu ne donnes plus de nouvelles ?

– Désolée bichette, c'était la course, ces dernières semaines.

– T'es partie chez TBWA ?

– Quoi ? Non non mais c'est compliqué, je te raconterai plus tard, promis.

– OK, il y a un super bar à cocktails qui vient d'ouvrir dans la rue, en mode *speakeasy*, tu vas kiffer.

– Trop bien, faisons ça vite, alors.

– Tu viens voir Marc ?

– Non, je vais juste squatter la salle Draper pour un projet perso, le court métrage d'une amie, je te raconterai aussi. Du coup, s'il y a une Annabelle qui arrive, une jolie rousse, tu peux me l'amener, s'teplaît ?

– Hu-hum… Une jolie rousse ?

– Ouais, enfin j'en sais rien, je dis ça pour que tu la repères, je ne la connais pas mais elle est mannequin, donc…

– T'inquiète, poulette, je vais te l'amener sur un plateau d'argent.

Je remercie Amina et traverse l'open space à la déco faussement aléatoire, combinaison d'affiches de concerts, d'œuvres d'art contemporaines et de blagues visuelles que seuls les employés peuvent comprendre. Les visages de mes anciens collègues me paraissent aussi artificiels que les pubs que l'on a créées ensemble. Je salue tout le monde comme une politique en campagne, chaleureuse mais en retard pour son prochain meeting. Je promets une demi-douzaine de verres que je n'ai aucune intention d'honorer. Quand j'arrive enfin devant la salle de réunion, je me faufile puis referme la porte de l'enfer, ornée par la silhouette de Don Draper. À l'intérieur, des posters des précédentes campagnes habillent les murs rouges. Oasis, Betclic, Jules... De nombreux clients sont passés ici, pour écouter nos idées révolutionnaires. Une pub en slam pour vendre du gel douche ? *Wow*. Une affiche de métro floue pour intriguer les usagers ? Du génie. Un nouveau hashtag TikTok pour lancer un mouvement autour du recyclage de bouteilles ? Qu'on nous apporte le prix Nobel.

Je m'assois en jetant un regard complice sur la baie vitrée. Sa vue imprenable sur une partie du XXe m'a souvent servie d'échappatoire pendant ce genre de présentations. Sur la grande table ovale, quelques dossiers datant de la précédente ont été abandonnés entre stylos et Post-it multicolores.

Je n'ai pu obtenir de mon ancien patron qu'un créneau de trente minutes avant de devoir libérer la salle pour une réunion. Ma jambe droite oscille de façon convulsive, ma main opposée gratte le bois de la table avec la ferveur d'une taupe creusant la terre. Je suis à deux doigts de me faire saigner quand la porte s'ouvre.

Elle est là.

Le souffle coupé, je découvre Ève en compagnie d'Amina. Cette dernière me sourit, l'air de dire « je ne sais pas ce qui se trame ici mais t'as intérêt à me le raconter dans la foulée ». Je me lève et la remercie de manière sobre et professionnelle, à son grand amusement.

En voyant Ève s'approcher, mes jambes ont soudainement du mal à porter le poids de mon corps. À côté, ma rencontre avec Isaac me paraît anodine. Elle est enfin là, devant moi.

Un mirage qui prend vie. Sa chevelure aux boucles de cuivre qui vient caresser ses épaules nues, son grain de beauté délicatement posé sur un sourire gracieux, la constellation de taches de rousseur qui recouvre sa peau… Mon souvenir d'elle, que je croyais fantasmé, n'est en réalité qu'une pâle copie comparée à l'original. Je flotte jusqu'à elle et m'apprête à l'embrasser. Elle me tend la main.

– Enchantée, Annabelle.

– Alicia.

Ma déception est adoucie par son parfum. À peine son odeur de jasmin vanillé a-t-elle envahi mes narines que tous mes sens se mettent en alerte. Des centaines de souvenirs d'Ève se bousculent dans mon esprit comme des animaux sauvages que l'on viendrait de libérer. Ils se cognent, se contredisent, se superposent. Un shot enivrant de nostalgie factice. Ève m'observe, perplexe.

– Est-ce qu'on s'est déjà rencontrées ? J'ai une sorte de déjà-vu, je ne sais pas comment l'expliquer.

Je reprends espoir mais calme mes ardeurs. Je ne peux pas lui dire que oui, on s'est déjà rencontrées et on s'est aimées même, dans une autre vie. Qu'elle me manque tellement. Non, pas aussi brutalement. Je me contente alors de sourire et de répondre, un peu gênée.

– C'est possible oui, j'ai la même impression.

– On trouvera peut-être pourquoi avant la fin du casting.

Ève me rend mon sourire et s'assoit en face de moi. J'humidifie discrètement mes lèvres sèches et entame mon mensonge.

– Du coup je t'explique le projet, ce n'est pas vraiment une pub, en fait, c'est pour une série de courts métrages qui sortiront en même temps que le parfum. C'est sur le thème de l'amour éternel. Un peu pompeux, mais bon, c'est pour un parfum, quoi.

– Je vois l'idée, répond-elle en riant.

– Ton personnage s'appelle Ève…

Ses yeux s'illuminent d'une surprise amusée.

– Qu'est-ce qu'il y a ? Tu n'aimes pas ?

– Si, si. Ça me fait rire parce que c'est mon vrai prénom.

– Ah bon ?

– Oui, je m'appelle Ève, en vrai. Ève Bataille. C'est juste que quand j'ai fait mes premières photos j'ai paniqué et j'ai donné un pseudo. J'étais jeune, je l'ai fait dans le dos de mes parents et du coup j'avais peur qu'ils l'apprennent. Après j'ai enchaîné d'autres trucs avec ce nom-là et c'était trop tard pour changer. Pas que j'ai eu une carrière fulgurante, j'entends, mais…

– Je comprends, t'inquiète. Les deux prénoms te vont très bien.

– Merci…, répond-elle, un peu décontenancée.

Son explication me soulage. Si je connais son vrai prénom, c'est la preuve que je n'ai pas inventé mes souvenirs de notre relation passée. Maintenant, il faut juste qu'Ève s'en souvienne, elle aussi. Je lui tends un script qu'elle se met à survoler, un peu stressée.

– Tu m'as dit que tu t'appelais Alicia, c'est ça ?

– Oui, pourquoi ?

– Parce que c'est le nom de l'autre personnage, c'est marrant.

– Oui, c'est une semi-coïncidence. Je crois que le réa essaie de me draguer. Il n'a pas compris qu'on n'était pas du même bord.

– Ah merde, je vois !

Ève se fend d'un adorable sourire espiègle, façon Fifi Brindacier qui aurait bien grandi. Je ne sais pas encore combien de temps je peux tenir sans me ridiculiser.

– Si ça ne te dérange pas, je vais te donner la réplique et lire les didascalies.

– Pas de souci. Il y a une intention particulière ?

– Sois naturelle et je suis sûre que ça sera parfait.

Nouveau sourire. Je galère à respirer, je crois même que j'ai oublié comment on fait. Je sais que le restant de ma vie va peut-être se jouer dans les prochaines minutes, comme si c'était moi qui passais le casting.

– Ève et Alicia sont en haut d'un pont, l'une à côté de l'autre. Alors que la nuit tombe, elles contemplent les lumières de la ville.

– C'est apaisant, non ?

Ève relève les yeux vers moi, attendant ma réponse. Je hoche la tête sans regarder le script. Je n'en ai pas besoin.

– Je crois que c'est surtout d'être avec toi qui m'apaise.

– Je dois bien le prendre ou ça fait partie des compliments que personne ne veut entendre, du genre « je te trouve très gentille » ?

– C'est marrant que t'en parles parce que je te trouve vraiment très gentille.

Ève simule un sourire amusé. J'ai un peu honte de ce que j'ai écrit. Ce n'est sûrement pas fidèle à ce qu'on s'est réellement dit sur ce pont mais c'est ce qui m'est revenu spontanément. Tant pis, je sais que la suite correspond à ce que je ressentais en sa compagnie, dans cette autre vie.

– Quand j'y réfléchis, je crois que je n'ai jamais été juste *bien* en fait, tu vois ce que je veux dire ? Sans un brouillard constant dans la tête. Je ne savais même pas que ça existait comme sensation, avant de te rencontrer. Et en quelques semaines, t'as réussi à changer ça. Donc ouais, c'est un putain de compliment.

Ève est gênée par la sincérité de mes propos, sûrement plus habituée à ce qu'on lui balance la réplique avec indifférence lors de ce genre de castings. Ou peut-être doute-t-elle juste de la crédibilité de la scène ?

– Alors ça me touche, répond-elle doucement.

– Les deux femmes se sourient et se regardent intensément. Ève avance légèrement la tête pour embrasser Alicia mais s'arrête. C'est Alicia qui prend les devants et termine le geste.

Ève acquiesce, confuse et intimidée. Je lui donne une chance mais rien ne se passe.

– Et là, on s'embrasse. Enfin, les personnages s'embrassent.

– *Yes.*

Derrière son embarras, je ne parviens pas à déceler la moindre émotion. Ce souvenir n'a-t-il rien éveillé en elle ? J'ai envie de me foutre en boule dans un coin, comme une élève de 6e qui n'assumerait plus d'avoir lu sa piètre dissertation devant la classe.

– Bon ben merci beaucoup, c'était super.

Je reprends un air jovial, l'air de dire « moi aussi je jouais, ne t'inquiète pas ». Le malaise diminue un peu.

– C'est bon ? Tu as tout ce qu'il te faut ?

– Ouais ouais, je… Ouais.

Ève repose le script et se lève.

– Cool, ben merci à toi ! Tiens, si tu veux, je te donne mon numéro perso au cas où, mon agent part bientôt en vacances.

Extatique, je ne peux m'empêcher d'interpréter cette

dernière phrase comme un appel du pied. Je suis souvent passée de l'espoir à la déception dans cette salle de présentation mais jamais à un rythme aussi effréné. Pour ne pas effrayer Ève, je lui réponds avec une nonchalance feinte de premier rendez-vous.

– Ah OK, ça marche.

– Merci encore, peut-être à bientôt.

Ève s'apprête à quitter la pièce et mon cœur s'emballe. Je sais que je devrais la laisser partir mais j'en suis incapable.

– Ève, attends, je voudrais te demander un truc.

Elle se retourne, étonnée par mon empressement soudain.

– Dis-moi.

– C'est juste que… j'ai vu que t'avais grandi en Franche-Comté ? Parce que moi aussi, à côté de Besançon.

– Ah, c'est marrant ! T'étais dans quel lycée ?

– Non, je suis partie avant, au collège. Mais du coup, je me dis que si je n'avais pas déménagé, on se serait peut-être rencontrées là-bas.

– C'est possible, oui.

– Ça se trouve, on serait même devenues amies.

Ève acquiesce, sans trop comprendre où je veux en venir.

– Oui, peut-être.

– Ou plus, qui sait.

Ève reste immobile, la bouche légèrement entrouverte. La même réaction que lorsque je proposais une idée débile à un client.

– Tu ne ressens pas quelque chose en me voyant ?

Ève écarquille les yeux et durcit ses traits, abasourdie par la tournure que prend ce casting douteux.

– Si t'es en train de me draguer, je suis flattée, mais j'ai un mec.

Sa réponse m'assomme, presque autant que l'expression implacable qui règne sur son visage.

– T'as un mec ?

Elle le confirme d'un mouvement de tête, sans sourciller, me laissant liquéfiée sur mon siège.

– Et… t'es heureuse avec lui ?

– Très heureuse, oui. Mais là, désolée, ça devient un peu trop personnel pour moi donc si le casting est terminé, c'est peut-être mieux que je m'en aille.

– Je suis désolée…

Ève ouvre la porte et m'achève avec un ton hypocritement enjoué.

– C'est pas grave. Tu tiendras au courant mon agent si je suis choisie pour la pub ? Pas besoin de m'appeler directement, j'ai zappé mais son assistant va prendre le relais pendant ses vacances.

– Bien sûr.

– Merci, bonne journée.

Le mirage se dissipe et me laisse à terre, la gorge desséchée. Ève ne s'est pas souvenue de moi. Pas vraiment, en tout cas. Elle n'est pas non plus tombée follement amoureuse en me voyant. Elle s'est juste comportée comme une meuf normale face à une inconnue qui la draguait lourdement. Même humiliée, je n'en veux qu'à une seule personne, moi-même, de nous avoir infligé ça. Je ne sais pas comment j'ai pu croire que ça allait se passer autrement. J'étais tellement absorbée par mes souvenirs d'Ève, tellement déconnectée de la réalité, que j'ai fini par la quitter pour de bon.

L'horloge m'indique avec mépris que la prochaine réunion va bientôt commencer. Si je ne bouge pas maintenant, une horde de hipsters parisiens va m'engloutir. J'essuie mes larmes naissantes et je tente d'invoquer mon plus beau sourire de façade. Refus de mon visage. Faute de mieux, je sors mon portable et fais mine d'envoyer un texto important avec un air concentré. Je franchis la porte et me dirige vers la sortie de l'agence, sans m'arrêter de taper. L'écran marque : « Je suis Odin diode djoqa je étagère. Cidks de Almodóvar », mélange de lettres tapées au hasard et d'*autocomplete*. Je ne sais pas ce que ça veut dire mais à en croire l'expression de mon visage, rien de bon. Mes larmes font le forcing pour sortir mais je m'évertue à les retenir. Elles tambourinent. Je bloque le passage en serrant les dents. Par chance, Amina est au téléphone quand je la croise. Je la salue d'un geste qui signifie « on se voit vite ! » et je m'échappe enfin.

33

Les jours défilent sans atténuer mon sentiment d'humiliation. J'ai envie de m'enterrer jusqu'au centre de la Terre, rejoindre Jules Verne, quitter cette réalité pour de bon. Pour la première fois, j'en viens à essayer de repousser mes souvenirs d'Ève, comme je me l'étais imposé avec Isaac. Je préfère étouffer cette illusion, désormais plus destructrice que salvatrice. La plupart du temps, c'est un nouvel échec qui s'ajoute à la liste.

Pour m'occuper, je décide de revisiter les livres de ma bibliothèque. À chaque ligne, mon esprit divague. À chaque chapitre, je m'endors un peu. Ces siestes de marin complètent à merveille le tangage constant qui m'accable.

« I'm a fool to want you / To want a love that can't be true. »

Lady Day, une habituée des relations amoureuses catastrophiques, me soulage de sa voix rauque et plaintive. Isaac, lui, continue de m'inonder de SMS m'implorant de le rappeler.

Je les ignore jusqu'à ce qu'il se décide à me laisser un message sur mon répondeur. Je ne devrais pas l'écouter mais c'est évidemment ce que je fais. Après tout, que pourrait-il me dire de pire que ce que j'ai déjà enduré ?

« Alicia, c'est Isaac. Je comprends que tu ne veuilles plus me parler mais je n'ai pas eu le temps de tout te dire, la dernière fois. Déjà, je voulais m'excuser pour la façon dont j'ai géré la situation. Je n'ai jamais été très doué pour les relations humaines et passer la moitié de ma vie enfermé dans un hangar n'a pas arrangé les choses.

« Ensuite je voulais te dire que les souvenirs que tu as de nous deux, j'en ai eu, moi aussi. Je croyais que c'était dû au surmenage mais ils ne se sont jamais arrêtés.

« Il faut que tu saches que dans ces souvenirs, j'ai vu que tu étais une fille incroyable. Je ressentais tout l'amour que j'avais pour toi et la fierté d'être ton père, même si je n'ai jamais été à la hauteur de la tâche. Le problème, c'est que je voyais aussi à quel point je t'ai négligée et je t'ai fait souffrir dans notre précédente vie. J'avais le cœur brisé à chaque fois que je revivais l'un de ces moments. Je ne te dis pas ça pour te prouver que j'ai eu raison de t'abandonner, je veux juste que tu saches que tu as toujours été importante pour moi, que ce soit dans notre autre vie ou dans celle-ci. Je n'ai jamais arrêté de penser à toi, même bien avant d'avoir ces souvenirs.

« Voilà, maintenant, je me dis que le fait que tu m'aies retrouvé c'est peut-être l'opportunité de réparer toutes les erreurs que j'ai commises avec toi. Donc, je sais que tu n'en as pas envie mais si tu en trouves le courage, s'il te plaît, rappelle-moi. »

Mon premier réflexe est de rejeter ce message en bloc. Quel culot a-t-il de me dire que je suis importante pour lui alors qu'il m'a reléguée au second plan dans deux vies différentes ? Et puis, dans les jours qui suivent, plusieurs souvenirs positifs de lui me reviennent, sans cris ni pleurs. Comme si voir Isaac en vrai avait débloqué dans mon esprit une vérité plus modérée.

Dans l'un d'entre eux, je construis un château fort en LEGO avec lui au milieu du salon. Tout se casse la gueule et on rigole ensemble. Dans un autre, je suis ado et il m'aide à faire mes devoirs de maths avec une passion qui me dépasse complètement. Des épisodes banals entre un père et une fille mais qui chamboulent mes certitudes.

A-t-il vraiment été un père aussi désastreux que je le croyais ? Et si mon esprit s'était concentré uniquement sur les épisodes les plus douloureux ? Après tout, c'est souvent ceux que l'on retient le plus, non ? Peut-être que comme pour les ex qui m'ont fait souffrir dans le passé, ma mémoire l'a transformé en monstre qui ne colle pas pleinement à la réalité. Au fond, tout était plus simple quand je me contentais de le détester. La nuance, c'est épuisant.

Lessivée par mon travail, trahie par ma mère et rejetée par mon âme sœur imaginaire, je commence à être à court de bouées pour rester à flot. Mon vrai père est mort il y a seize ans, voyons ce que le second a dans le ventre.

34

L'A16 est fluide. Je connais la route par cœur, maintenant, donc je peux réfléchir à la journée à venir. Seules des notifications de mon téléphone viennent ponctuellement troubler ma concentration.

« Joyeux anniversaire, ma belle !!! Du bonheur, de la réussite, tout ça. Quand est-ce qu'on va boire des coups, surtout ?? »

SMS, DM et gifs sur mon mur Facebook viennent me rappeler que j'ai 29 ans, aujourd'hui. Quel enfer. Ne suis-je pas censée être heureuse en couple avec une carrière formidable, à la veille de la trentaine ? Ou au minimum en train de me préparer pour une folle soirée ? Au lieu de ça, je roule vers un hangar perdu dans le Vexin, dans le but naïf de donner une seconde chance à mon père biologique.

Depuis qu'Isaac a de nouveau un droit de visite de mes pensées, de nombreux souvenirs de ma précédente vie ont afflué, plus variés qu'avant. Une sorte de *previously* de série télé, récapitulant tout ce qu'il s'est passé dans la dernière saison. C'est très étrange, comme sensation. Je n'ai vu Isaac qu'une seule fois mais j'ai désormais l'impression de l'avoir côtoyé pendant plusieurs décennies, avec ses défauts et ses qualités.

– Merci d'être revenue. Viens, suis-moi, on va parler à l'intérieur.

Quand je retrouve Isaac devant le hangar, il semble plus inquiet qu'heureux de me voir. Je ne m'attendais pas particulièrement à des retrouvailles chaleureuses mais sa froideur m'étonne, surtout après le message qu'il m'a laissé.

Nous saluons Cyril à l'entrée puis nous nous enfonçons dans le couloir, à l'abri des oreilles curieuses. Le mystère envolé, il me paraît bien moins impressionnant.

– Il faut qu'on parle de nos souvenirs.

La demande est brutale, presque impérieuse. Isaac ouvre la deuxième porte et nous pénétrons dans le hangar. Rien n'a changé si ce n'est que cette fois, plus aucun laser n'est visible à l'intérieur du cylindre central.

– C'est juste pour ça que tu voulais me revoir, en fait ? Pour faire un debrief de nos souvenirs ?

Isaac sent mon irritation et s'explique, un peu honteux.

– Désolé, c'est juste que je ne pense plus qu'à ça, depuis ta visite. Ça m'inquiète parce que nous ne sommes pas censés les avoir. Je voudrais juste vérifier que ce sont vraiment des souvenirs et pas des affabulations qu'on s'est imaginées, chacun de notre côté.

– Ce n'est pas moi le génie mais ça serait quand même une énorme coïncidence, non ?

– À vrai dire, les deux hypothèses me paraissent hautement improbables. Ah, j'oubliais !

Isaac m'abandonne devant l'entrée pour se diriger vers

une table pleine de bric-à-brac électronique. Il farfouille pendant un moment puis se retourne. Alors qu'il s'approche, je découvre un cadeau entre ses mains.

– Tiens, c'est pour toi. Joyeux anniversaire.

Je le fixe, estomaquée.

– Heu, merci. Tu te souviens de ma date de naissance ?

– Évidemment. C'est une période que je ne peux pas vraiment oublier.

Je déchire le papier cadeau et découvre un livre ancien. *La Machine à explorer le temps* de H. G. Wells est inscrit en lettres dorées sur la couverture.

– Désolé, je ne savais pas quoi t'offrir, mais c'est l'un de mes livres préférés. Mon père me le lisait souvent, quand j'étais enfant. Je me suis dit que c'était approprié.

– C'est… Oui… Je ne sais pas. Merci, en tout cas. Je ne l'ai jamais lu.

– Il a un peu vieilli mais donne-lui une chance.

Je souris et range le livre dans mon sac.

– Promis.

Sans transition, Isaac retrouve un air stoïque, comme s'il n'avait fallu qu'une minute pour vider sa jauge d'empathie.

– Concernant nos souvenirs, est-ce que tu as pu vérifier les tiens ?

– Je n'irai pas jusque-là. Il y a des indices qui me poussent à croire que je ne les invente pas mais je n'en sais rien, tout est très confus. J'ai un tas d'émotions et d'images qui se mélangent, parfois j'ai l'impression de devenir folle.

– C'est tout à fait normal. Si ce qu'il nous arrive se confirme, le cerveau humain n'est pas conçu pour le gérer. Partageons nos souvenirs et voyons si certains coïncident, tu veux bien, Alicia ?

L'idée me paraît raisonnable mais par où commencer ? Pendant plus de vingt minutes, nous échangeons des bouts de mémoire imprécis, assis de chaque côté du cylindre central. En les articulant, je ne sais pas vraiment si je m'en souviens ou si je les improvise, la sensation est la même. À voir l'expression embarrassée d'Isaac, j'ai l'impression que c'est pareil pour lui.

– Toi aussi, tu te souviens qu'on jouait au baseball ? demande-t-il, lui-même surpris par la question.

Je revois un tee-shirt rayé floqué du chiffre 6, des coups de batte dans le vide et des courses effrénées au milieu de peupliers.

– Dans un parc près de l'école ? Ça me dit un truc.

– Et tu as joué au baseball dans cette vie-là, aussi ?

– Non. Qui joue au baseball en Franche-Comté ? Ça devait être ton idée, pas la mienne.

Isaac enlève ses lunettes, comme si elles l'empêchaient de réfléchir.

– C'est bizarre, je n'y ai jamais joué non plus.

Les échos de nos passés alternatifs s'entrechoquent sans prouver grand-chose. Difficile de faire la différence entre pouvoir de suggestion et véritables concordances. Ils ont au moins le mérite d'installer une ambiance plus cordiale entre Isaac et moi.

– Je me souviens qu'on faisait des expériences ensemble, avec une boîte de jeu du style *Le Petit Chimiste*.

Isaac acquiesce avec un sourire enfantin.

– Oui, ça ne m'étonne pas. J'adorais ça quand j'étais petit. Mon père me concoctait toutes sortes de mélanges interdits, on avait même fait de la nitroglycérine. Ça a dû me traverser l'esprit d'en faire avec toi mais ta mère m'aurait tué.

– À juste titre, non ?

– Comme disait mon père, la science est un tigre qu'il faut savoir dompter.

Je souris d'un air désabusé.

– T'as l'air d'avoir eu un père génial.

Encore une fois, ma pique passe au-dessus d'Isaac. Il me répond avec le plus grand sérieux.

– Il l'était mais je le voyais peu. C'était un scientifique aussi, pour un laboratoire rattaché au CNRS. Il travaillait beaucoup et je chérissais tous les moments qu'il passait avec moi. Quand j'étais au lycée, on lui a diagnostiqué un cancer du poumon. Après ça, il était présent physiquement mais tellement fatigué qu'on ne pouvait plus rien faire ensemble. Il est mort en quelques mois.

Ma compassion naturelle se heurte à ma volonté de croire que le karma existe. Un karma rétroactif, en l'occurrence. Je projette une moue désolée et me lève de ma chaise pour explorer la salle, à la recherche d'un nouveau souvenir à partager. Je marche jusqu'à une cabine d'enregistrement transparente comportant un siège et un micro relié à une sorte de tableau de bord. Dessus, je remarque des cadrans en cuivre et des leviers en ivoire jurant avec le reste, plus rudimentaire.

– Tu comprendras bientôt, m'informe Isaac en réponse à mon air étonné.

En continuant la visite, je m'aperçois que le hangar est divisé en deux parties. Une pièce principale qui contient la machine centrale, mais aussi une annexe fermée, comportant deux bureaux et une salle où des dizaines d'ordinateurs et leurs ventilateurs tournent à plein régime. À travers la vitre, j'aperçois l'intérieur de l'un des bureaux, complètement désordonné. La pièce est remplie de livres scientifiques, de paquets de gâteaux et d'objets en tout genre, comme si quelqu'un squattait là. Jeu de fléchettes, notes griffonnées à la hâte, tasses de café à moitié vides... Au milieu du foutoir étalé sur la table, la présence incongrue d'un sublime violon ancien.

– Tu joues du violon ?

– Oui, ça m'aide à réfléchir quand je suis bloqué sur un problème. Je n'ai rien inventé, mon père le faisait aussi et Einstein avant lui. Il existe un rapport étroit entre la musique et les sciences, tu sais, une harmonie des sphères.

– Je peux le prendre ?

– Tu en joues aussi ?

– Non, mais depuis que je l'ai vu, j'ai l'impression que si. Est-ce que tu m'aurais donné des leçons, dans notre autre vie ?

Nous fouillons simultanément dans notre mémoire mais rien ne vient.

– C'est possible, essaie.

Naturellement, je pose le violon sur ma clavicule et l'incline de manière à l'enfoncer contre mon col. Mon menton s'appuie sur le bois et s'imbrique parfaitement. C'est la première fois que je touche un violon et pourtant, l'avoir entre les mains m'est incroyablement familier. J'ajuste ma posture. La tête droite, les épaules effacées, le poids du corps sur ma jambe gauche. Isaac m'admire avec fierté.

– Essaie de jouer la *Valse n° 2* de Chostakovitch. C'est généralement ce qu'on apprend aux débutants.

Je n'ai jamais entendu ce nom mais je me saisis de l'archet et commence à jouer. Les fausses notes s'enchaînent mais, peu à peu, une mélodie ressort. Je reconnais la musique d'une pub pour je ne sais quelle banque. Quand je réalise que c'est moi, l'interprète, je repose le violon comme s'il me brûlait les mains puis me tourne vers Isaac, abasourdie.

– Je crois qu'on a la confirmation que nos souvenirs sont vrais, Alicia.

Ce n'est pourtant pas de la joie que je perçois dans sa voix, mais une profonde inquiétude.

35

Je peine à me remettre de cette expérience, presque surnaturelle. Des souvenirs de leçons de violon, avec ou sans Isaac, me reviennent de ma précédente vie. Plus que jamais, j'ai l'impression d'être étrangère à mon corps et à mon esprit, une intruse. Qui est cette femme impulsive, joueuse de violon, en couple avec une déesse rousse ? Cette existence passée, qui ne semblait m'inspirer que peur et douleur, s'affiche désormais sous son meilleur jour. Tout en elle me paraît fabuleux et exotique comparé à l'ennui de ma véritable vie.

Isaac, ignorant tout de cette sombre épiphanie, nourrit ma douleur en croyant bien faire.

– Arrêtons un peu de comparer nos souvenirs. Tu veux bien me parler de toi, Alicia ?

Je n'ai aucune envie de lui répondre que la nouvelle Alicia est sans intérêt, que sans lui, je n'ai fait que les mauvais choix. Je me raccroche alors à la seule partie positive de mon existence.

– J'ai passé douze années magiques avec mon père avant qu'il nous quitte.

Loin d'être vexé, Isaac accueille cette information avec une certaine satisfaction.

– Je suis sûr qu'il a été un bien meilleur père que moi et je le remercie pour tout le bonheur qu'il a pu t'apporter.

J'acquiesce en silence, irritée par cette lucidité sans faille ni émotion.

– Est-ce que je peux te demander comment va ta mère ?

– Elle ne s'est pas remariée, je ne suis pas sûre qu'elle aurait survécu à un troisième abandon. Mais elle va bien, je crois. Elle s'occupe.

Isaac sourit mais se tait. Il doit craindre de dépasser les bornes s'il en demande trop, alors je prends les devants.

– Elle était comment, quand tu l'as connue ?

Son sourire s'accentue de manière démesurée.

– Parfaite ! Ta mère est la seule femme que j'ai aimée. La seule personne qui m'ait vraiment compris, je crois. Comme moi, elle se passionnait pour tout pendant que le reste des lycéens nous prenaient pour des extraterrestres. On voulait tous les deux comprendre le monde mais elle, c'était pour le sauver, pas simplement par curiosité intellectuelle.

Isaac me détaille les années qu'il a passées avec elle, au lycée, et moi ce qu'elle est devenue, depuis. Il m'écoute attentivement et parle d'elle avec une tendresse que je n'avais encore jamais décelée chez lui. On se confie, on rigole même, parfois. Après plusieurs heures, un simulacre de relation père-fille s'instaure. Comme je n'apprends pas de mes erreurs, je lui pose alors une question sans être sûre de vouloir entendre la réponse.

– J'ai compris que ça te paraissait la meilleure chose à

faire mais… ça ne t'est jamais arrivé de regretter de nous avoir laissées ?

– Tout le temps. J'ai passé ma vie à le regretter. Au bout de deux ans, j'ai même failli reprendre contact avec ta mère. Le problème c'est que je m'étais renseigné et j'avais appris qu'elle avait refait sa vie. Vous aviez l'air heureuses. Je me suis dit que j'allais encore plus vous faire souffrir si je revenais, que ça serait égoïste. Tu crois que j'aurais dû ?

– Je ne sais pas… Peut-être pas, non.

– En tout cas, même si j'aurais préféré que ça soit dans de meilleures circonstances, je suis très heureux de partager cette journée avec toi. Sache que j'ai conscience de ma chance, Alicia.

Cet aveu me touche mais, bien sûr, je ne peux pas le lui dire.

– Tant mieux, parce que j'ai bien galéré pour te retrouver.

– Ah oui ? D'ailleurs, tu ne m'as jamais expliqué comment tu avais fait. J'en ai déduit que tu t'étais souvenue de cet endroit.

– Ça a été un peu plus compliqué que ça. J'ai trouvé un forum de gens qui ont aussi des souvenirs de moments qu'ils n'ont pas vécus. À partir de là, j'ai…

– Attends, comment ça ? D'autres gens ont des souvenirs d'une autre vie ?

La crainte s'immisce dans son regard, venant briser notre quiétude naissante.

– Je ne sais pas combien d'entre eux disent la vérité, mais oui, *a priori*.

Isaac se relève pour arpenter la pièce, en se rongeant les ongles.

– Mais oui, forcément. Quel imbécile ! Si nous avons ces

faux souvenirs, ça veut dire que toutes les personnes impactées par les messages envoyés peuvent en avoir aussi.

– Comment ça, *les* messages ? T'en as envoyé combien ?

– Pas moi, mon associé.

36

Isaac évoque son partenaire à demi-mot, comme une maîtresse dont il n'oserait pas avouer l'existence. Je pense au deuxième bureau que j'ai aperçu, un peu plus tôt.

– Après presque vingt ans à travailler sur l'anti-téléphone, j'étais dans une impasse. Je n'y arrivais plus. De toute façon je suis théoricien, pas ingénieur, je ne pouvais pas le construire tout seul.

Isaac s'emballe, vexé de devoir se justifier alors que je ne le lui ai pas demandé.

– Mauchly a eu besoin d'Eckert pour inventer l'ordinateur. Shockley a eu besoin de Brattain !

– Je ne sais pas de qui tu parles.

– Je ne voulais pas finir l'anti-téléphone à 80 ans et la solitude me pesait. Alors j'ai engagé un ingénieur pour m'aider, quelqu'un qui avait de solides bases en physique quantique. J'ai fait le tour des universités pour le trouver et Nomade, à l'époque, m'a paru être le meilleur candidat.

– Nomade ? Ça me dit un truc.

– Tu dois confondre, tu n'as aucune raison de le connaître. Toujours est-il qu'au début, j'ai réussi à l'amener à collaborer sur l'anti-téléphone sans lui avouer pleinement sa finalité. Il était grassement payé avec ce qu'il me restait d'argent et mes travaux le fascinaient. Et puis, au bout d'un an ou deux, peut-être, j'ai dû tout lui dire sous réserve qu'il le garde pour lui. On ne pouvait plus avancer, sinon, et il avait fait ses preuves malgré nos caractères très différents. Il était prêt à mentir à ses proches, ça ne lui posait aucun problème. Un jour, quand nous pensions être près du but, à un réglage de pouvoir utiliser l'anti-téléphone, un bruit a surgi de nulle part. Un bruit que j'avais déjà entendu, il y a très longtemps.

– Le bruit qui précède l'arrivée d'un message.

– Exactement. Suivi d'un : « Ici le futur ! » proclamé par un Nomade plus vieux de quelques minutes. Il avait passé des mois à chercher quelle serait la première phrase envoyée dans le passé, obsédé par le premier appel de Bell à Watson. C'est le mieux qu'il ait trouvé. Je ne lui ai jamais dit que de toute manière, la première phrase avait déjà été envoyée, vingt-cinq ans plus tôt, ou trente ans plus tard selon le point de vue, et qu'elle n'avait rien d'amusant ni de poétique. Le reste du message énonçait que, si nous l'entendions, cela voulait dire que nous étions officiellement les plus grands génies de ce siècle.

– Et vous en avez envoyé combien, après ça ?

– Nous, aucun, techniquement. C'est ce que je t'ai expliqué, la dernière fois. Dès qu'un message est envoyé, la réalité prend fin pour se réinitialiser dans le passé, en quelque sorte. Une nouvelle réalité se crée et nous vivons dans la dernière en date, celle qui a reçu le dernier message ainsi que tous les précédents. Nous n'avons donc jamais envoyé de messages, nous n'avons fait qu'en recevoir. Enfin Nomade, plus exactement. C'est lui, le responsable. Il a commencé par le faire dans mon dos, sans que je m'en rende compte. Il se transmettait des informations cruciales sur ce qui allait se passer en politique ou dans le monde des affaires et il s'en servait pour avoir une longueur d'avance sur le reste de la population.

Ça y est, je me rappelle enfin où j'ai entendu le nom de Nomade. C'est Argos qui m'en a parlé dans la voiture après avoir examiné le courrier du gardien.

– Et il a créé une agence de conseil pour faire fructifier cet avantage.

– Comment tu sais ça ?

– Je suis pleine de ressources.

– Évidemment, tu es ma fille. Toujours est-il que, rapidement, sa sphère s'est élargie et il a fini par obtenir tout ce qu'il a toujours voulu, c'est-à-dire argent, pouvoir et influence. Personne ne savait comment il s'y prenait pour avoir tout le temps raison sur tout mais au final, ce n'était pas le plus important.

– Et comment t'as fini par l'apprendre ?

– Nomade n'a jamais pris la peine de se montrer très discret. Un beau jour, il est arrivé au hangar avec une voiture hors de prix. Quand je lui ai demandé comment il l'avait achetée, il a baragouiné une histoire d'héritage. J'ai fini par faire le lien mais c'était trop tard. Je l'ai menacé de mettre fin à notre collaboration mais il avait pris l'ascendant et n'avait plus besoin de moi. Il m'a convaincu de continuer à perfectionner l'anti-téléphone pendant qu'il s'occupait de toute la partie pratique et financière. Je dois avouer que ce qu'il modifiait dans la société ne m'intéressait pas vraiment. Après tout, un politique au pouvoir ou un autre, un homme d'affaires qui s'enrichit ou son concurrent, ça ne change pas grand-chose.

– Pour quelqu'un qui vit reclus dans un hangar peut-être, mais pour moi, je peux te promettre que ça change tout.

– Je n'ai jamais imaginé que ça pourrait avoir ce genre de conséquences sur toi, Alicia. J'ai toujours cru que les changements que Nomade opérait sur le monde étaient invisibles pour les gens concernés, comme une ardoise magique qui s'efface à l'infini. Donc je l'ai laissé faire ses magouilles tant que lui aussi me laissait tranquille. C'est uniquement quand je me suis mis à avoir des souvenirs de ma vie précédente que j'ai compris qu'il y avait un problème.

– Comment a réagi Nomade ?

– Il a nié qu'il en avait, lui aussi, et m'a conseillé de prendre du repos. Il était convaincant et je l'ai cru. Ça faisait presque trente ans que je travaillais jour et nuit sur l'anti-téléphone, c'était logique que mon cerveau finisse par lâcher. J'ai accepté la théorie la plus probable, que j'avais tout inventé à cause du surmenage.

Isaac, affligé, glisse le long du cylindre avant de se laisser tomber au sol.

– J'ai fait preuve de lâcheté, Alicia, encore une fois. Il faut que tu m'aides à régler ça.

– Moi ? Je ne comprends rien à la moitié de ce que tu me racontes.

– Bien sûr que si. Commence par me parler du forum. Combien de personnes ont des souvenirs de l'autre vie ?

– Je n'en sais rien, des centaines, peut-être ? C'est possible que la moitié mente, ils ont tous l'air complètement tarés, quand tu les lis.

Isaac me submerge de questions auxquelles je peine à répondre. De toute manière, je vois bien qu'il est tellement perdu dans ses pensées qu'il ne m'écoute plus. Au bout de quelques minutes, c'est un son aigu qui parvient à le sortir de sa transe.

L'espace-temps se déchire à nouveau, dans un hurlement qu'Isaac et moi identifions instantanément. Comme pour le précédent message, ma tête se met à tourner mais pas seulement. Pendant une seconde, j'ai l'impression d'être transportée complètement ailleurs, dans le salon d'un appartement. Ève est devant moi, un gâteau d'anniversaire entre les mains. Autour d'elle, plusieurs personnes que je ne reconnais pas me sourient. Je me sens bien. Je m'apprête à souffler sur les bougies quand une voix affolée vient troubler cette illusion de quiétude. C'est la mienne.

– *Je n'ai pas beaucoup de temps, je crois qu'il arrive.*

Retour dans le hangar. Je peine à reprendre mes esprits pour me concentrer sur le message.

– *Notre plan a échoué, Isaac est mort ! Je ne sais pas ce qu'il faut faire mais il vous faut un plan B.*

Soudain, j'entends la voix d'un homme qui s'approche, hors de lui.

– *Sors de cette cabine !*

– *Je n'arrive pas à réfléchir, putain… Je ne sais pas ! Ce que vous avez prévu, ne le faites pas ! Il est au courant pour…*

Un coup de feu retentit, mêlé au bruit d'une vitre qui explose, puis le message s'arrête.

37

Je regarde Isaac, ahurie. Je ne sais pas s'il a vécu le même voyage que moi mais je le retrouve assis par terre, comme s'il venait de subir un séisme. Son visage est livide, ses yeux, écarquillés.

– Au risque de me répéter, c'était quoi ce bordel ?

Isaac se lève et me jette un regard sidéré, donnant l'impression qu'il avait oublié que j'étais là. Sa réponse est anormalement calme.

– Je ne sais pas, je n'ai pas plus d'informations que toi. Essayons de réfléchir.

– Tu n'as pas l'air paniqué, on a entendu la même chose ou quoi ?

Isaac absorbe mon affolement et le transforme en exaspération.

– Oui, mais ça ne sert à rien de paniquer, Alicia. Calme-toi ! Je viens de te dire que j'avais besoin de réfléchir.

Vexée de me faire gronder, je m'éloigne de lui en faisant

semblant de cogiter, moi aussi. En vérité, j'en suis incapable. Le seul truc évident que je retire du message est que ce que l'on s'apprête à faire est voué à l'échec et que si on suit cette direction, Isaac et moi allons mourir. Pas le genre de message qu'on a envie de recevoir, surtout quand il ne donne aucune information utile pour éviter ça.

– Dans le message, tu dis que notre plan a échoué…

– Quel plan ? Je ne savais même pas qu'on avait un plan. Un plan pour quoi ?

Je lui crie dessus, hystérique. Isaac enrage à son tour, frustré de ne pas avoir le silence nécessaire pour réfléchir.

– Alicia, calme-toi, bordel !

Je perçois dans son regard qu'il peut vriller à tout moment. Je me remémore ses colères passées, celles qui me terrorisaient, enfant, dans mon autre vie. Contrairement à l'effet voulu, ça ne fait qu'empirer mon état de panique.

– Me calmer ? T'es marrant, toi ! C'est peut-être la routine pour toi de recevoir des messages du futur, mais moi je n'ai pas encore pris le coup de main.

– D'habitude, les messages sont un peu plus clairs !

– Ouais ben excuse-moi, j'essaierai de faire mieux la prochaine fois. Apparemment, il y a juste un mec qui voulait me buter en même temps, rien de grave.

Isaac semble avoir une révélation.

– Nomade.

– Quoi, Nomade ?

– Je suis quasiment sûr que c'est la voix de Nomade qu'on a entendue. De toute façon, il n'y a que lui qui a accès à cette salle, à part moi.

– Et pourquoi il voudrait me tuer ? Je ne le connais même pas !

– Je ne sais pas !

Isaac entame une ronde à travers le hangar, parfois ponctuée de coups de pied sur le sol, comme s'il écrasait des cafards imaginaires. Je comprends à son attitude qu'il ne s'en rend même pas compte.

– Il faut qu'on prenne notre temps et qu'on réfléchisse à toutes les hypothèses possibles. Il est impératif de ne pas reproduire la même erreur. Si tu n'es pas capable de te calmer, je préfère qu'on y réfléchisse chacun de son côté et qu'on en reparle plus tard.

Je comprends que mon agitation n'aide en rien et j'accepte la sentence. Ce hangar m'oppresse, de toute manière. Isaac me raccompagne jusqu'à la sortie et nous croisons dans l'antichambre un nouveau gardien. Il me dévisage avec la même incompréhension que si Isaac était sorti en compagnie d'une girafe. Sans lui prêter attention, nous regagnons l'extérieur. La nuit vient de tomber et seule une poignée de lumières éclairent le hangar à travers une pluie fine. L'odeur qui se dégage de la terre mouillée est étrangement réconfortante. Le moment serait presque agréable si je ne venais pas d'entendre ma propre mort.

Isaac m'ouvre la grille pour que je puisse rejoindre ma voiture. Autour de nous, la forêt forme une silhouette sombre qui se confond avec le ciel étoilé.

– N'essaie pas de m'appeler, je te contacte dès que possible.

Je hoche la tête puis rentre chez moi.

*

Il me faut le temps du trajet retour ainsi qu'un demi-paquet de clopes pour me calmer. Quoi que je fasse, le message reste incompréhensible. C'est particulièrement frustrant de savoir qu'il vient de moi sans pour autant comprendre ce qu'il signifie, comme les phrases que je griffonne parfois la nuit, quand je crois avoir l'idée du siècle le temps d'un microréveil.

Exténuée, je tente de me coucher, mais impossible de dormir. Je sature à force d'analyser cet avertissement codé. Je passe les heures suivantes à me retourner dans mon lit en soufflant. Billie en a tellement marre qu'elle finit par partir. Alors, malgré moi, je repense à Ève et à comment j'ai tout gâché avec elle. C'est un message pour empêcher ça que j'aurais dû m'envoyer, au moins il aurait eu une utilité.

Je me relève pour aller chercher à boire. À la place, je rallume une clope et la fume sur mon balcon. Dans l'immeuble d'en face, seul un appartement est encore éclairé.

Ève.

Ève.

Ève.

D'un geste brusque, comme pour dompter mon bon sens, je saisis mon téléphone et l'appelle. Évidemment, Ève ne répond pas. J'improvise alors un message hasardeux que j'avais pourtant eu largement le temps de répéter.

« Allô, Ève ? C'est Alicia, la meuf cheloue qui t'a fait passer un casting, il n'y a pas longtemps. Je pense que tu te souviens de moi, même si ce n'est pas forcément en bien. »

Ma voix tremble légèrement, trahissant mon anxiété. Machinalement, je saisis l'un des dessins qui traînent sur ma table basse. Un souvenir d'Ève, dans les coulisses d'un théâtre en plein air. Je contemple son visage angélique, l'estomac noué.

« Désolée pour l'appel tardif, c'est juste que… Bref, je

tenais à m'excuser pour mon comportement de la dernière fois. Ce serait trop compliqué de t'expliquer pourquoi j'ai agi comme ça mais je veux juste que tu saches que je suis désolée de t'avoir mise mal à l'aise, c'était tout sauf mon intention. J'espère qu'on se reparlera un jour et si ce n'est pas le cas, ben… je te souhaite plein de bonheur dans ta vie. »

Ce message rempli d'hésitations n'est probablement pas aussi touchant que je l'aurais voulu. Il se situe même sûrement entre le pitoyable et l'effrayant. Pour rincer mon sentiment de honte, je scrolle les réseaux sociaux, à la recherche d'un peu de légèreté. Entre deux mèmes, j'apprends qu'un train a déraillé près d'une gare de Seine-et-Marne, aujourd'hui, causant plusieurs dizaines de morts. Les messages de soutien aux familles des victimes se multiplient et me dépriment un peu plus.

En me levant de mon canapé, je suis soudain prise de vertige. La même sensation qu'à la réception du dernier message dans le hangar. Je me tiens à l'accoudoir pour me stabiliser mais la situation empire. Le silence de mon appartement laisse place au vacarme d'une musique électronique mêlée à des cris. Je me retrouve dans une salle sombre, au milieu d'une foule en mouvement. La lumière stroboscopique, aveuglante, transforme les personnes autour de moi en une mer de visages déformés et de corps frénétiques. Une odeur âcre de sueur et d'alcool flotte dans l'air, me donnant la nausée. Où suis-je ? Je ne peux plus bouger, piégée dans mon propre corps. Des silhouettes grotesques se pressent autour de moi, me frôlant, me bousculant, sans jamais me voir. La chaleur est suffocante, j'ai l'impression de me noyer dans cette marée humaine. Puis, d'un coup, tout disparaît. Mon salon revient à son état normal. Moi, beaucoup moins.

Je me traîne jusqu'au canapé et m'allonge. Que s'est-il passé ? Est-ce mon cerveau qui vient de lâcher ou la réalité tout entière ?

38

Je me réveille avec une gueule de bois sans avoir bu la moindre goutte. J'ai passé la nuit blottie dans mon lit, terrifiée à l'idée d'être transportée ailleurs, malgré moi. Ma chambre baigne dans la lueur grise du matin, la lumière se frayant un chemin à travers les interstices de mes stores abîmés. L'air est lourd et légèrement parfumé de lavande, un reste du spray d'oreiller que j'ai utilisé pour tenter de trouver le sommeil. Soudain, la sonnette de ma porte d'entrée me fait sursauter et force Billie à se planquer sous le lit, ses petites pattes griffant le parquet avec panique.

Je suis encore en pyjama, un tee-shirt Scranton trop grand et un pantalon de coton délavé, sans aucune intention de renouer avec le moindre contact humain. Sauf, bien sûr, si c'est Ève. D'agréables fourmillements me traversent le corps puis un frisson de gêne. Je ne peux pas la recevoir comme ça ou elle fera demi-tour en me voyant. La sonnette insiste, ne me laissant pas le choix. Je glisse jusqu'à la porte, sans bruit, le sol froid contre mes pieds nus, puis observe le couloir à travers l'œilleton. C'est Isaac, dans un état qui n'a rien à envier au mien.

– Qu'est-ce que tu fais là ?

Ses yeux, d'habitude perçants, sont ternes et creusés.

– Désolé pour cette venue à l'improviste, murmure-t-il en jetant des regards nerveux autour de lui, mais j'ai peur que Nomade nous ait mis sur écoute.

– Il peut faire ça ?

– Tout est possible, avec lui. Je peux entrer ?

– Bien sûr, pardon. Ne fais pas attention à l'appartement, je…

– Ne t'inquiète pas, tu as vu l'état de mon bureau ? Je ne suis pas en mesure de te juger là-dessus.

Isaac se dirige vers le salon sans prêter la moindre attention à son environnement. Ni aux piles de livres et de dessins ratés qui s'entassent sur les meubles, ni aux plantes mortes par ma faute, ni à Billie qui l'observe, craintive, cachée sous le canapé. L'appartement pourrait être recouvert d'une montagne d'or qu'il ne le remarquerait pas.

– Juste après ta visite, Nomade m'a appelé pour me demander qui tu étais, pourquoi tu étais venue au hangar. Je crois que c'est le gardien du soir qui l'a prévenu.

Je récupère une chaise que je libère d'une masse informe de vêtements puis je viens m'asseoir en face d'Isaac.

– Tu lui as dit quoi ?

– Le moins possible. Vu la teneur de ton message, j'ai essayé d'être prudent. Je lui ai juste dit que tu étais ma fille et que tu ne reviendrais pas, que j'avais fait une erreur de t'avoir emmenée voir l'anti-téléphone.

– Et il a réagi comment ?

Isaac soupire, penaud. Ses épaules s'affaissent sous le poids de son aveu.

– Mal. Quand je suis retourné au hangar ce matin, mon badge ne marchait plus et le gardien m'a empêché d'entrer.

– Ce n'est pas toi, le propriétaire ?

Isaac secoue la tête, impuissant.

– Il a les accès, c'est lui qui paye les gardiens via son agence. Il sait que je ne vais pas appeler la police pour le déloger. De toute façon, ce n'est même pas ça, le plus gros problème.

Isaac se lève et entame une marche autour du canapé, en mode autopilote. Il enjambe mes habits sans les voir et commence une tirade sous mon regard anxieux.

– J'ai analysé le forum dont tu m'as parlé et c'est très inquiétant. Bien sûr, c'est difficile de savoir si les membres disent la vérité quand il s'agit de leur vie personnelle, mais j'ai l'impression que certains souvenirs correspondent à ce que Nomade a pu changer dans le passé.

– Comment t'expliques que certaines personnes s'en souviennent et d'autres non ?

Isaac s'arrête un instant puis fixe un point invisible.

– Difficile à dire. Je pense que certaines ont été plus impactées que d'autres. J'ai aussi l'impression que c'est une question d'état d'esprit. Plus on accorde de l'importance à ces souvenirs et plus ils ressortent. Eux sont obsédés mais il est possible que d'autres n'y prêtent pas attention.

Je réalise que ma mère est parvenue à les enfouir et j'acquiesce de la tête.

– Le souci c'est que j'ai aussi comparé l'évolution du forum avec les dates de réception des derniers messages. À chaque fois que Nomade en a reçu un, il y a eu une recrudescence de personnes qui se sont inscrites pour témoigner. Cela veut dire que plus Nomade reçoit de messages et plus ça fragilise notre espace-temps.

Isaac s'arrête devant ma bibliothèque et en retire machinalement un livre.

– Si je résume bien, c'est la merde.

Il se tourne vers moi brusquement, comme si je venais de le réveiller, et repose le livre à sa place.

– On peut dire ça, oui. Je ne sais pas si Nomade va bientôt recevoir un nouveau message ou s'il a lui-même prévu d'en envoyer un, mais si ça continue, j'ai peur que ça ne soit plus seulement des souvenirs qui apparaîtront dans l'esprit des gens, ce seront des réalités entières qui vont se mélanger. Si ça arrive, ça peut complètement détruire notre monde tel qu'on le connaît aujourd'hui.

Isaac me fixe intensément, soulignant l'urgence de la situation. Je repense à mon épisode traumatisant de la veille. Je n'ai aucune envie que ça devienne mon quotidien.

– Il faut arriver à convaincre Nomade d'arrêter d'utiliser la machine, tu ne peux pas lui expliquer ce que tu viens de me dire ?

Isaac se rassoit en face de moi, dépité.

– Il sait déjà tout ça ! Mais ça fait longtemps qu'il ne m'écoute plus, il ne pense qu'à son profit personnel. À chaque fois que j'aborde les dangers de l'anti-téléphone, il met fin à la discussion.

– Alors il faut qu'on détruise la machine, ça réglera le problème.

– Nomade pourrait la reconstruire. Ça lui prendrait du temps, évidemment, mais il a les connaissances et les moyens pour le faire.

– On fait quoi, alors ? On le tue ?

– Alicia…

– Je suis sérieuse.

– Tu imagines, concrètement, une telle hypothèse ? Je suis incapable de tuer quelqu'un et je suis sûr que c'est pareil pour toi.

– C'est quoi l'alternative ?

Une profonde tristesse vient recouvrir le visage d'Isaac. Je la reconnais, c'est celle du deuil.

– Je ne vois qu'une seule solution pour empêcher l'anti-téléphone d'être utilisé. Il faut que je m'envoie un message dans le passé mais un dernier, pour m'empêcher de le construire. Je crois que c'était ça, notre plan.

Je réalise la gravité de ses propos. Si Isaac est prêt à détruire le travail de toute une vie, de plusieurs, même, c'est la preuve indéniable que nous sommes au pied du mur.

– Mais attends, si c'est ça notre plan, pourquoi je ne t'ai pas envoyé directement ce message-là au lieu du truc incompréhensible qu'on a reçu ?

La tristesse d'Isaac laisse place à un agacement, celui d'un homme qui n'aime pas se perdre en conjectures.

– Je n'en suis pas sûr. Mon hypothèse, c'est que c'est moi qui devais envoyer le message. Visiblement, tu as réussi à accéder à l'anti-téléphone pour finir à ma place mais j'ai l'impression que tu ne savais pas vraiment quoi dire et surtout quand l'envoyer. J'imagine donc que, dans la précipitation, tu as envoyé ton message au seul moment où tu étais sûre qu'on allait l'entendre, quand tu es venue me voir au hangar. C'est pour ça qu'il ne faut pas qu'on commette les mêmes erreurs. S'il m'arrive quelque chose, il faut que tu sois capable d'envoyer le bon message toi-même.

– D'accord, on va le préparer ensemble, alors.

– Mieux, je vais te laisser l'écrire.

Je prends un temps pour absorber l'incongruité de cette demande. Moi, qui n'avais même pas connaissance de cette machine le mois dernier, je suis censée rédiger le dernier message qu'elle enverra et sauver le monde, par la même occasion ?

– Heu… t'es sûr de ça ?

Isaac opine de la tête avec austérité.

– Oui. Je me sens coupable de tout ce qui t'est arrivé à cause de moi, donc je voudrais te laisser le choix. Je compte envoyer le message juste avant celui que j'ai reçu il y a vingt-neuf ans, me conseillant de vous abandonner. Il y a donc deux options possibles : soit on me conseille la même chose et on me demande juste de ne jamais construire l'anti-téléphone. Je partirai à ta naissance, tu vivras la même vie que celle que tu as eue là, et tu n'auras jamais connaissance de mon existence.

– Soit ?

– Soit on se contente de me convaincre de ne jamais construire l'anti-téléphone. Je resterai à tes côtés et tu auras la vie que tu devais avoir, si l'anti-téléphone n'avait jamais existé.

Les souvenirs de mes deux vies s'affrontent dans mes pensées. Je n'ai aucune idée de celle qui me rendrait la plus heureuse. La seule certitude c'est que, dans les deux cas, je dois faire une croix sur l'un de mes pères.

– Et toi, t'as une préférence ?

– Oui. Mais j'ai commis suffisamment d'erreurs comme ça. Tu mérites de prendre la décision à ma place.

Je lui réponds que j'ai besoin d'un peu de temps pour

réfléchir. Isaac comprend mais me recommande vivement de me dépêcher, avant qu'il ne soit trop tard. Le prochain message pourrait être celui de trop.

Je le raccompagne à la porte et je me retrouve seule, face au choix le plus important de ma vie.

39

Ultime trajet vers le hangar. Les mêmes champs de céréales qui défilent, mais cette fois, Isaac est sur le siège passager. « Summertime » de Billie Holiday dans les enceintes pour que mon père adoptif m'accompagne aussi. Au-dessus de nous, les nuages sont gris, presque noirs. Un avant-goût de l'apocalypse à venir. Si notre plan réussit, ce sont les derniers instants de cette réalité. Elle ne va pas me manquer. J'ai l'impression que depuis ma naissance, mon intuition s'est trompée à chaque croisement important. Un jeu du fakir où mon pion n'aurait fait que rebondir sur les mauvais clous, finissant dans la case remportant le moins de points. Ou peut-être que tout dépend de l'endroit où on lance le pion, au début de la partie ?

– Tu te sens prête ?

Isaac se tourne vers moi avec le visage de quelqu'un qui, lui, ne l'est pas.

– Pas vraiment mais bon, on s'en fout, non ?

Comme mon avertissement nous a informés que notre plan avait échoué, Isaac et moi avons essayé de changer ce qu'on aurait fait instinctivement, c'est-à-dire tenter d'abord de convaincre Nomade. À la place, nous nous rendons au hangar pour envoyer un dernier message. Pour être sûr que Nomade ne soit pas là, Isaac lui a donné rendez-vous à son agence, à Paris. C'est là où il passe la majorité de son temps, quand il est en France. Il lui a fait croire qu'il devait impérativement lui parler de l'anti-téléphone sauf qu'évidemment, il n'ira pas.

– Il est encore temps de changer. Je ne suis toujours pas convaincu que ce soit une bonne idée que tu y ailles, toi.

Isaac voulait que je détourne l'attention du gardien en le faisant sortir afin qu'il puisse s'infiltrer dans le hangar. Mais je me suis dit que quitte à changer notre plan, il fallait le faire jusqu'au bout. C'est donc Isaac qui restera à l'entrée et c'est moi qui enverrai le message.

– Non, c'est plus sûr comme ça. Déjà, si c'est toi qui fais diversion, il se méfiera moins. Ensuite, je suis beaucoup plus jeune et habile que toi.

– Vu qu'apparemment je suis mort lors de notre dernière tentative, je ne suis pas en position de te contredire. J'espère seulement que tu as conscience que le destin du monde repose sur ce message.

– Pas de pression, sinon.

– Je ne rigole pas, Alicia. C'est sûrement notre dernière chance, on ne peut pas se permettre de rater.

– Je sais, je sais. J'ai bien tout noté. Les instructions, la date et l'heure à laquelle je dois envoyer le message, ne t'inquiète pas.

– Et le message lui-même ? C'est bon ? Tu sais exactement ce que tu vas dire ?

– Ouais, ouais, quasiment…

– Quasiment ?!

Sa réaction exagérée m'amuse. S'il était au volant, je crois qu'il aurait freiné brutalement, comme dans un dessin animé. À la place, il me jette un regard réprobateur que je prends soin d'ignorer en fixant la route. J'ai soudainement un souvenir de lui avec la même expression, quand je lui affirme que j'ai « quasiment tout révisé » pour le contrôle de maths. Je souris.

– T'inquiète, je sais ce que je fais.

Isaac s'apaise, plus par dépit que par soulagement.

– J'ai bien conscience que si on est là aujourd'hui, c'est grâce à toi.

Dans sa voix, je décèle une fierté que je n'avais jamais perçue en lui. Je laisse passer quelques milliers d'épis de maïs et j'ose une question piège.

– Tu crois que t'aurais été un meilleur père, sans la machine ?

Isaac s'étonne. Cette question n'était pas au programme et, visiblement, il ne l'a pas révisée.

– C'est difficile à dire. Je l'espère. Le bon sens voudrait que l'inverse soit impossible.

J'acquiesce en souriant. Je commence à m'habituer à sa franchise à toute épreuve, même quand elle le dessert.

À quelques kilomètres de notre arrivée, un éclair retentit et donne raison à la loi de Murphy. La pluie se met à tomber. D'abord quelques gouttes puis, rapidement, un véritable déluge.

– Putain, il ne devait pas pleuvoir.

Isaac secoue la tête, dépité.

– La météorologie est l'une des pires sciences, si tu veux mon avis.

Les murs argentés du hangar percent l'obscurité causée par l'orage. Avant de me jeter dans la gueule du loup gris, je ressens le besoin d'appeler ma mère pour lui faire mes adieux. Isaac m'en dissuade en me rappelant qu'elle ne les comprendrait pas et que, quel que soit mon choix, je la reverrai dans la prochaine temporalité. C'est ma mère, après tout. Quand Isaac recevra le message, je serai de nouveau dans son ventre, prête à sortir, crier et chercher son sein. Un bébé, à l'aube d'une vie inédite. Le fait même d'y penser me donne le vertige.

La pluie battante continue de brutaliser mon pare-brise. Je ralentis puis retrouve la place de mes premières visites, à bonne distance de l'entrée. Mes roues s'enfoncent dans la boue qui éclabousse la carrosserie. Je me sens coupable d'abandonner ma voiture ici après tout ce qu'on a vécu, toutes les deux. J'espère que je la retrouverai dans ma prochaine vie, elle aussi.

– J'imagine que c'est là que nos chemins se séparent.

– J'ai l'impression, oui.

Devant nous, l'imposant hangar semble nous défier de le rejoindre. Isaac le contemple avec un air solennel de circonstance.

– Je voulais te dire que je suis désolé, pour tout. Sois prudente, s'il te plaît.

– Toi aussi.

Nous restons plantés quelques instants sur nos sièges, à échanger des regards anxieux, puis Isaac ouvre les bras.

– Je peux ?

Celle-là non plus n'était pas au programme. Je reste un instant hébétée puis fais oui de la tête. Je détache ma ceinture et m'approche d'Isaac. Le levier de vitesses s'enfonce dans mon ventre. Notre première et dernière étreinte est maladroite et douloureuse, à l'image de notre relation. Elle est aussi étrangement satisfaisante.

– Je reste dans la voiture. Envoie-moi un SMS quand t'es en place.

– Yes.

Je lui offre un dernier sourire et sors de ma Prius. La pluie s'abat sur moi avec violence, comme pour me convaincre de renoncer. Si seulement je pouvais.

Je rentre la tête entre les épaules et la couvre avec le haut de ma veste. Tous mes muscles se contractent. Direction le hangar et son grillage. Isaac m'a indiqué un angle mort à l'abri des caméras, où je pourrai l'escalader. À partir de maintenant, je ne peux plus me foirer.

Le vent hurle dans les arbres, l'orage a transformé les alentours du bâtiment en marécage. Mon corps est trempé, glacé par la pluie et la peur. Je grelotte. Aucun signe de vie, aucun bruit autre que le tonnerre et les gouttes qui martèlent le sol avec frénésie. Je souffle en découvrant l'ampleur de la tâche qui m'attend, une clôture de trois mètres à escalader, surmontée de barbelés qui brillent sinistrement sous la pluie. C'est bien plus haut et dangereux que dans mes souvenirs. Mes souvenirs. Je hais mes putains de souvenirs.

– Quand faut y aller…

Je jette ma veste sur les barbelés et j'entame l'ascension avec un seul but, ne pas me déchiqueter le corps. Mes doigts s'engourdissent sous l'assaut de l'eau glacée. Mes Stan Smith pleines de boue glissent sur les mailles métalliques humides. Chaque centimètre gagné m'affaiblit un peu plus. Seul un shoot d'adrénaline vient compenser mon manque de préparation physique et me permet de me hisser jusqu'en haut.

Je touche ma veste. *Aïe, putain !* Le tissu est trop fin pour vraiment me protéger des barbelés. Encore une idée à la con.

Je reste un moment, accrochée, à regretter mon choix mais mes muscles atrophiés par les Pépito m'obligent à surmonter ma peur. Si je n'y vais pas maintenant, je tomberai par terre de fatigue sans avoir la force de remonter.

Déterminée, j'agrippe le fil de fer et ses pointes à travers ma veste pour tenter de l'enjamber. Une douleur intense me parcourt le corps, répartie parmi la dizaine d'entailles naissantes. Je déguste mais serre les dents.

Au moment où je rejoins enfin l'autre côté du grillage, l'eldorado, mon bras se fait transpercer par l'une des piques. En tentant de le dégager, je m'arrache un bout de chair, glisse et m'écrase au sol. Je mords mon poing pour ne pas hurler de douleur et de frustration.

Je me relève, essoufflée, et j'évalue les dégâts. La pluie dilue le sang qui se répand sur moi. Inutile d'essayer de bander la plaie dans ces conditions. De toute façon, je n'ai rien pour le faire. Je la recouvre de ma main droite et tâte mes membres avec la gauche. *A priori*, rien de cassé. Sauf si c'est l'adrénaline qui atténue la douleur. Peu importe, il faut que j'avance. Je ne suis plus qu'à quelques dizaines de mètres de mon objectif.

Je cours et trouve un endroit où m'abriter temporairement, en partie protégé par le toit du hangar. Le bras endolori, je saisis mon portable pour prévenir Isaac que je suis en place. En regardant l'écran, la mention d'un appel en absence réussit à couper mon souffle haletant.

Ève.

40

Je reste pétrifiée, le téléphone dans la main, sans savoir quoi faire. C'est une nouvelle notification qui me sort de ma torpeur, indiquant qu'Ève m'a laissé un message vocal. Sans réfléchir, j'appuie sur *lecture* et j'approche le téléphone de mon oreille en baissant frénétiquement le volume.

« Salut Alicia, c'est Ève. Désolée, je te rappelle un peu tard mais… j'ai eu ton message. T'as raison, tu ne m'as pas vraiment fait bonne impression quand on s'est vues. »

Je partage un rire nerveux avec elle et rapproche un peu plus mon téléphone. Le son tonitruant de la pluie tombant sur le toit en tôle m'oblige à tendre l'oreille.

« Mais il s'est passé un truc très bizarre, après ça. J'ai beaucoup repensé à ce que tu m'as dit et dans les jours qui ont suivi, j'ai commencé à avoir des souvenirs de toi, je ne sais pas comment l'expliquer, un peu comme si on s'était connues dans le passé alors que je sais que non. Bref, est-ce que c'est de ça que t'essayais de me parler ? *Pfff…* j'ai l'impression de passer pour une folle, mais comme t'étais pire la dernière fois, je me dis que j'ai de la marge. En tout cas, voilà… Si ça te dit, ce serait peut-être bien qu'on se revoie à l'occasion pour parler de tout ça. Je ne sais pas. Je t'embrasse. »

Je souris bêtement en utilisant le peu d'énergie qu'il me reste pour ne pas la rappeler. Putain. Il fallait qu'elle m'envoie ça maintenant. Je n'ai ni le temps ni la stabilité mentale pour avoir une conversation avec elle. D'un autre côté…

Le téléphone se remet à vibrer. Ce n'est pas Ève mais Isaac, qui doit s'inquiéter de n'avoir toujours pas de nouvelles de ma progression.

– Allô ?

– Qu'est-ce que tu fais, il y a un souci ?

– Non non, tout va bien, j'allais t'appeler. Je suis en position, c'est bon.

– Tu es sûre ?

– Oui, oui.

– OK, j'y vais, alors. Bon courage.

– Merci.

Putain Ève, pourquoi tu me fais ça ?

Il faut que je me reconcentre, je n'ai pas le droit à l'erreur et je pars déjà avec un lourd handicap. Je suis une publicitaire au chômage, pas agent secret.

Je longe le mur du hangar de manière à ce qu'aucune caméra ne me voie. Tous mes membres tremblent de froid, de trouille et de fatigue. Arrivée à l'angle du bâtiment, j'aperçois enfin Isaac, de l'autre côté du grillage. La pluie continue de tomber mais soudainement, le soleil parvient à s'immiscer entre deux nuages. J'ai l'impression qu'il ne sort que pour m'éclairer, comme un projecteur de police. Isaac enclenche l'Interphone et tente de convaincre l'agent de sécurité de lui ouvrir. De là où je suis, seules des bribes de conversation me parviennent de manière claire. Je crois entendre le gardien refuser, invoquant les ordres qu'il a reçus de Nomade, et Isaac jouer la carte des sentiments, lui rappelant les années qu'ils ont passées à se côtoyer. La conversation dure mais le gardien ne sort toujours pas.

– Allez, putain !

La plaie de mon bras me brûle. Je grogne depuis ma cachette, pressée que la situation se débloque. Trempée. Frissonnante. Rester immobile et accroupie ravive la douleur des entailles qui recouvrent mes jambes.

– Cyril, écoute-moi ! Je n'en ai que pour quelques minutes, après tu n'entendras plus parler de moi !

Isaac s'impatiente aussi et hausse le ton. Il prétexte devoir récupérer des affaires personnelles.

– Tu ne vas pas me laisser sous la pluie, quand même !

Je n'arrive pas à entendre la réponse mais la grille reste désespérément fermée. Je maudis ce foutu gardien que je hais depuis notre course-poursuite. Je n'ai qu'une envie, abandonner cet endroit et rejoindre Ève.

Soudain, j'entends une porte s'ouvrir. Victoire ! Le gardien sort de son bureau et se dirige vers Isaac en continuant de parlementer sous un parapluie.

– Monsieur Lestat, ce n'est pas moi qui décide, il faut que vous voyiez ça avec Monsieur Nomade. On peut l'appeler ensemble, si vous voulez. Moi je n'ai rien contre vous.

Cyril se rapproche de la grille pendant qu'Isaac fait tout pour capter son attention. Je devrais saisir ce moment mais je reste figée. J'ai peur de ne pas être assez rapide, que le gardien se retourne, de devoir entamer un deuxième round contre lui que je risque de perdre.

– Pas besoin de l'appeler, je veux juste récupérer mes affaires, j'en ai pour cinq minutes.

– Je ne peux pas vous laisser entrer, monsieur Lestat, même cinq minutes.

Je dois y aller. Maintenant. Pourtant, mes jambes refusent tout mouvement. La peur me paralyse. Une statue de chair. Putain ! Je ne peux pas être arrivée jusque-là pour échouer de manière aussi conne. Bordel de merde, Alicia. Allez ! Pour une fois dans ta vie, fais le bon choix. Bouge !

Subitement, comme si l'Alicia de mon autre vie me donnait enfin le coup de pied au cul dont j'avais besoin, je me mets à courir en direction de la loge du gardien.

Merci, frangine.

Je glisse sur le sol inondé, manque de me vautrer mais parviens à me faufiler derrière la porte que le gardien a laissée entrouverte. Une fois à l'intérieur, je cours vers l'entrée du couloir et sors la clé qu'Isaac m'a donnée. Mes mains tremblent tellement que je manque de la faire tomber. Je jure toutes les insultes de mon répertoire, persuadée d'entendre les bruits de pas du gardien derrière moi. Bordel ! Je vais me faire choper parce que je n'arrive pas à ouvrir une putain de porte ! Je suspends ma respiration, comme un sniper prêt à tirer, et enfonce la clé d'un mouvement décidé. Elle rentre enfin ! Je tourne la clé, ouvre et me glisse dans le couloir sans quitter la poignée de la main. L'angoisse me serre la gorge. J'en suis sûre, les bruits de pas se rapprochent. Je bloque la porte avec mon épaule, craignant que le gardien tente de la forcer, et je referme derrière moi. Cet accès étant sécurisé, je traverse le couloir aussi vite que possible. Ma course résonne sur le sol en béton. J'ouvre puis ferme la dernière porte en poussant un soupir de soulagement. C'est bon, je suis enfin à l'intérieur, seule et en sécurité.

Sauf que non. De l'autre côté du hangar, dans les bureaux, un homme s'énerve au téléphone.

41

– J'aimerais bien qu'il m'explique ce qu'il fout là, ce connard !

Je n'aurais pas mieux dit. Dans une panique totale, je cours me planquer derrière la première masse solide qui attire mon regard, une pile de cartons usés recouverts de poussière. Je remarque avec horreur que mes chaussures boueuses ont laissé des traces de mon passage, une traînée brunâtre contrastant vivement avec le sol gris du hangar. J'hésite à aller les essuyer quand j'entends une porte s'ouvrir, grinçant sur ses gonds rouillés.

– J'arrive, je vous rejoins à l'entrée. Fais gaffe à lui.

Mes sens sont en alerte générale, amplifiant le bruit sourd de chaque goutte de pluie venant mourir sur le toit du hangar. L'homme raccroche et se presse vers la sortie, ne passant qu'à quelques centimètres de moi. Je ne vois pas son visage, juste un costume cintré. J'en déduis que c'est Nomade, le seul pouvant accéder à cet endroit en dehors d'Isaac.

Il était censé être à son agence, à Paris. Qu'est-ce qu'il fout ici ? Est-ce qu'il a deviné la supercherie d'Isaac ? Je hurle intérieurement.

Heureusement, son irritation semble rétrécir son champ de vision car il ne remarque ni ma personne ni mes empreintes de pas. En entendant la porte principale s'ouvrir puis se fermer à nouveau, je souffle de soulagement.

J'ai maintenant deux possibilités, foncer enregistrer le message avant qu'il ne revienne ou me planquer dans un endroit plus sûr, le temps qu'il faudra. J'hésite à envoyer un SMS à Isaac pour le prévenir, mais j'ai peur que Nomade lui confisque son téléphone et apprenne ma présence. Moi qui déteste devoir prendre des décisions sous pression, je suis proche de l'implosion.

J'essaie de me calmer et de réfléchir. Vu que nous avons échoué dans la réalité précédente, la meilleure solution est de faire l'inverse de ce que mon instinct me dicte. Ce dernier m'encourage à me dépêcher d'enregistrer le message avant le retour de Nomade, je vais donc me cacher.

J'enlève mes chaussures et nettoie les traces que j'ai laissées à l'aide d'un chiffon trouvé sur une table. Je me sers d'un autre, plein de taches d'huile et de graisse, pour couvrir la plaie de mon bras. Normalement, j'annulerai cette réalité avant de mourir d'une infection.

Une fois le sol essuyé et ma blessure pansée, je cours à la recherche d'une planque viable. J'utilise une technique maintes fois éprouvée par Billie, dès que quelqu'un débarque chez moi : abaisser mon centre de gravité et rester à l'affût du moindre bruit. Je découvre à mes dépens que les cachettes adaptées pour une humaine souple comme un bâton sont beaucoup plus rares. La cabine est transparente, la caisse trop petite, la table pas assez haute. Je bondis de cachette en cachette, terrifiée. Pourquoi j'ai accepté ce plan à la con ? Je m'en fous de sauver le monde, c'est de la merde notre monde.

Je fonce vers l'annexe et ouvre la porte de la salle des ordinateurs. La pièce a beau être collée au bureau de Nomade, c'est sûrement l'un des endroits où il a le moins de chances d'aller. Du moins, je l'espère. En fait, je n'en sais rien. Tout bien réfléchi, c'est peut-être même la pire planque possible. Et merde, c'est trop tard maintenant. Si je sors, je prends le risque de me faire repérer.

Je m'accroupis entre deux racks, cachée par des ordinateurs en marche. Des câbles me rentrent dans la peau, des diodes éclairent mon visage encore humide. La chaleur et la soufflerie des ventilateurs me donnent l'impression d'être dans un sèche-cheveux géant.

Soudain, j'entends un bruit sourd à travers le vacarme des machines. Est-ce Nomade qui revient ? Je tends l'oreille et finis par discerner deux voix étouffées. La sienne, grave et autoritaire, et celle d'Isaac, plus calme mais teintée d'urgence.

– … rendez-vous à l'agence aujourd'hui donc ne te fous pas de ma gueule. Heureusement que je ne te fais pas confiance.

– J'avais oublié, je n'arrive plus à réfléchir en ce moment. J'ai peur que l'anti-téléphone devienne dangereux, faut absolument qu'on en parle.

Nomade engueule Isaac qui tente de se justifier. Les voix se rapprochent dangereusement. Ils n'ont aucune raison de venir dans cette pièce et pourtant, c'est vers ici qu'ils se dirigent. Je me colle aux ordinateurs en fermant les yeux, de manière totalement irrationnelle. Je devrais préparer un plan d'attaque mais je ne suis plus qu'un amas de peur, trop faible pour prendre la moindre initiative.

La porte s'ouvre. Je me recroqueville un peu plus avec l'envie de disparaître. Achevez-moi, qu'on en finisse. Mais la discussion continue. J'ouvre timidement les yeux et me rends compte que je suis toujours seule. Isaac et Nomade ont dû entrer dans l'un des bureaux.

– Faut que tu arrêtes d'en… des messages, les gens co… à se souvenir des… réalités.

Le mur étroit qui nous sépare laisse filtrer la conversation mais absorbe une partie des mots d'Isaac.

– Et alors, c'est quoi le problème ?

Nomade, furieux, est, lui, parfaitement audible.

– … pas avant, ça veut dire que… un problème avec… ça va ne… qu'empirer. Pense aux conséquences que… sur la… même sur ta fille !

– Et tu réalises un peu le danger dans lequel tu me fous si je ne peux plus l'utiliser ? Je me suis engagé auprès de personnes qu'il ne vaut mieux pas décevoir.

Isaac hausse la voix à son tour.

– On s'en fout de tout ça, le vrai danger c'est l'anti-téléphone lui-même !

Sa phrase résonne à travers le hangar et met temporairement fin à la conversation. Je n'entends plus rien. Isaac a-t-il réussi à convaincre son associé ? À lui montrer sa folie ?

Nomade lui répond enfin. Du moins, je crois. Son ton est apaisé, si bien que je ne perçois plus qu'un murmure lointain. Je focalise toute mon attention sur sa voix pour écouter son *mea culpa*, mais malgré tous mes efforts, je ne perçois que quelques mots isolés. *Confiance. Gâcher. Sauver.* Puis la voix affolée d'Isaac.

– Lâche ça, Anthony !

Un coup de feu me fait sursauter. Je réprime un cri de surprise tandis que mes oreilles bourdonnent. Que vient-il de se passer ? L'écho funeste s'éternise à travers le hangar. Je reste immobile, terrifiée.

– Il y a eu un accident, Isaac m'a attaqué.

C'est la voix de Nomade que j'entends à nouveau, laissant peu de doutes sur l'auteur du coup de feu.

Mon message d'avertissement n'aura donc servi à rien. Malgré les mesures que l'on a prises et mon changement de plan, la réalité se répète. Nomade a tué Isaac. Je frémis en imaginant son cadavre gisant de l'autre côté du mur. Combien de mes pères doivent mourir par ma faute ?

– OK, attends-moi à l'entrée. Faut qu'on voie comment on va gérer ça.

J'entends la porte s'ouvrir et Nomade s'éloigner. Je suis toujours incapable de bouger, tétanisée. Nomade a-t-il complètement perdu la raison, à force de modifier la réalité ? Comment passe-t-on de scientifique opportuniste à meurtrier ?

Je ne peux probablement plus sauver Isaac mais il me reste une option : annuler sa mort. Je me lève d'un geste brusque et cours vers l'anti-téléphone. Si j'en crois le coup de fil de Nomade, il sera occupé avec le gardien pendant les prochaines minutes, c'est peut-être ma dernière occasion.

Je retourne dans la pièce principale et me dirige vers la cabine d'enregistrement. Elle ressemble à un cockpit d'avion qu'on aurait essayé de faire entrer dans une cabine téléphonique. Un écran central ainsi que quelques autres, plus petits, affichent en temps réel des mesures dont j'ignore le sens. Des cadrans en cuivre, des leviers en ivoire et des dizaines de boutons tout aussi insondables complètent le tout. C'est ce terminal qui contrôle la machine et permet d'envoyer les messages.

Je repense à tout ce qu'il s'est passé depuis mon premier souvenir discordant. À ma mère, à Argos, à Isaac, à Ève… Il est temps de remettre un peu d'ordre dans tout ce merdier.

J'entre dans la cabine et allume la console selon les instructions d'Isaac. Tout se mélange dans ma tête, de l'ordre de la procédure jusqu'aux boutons. L'anti-téléphone n'a pas été conçu pour être utilisé par quelqu'un d'extérieur et ça se sent cruellement. Après de nombreux essais de plus en plus violents, je finis par entendre deux bips. Des gentils bips. Ceux qui veulent dire « c'est bon, tu peux y aller ». Quelques mètres plus loin, des lasers rouges se superposent progressivement à l'intérieur du cylindre central. Isaac m'a expliqué qu'en courbant l'espace-temps, ils rendent possible l'envoi des ondes audio dans le passé. Enfin, un truc comme ça. Je n'ai évidemment rien compris.

Leur lumière scintillante m'hypnotise mais je me force à me concentrer. J'entre la date de réception du futur message. Le 27 octobre 1996 à 9 h 55, soit quelques minutes avant qu'Isaac ait reçu son propre message. Mes doigts glissent, ma tête se retourne sans cesse vers la sortie mais je parviens à valider les informations. Nouveau bip de confirmation suivi d'un son menaçant, comme si la console poussait un gémissement. Des lumières s'affolent. La machine lance un calcul qui me paraît interminable. Je tapote nerveusement la vitre tout en surveillant une éventuelle irruption de Nomade. Les trois diodes centrales passent au rouge. Je panique puis me rappelle le tutoriel d'Isaac. Une à deux diodes rouges signifient qu'il y a un problème. Trois diodes rouges ? L'enregistrement du message est enclenché.

J'inspire aussi profondément que si je m'apprêtais à plonger en apnée et je me lance. Ainsi commence le discours de fin de cette réalité :

« Isaac, c'est Alicia qui te parle, ta fille. La même fille qui est dans le ventre de ta femme en ce moment, à l'extérieur de la ferme. Dans deux jours, maman accouchera de moi, mais à l'heure où je te parle, j'ai 29 ans et je t'envoie un message depuis le futur grâce à l'anti-téléphone tachyonique que tu as inventé. Si ce que tu m'as dit est vrai, tu n'en as parlé à personne mais tu as déjà réfléchi à cette machine. Tu sais donc qu'il faut prendre très au sérieux ce que je m'apprête à te dire. »

Je lance un rapide regard vers l'entrée. Toujours aucun signe de Nomade. Je dois faire vite mais je ne peux pas non plus bâcler ce message. Si je ne convaincs pas Isaac, je ne ferai que dupliquer cette vie désastreuse.

« Écoute-moi attentivement. La machine dont je viens de te parler, l'anti-téléphone, il ne faut surtout pas que tu la construises, sous aucun prétexte. Si tu le fais, tu mettras notre monde en danger et il n'y aura plus aucun moyen de réparer ça. N'essaie pas non plus de chercher une solution pour contourner le problème, tu n'y arriveras pas. C'est toi-même qui me l'as dit et tu as passé trente ans à bosser sur la machine, donc fais-toi confiance. Ça sera sûrement frustrant de ne pas essayer de la construire mais je t'en supplie, contente-toi de savoir que tu as réussi à le faire dans une autre vie.

« À la place, concentre ton énergie sur ta famille. Sur maman et sur moi. Je sais que t'as peur de ne pas être fait pour être père mais c'est des conneries. Les débuts seront difficiles mais si tu veux être un bon père, tu le seras forcément.

Pas parfait, mais suffisamment bon. Après avoir passé un peu de temps avec toi je sais que t'en es capable, donc, ne me déçois pas, s'il te plaît.

« Voilà, c'est tout ce que j'avais à te dire. Je ne vais pas te donner les numéros du Loto ou je ne sais quoi, je veux juste rétablir le monde tel qu'il devrait être et qu'on ait une vie de famille normale, tous les trois. Déjà, ça serait pas mal. Ensuite, il ne tiendra qu'à nous de réussir cette vie.

« Ah si, juste un truc. Si, dans ma prochaine vie, je ne tombe pas moi-même sur une certaine Ève Bataille, débrouille-toi pour me mettre sur sa route, s'il te plaît. »

Un fracas traverse la cabine. Je sèche mes larmes et me tourne vers sa source. Nomade vient de rentrer dans le hangar et me repère instantanément, son visage déformé par la rage.

Non !

Il court vers moi et saisit un pistolet dans sa veste, sûrement celui qui a servi à tuer Isaac. J'expulse ma dernière phrase aussi vite que possible.

« Je remets tous mes espoirs en toi, maintenant. À bientôt, papa ! »

J'appuie sur le bouton servant à valider l'envoi. Au même moment, Nomade tire dans ma direction.

Et puis tout disparaît.

INTERLUDE

42

27 octobre 1996

« Je remets tous mes espoirs en toi, maintenant. À bientôt, papa. »

Isaac se laissa tomber contre le mur en pierre de taille pendant qu'un nouveau bruit strident résonnait dans le salon de la ferme. La tête entre ses mains, il tenta de déchiffrer les dernières minutes écoulées. Il n'avait que 19 ans mais c'était de loin l'événement le plus incroyable de toute sa vie.

Une voix féminine qui prétendait être sa fille, Alicia, venait de lui transmettre un message censé provenir du futur. Une prouesse rendue possible par l'invention d'un anti-téléphone tachyonique qu'il aurait lui-même construit, ou plutôt s'apprêtait à construire. À tort, visiblement, car sa fille le suppliait dans le message de ne pas le faire. Elle l'informait aussi, de manière bien plus concrète et immédiate, qu'elle allait naître dans deux jours, soit un mois avant la date prévue par les médecins. En bref, beaucoup d'informations à digérer, même pour Isaac, habitué à tout comprendre plus rapidement que les autres.

Comment expliquer l'inexplicable ? Des bruits de pas l'empêchèrent de formuler sa première théorie. Ils provenaient de sa compagne Béatrice, cherchant probablement à s'enquérir de l'origine d'un tel vacarme. En short et débardeur, elle sortait d'une séance de farniente, dans le jardin. Les rayons du soleil faisaient encore briller sa peau comme une statue de bronze. Elle entra dans la ferme, une biographie de Janis Joplin à la main, et découvrit Isaac accroupi sur les tomettes couleur ocre, près de la cheminée. Elle l'observa un instant, interloquée, puis inspecta le reste de la pièce à la recherche d'une explication.

– Ça va ? T'as vu Jésus ou quoi ?

– Oui, ça va. Je réfléchissais, c'est tout.

Isaac lui offrit un sourire factice et détourna le regard vers son ventre rond, incrédule. L'adolescent détestait mentir mais, pour le moment, il ne pouvait se résoudre à faire autrement. Pas avant de pouvoir tirer les choses au clair. Béatrice s'approcha de la grande table en bois centrale puis s'immobilisa sous l'une des poutres apparentes du plafond.

– J'ai cru entendre une autre voix.

– Ah oui ? Ça devait être la radio.

– T'écoutais quoi ?

Forcé d'improviser, Isaac essaya de se remémorer un flash info entendu plus tôt dans la journée. Tout se bousculait dans sa tête si bien que l'effort fourni lui parut surhumain. Il fut sauvé par le souvenir d'une information qui avait marqué tous les passionnés de science comme lui.

– Une interview de Claudie André-Deshays. Ça y est, elle vient de décoller pour la station Mir. Tu imagines la chance qu'elle a ?

– Pendant que toi, t'es coincé sur Terre avec moi et notre futur bébé, c'est ça ?

Béatrice ponctua son sarcasme par un rictus accusateur, ses yeux bruns essayant de lire à travers lui. Comme à chaque fois, Isaac ne savait comment réagir à ce genre de piques. Il se contenta de sourire à son tour, le cerveau toujours en ébullition à cause de ce puzzle temporel.

– T'es sûr que tout va bien ? insista sa compagne.

– Oui, oui. Je révisais mon cours de physique donc j'ai un peu la tête ailleurs, c'est tout. Je te rejoins, je n'en ai pas pour longtemps.

– D'accord… Je prends juste un verre d'eau.

Béatrice s'était habituée au comportement parfois insolite d'Isaac. Lorsqu'il était en pleine réflexion, elle avait compris qu'il valait mieux le laisser tranquille. Un côté ermite qu'elle disait trouver mignon, mais qui l'horripilait à la longue.

Elle se servit un verre d'eau fraîche et retourna dans le jardin, non sans un dernier regard interrogateur. De nouveau seul, Isaac put enfin rassembler ses idées de manière méthodique, point par point. Il se leva et entama sa marche habituelle en cas de profonde réflexion.

Le message pouvait-il réellement provenir du futur ? Le bon sens voulait que non. Pourtant, plusieurs éléments supposaient l'inverse. Tout d'abord, le prénom d'Alicia n'était connu que de lui et de Béatrice. Alicia si c'est une fille, Valentin si c'est un garçon.

Deuxième fait troublant, l'adolescent avait toujours rêvé

de construire une machine à explorer le temps, comme dans le roman de H. G. Wells. Enfant, il avait même tenté de reproduire la machine à partir d'un des dessins présents dans le livre, grâce à son vélo et des pièces détachées de la radio de son père. Bien sûr, cela n'avait pas fonctionné, mais cela n'avait pas non plus mis un terme à son ambition. À 12 ans, il avait saisi l'idée essentielle d'Einstein en lisant plusieurs de ses ouvrages : le temps n'est pas absolu. Quand son père mourut d'un cancer, quelques années plus tard, il se jura qu'il parviendrait un jour à construire une telle machine. Il pourrait ainsi revenir le sauver, armé des progrès de la médecine développés entre-temps.

Il n'en avait parlé à personne à part Béatrice, de peur de passer pour un idiot naïf. Sa compagne, elle, ne s'était jamais moquée de lui mais décrochait rapidement quand il abordait le sujet. C'était pour elle de la pure science-fiction, un genre qui ne lui plaisait guère. Elle seule, donc, aurait pu mettre au point un tel message. Pourtant, deux éléments poussaient Isaac à croire qu'il n'en était rien : Béatrice n'avait aucune raison de le faire et, surtout, il était peu probable qu'elle ait connaissance de l'anti-téléphone tachyonique, théorie méconnue qu'Einstein développa pour la première fois en 1907. Isaac choisit donc, pour les besoins de sa réflexion, d'accepter la véracité du message.

De cet axiome découlaient plusieurs informations. Tout d'abord, qu'il allait avoir une fille et qu'elle naîtrait dans deux jours, promesse rapidement vérifiable. Une fille ! Isaac s'était toujours projeté avec un petit garçon mais l'alternative l'intriguait fortement.

Ensuite, cela signifiait que l'anti-téléphone qu'il serait amené à construire représentait un danger grave pour l'espace-temps. Une mise en garde beaucoup moins simple à confirmer et pourtant, pourquoi mentir à ce sujet ?

Isaac analysa toutes ces données, encore et encore, jusqu'à ce qu'un nouvel élément vienne aggraver sa confusion. Il se souvint brusquement d'un autre message, se mêlant peu à peu au premier. Un message qui n'avait, lui, jamais retenti dans la pièce, et pourtant, Isaac s'en souvenait tout aussi clairement. Celui-ci n'avait pas été envoyé par sa fille mais par lui-même, plus âgé. Contrairement à celui d'Alicia, ce message l'encourageait à construire la machine. Il contenait d'ailleurs plusieurs formules pour le guider dans la bonne direction.

Comment pouvait-il se souvenir d'un message qu'il n'avait jamais reçu ? Était-il en train de l'inventer ? Dans le doute, Isaac attrapa la première feuille de cours qui lui passa sous la main et nota les formules qui lui revenaient. Des équations mathématiques complexes, invérifiables au premier coup d'œil mais tout de même crédibles. Puis d'autres chiffres apparurent dans son esprit. Une combinaison de numéros pour le prochain tirage du Loto. Sans réfléchir, Isaac recopia la série de chiffres comme si quelqu'un la lui dictait : 4-21-23-31-41-42. Il contempla la combinaison, pantois, puis écrivit la suite du message. Elle mentionnait une nouvelle monnaie appelée « Bitcoin » ainsi qu'une liste d'entreprises dans lesquelles investir. Des sociétés connues comme Apple et d'autres qui n'existaient pas encore, tels Google et Amazon.

La fin du message était, elle, beaucoup moins optimiste. La version plus âgée de lui-même l'informait, à regret, qu'il avait été un père et un mari désastreux. Cette affirmation était la partie la plus crédible de tout ce qu'il avait assimilé aujourd'hui et c'est d'ailleurs pour cette raison qu'elle anéantit Isaac.

L'adolescent était déjà persuadé qu'il serait un mauvais père. Il était bien trop jeune et surtout mal équipé pour s'occuper d'un enfant, de par son caractère singulier. Il affectionnait le calme et passait souvent des heures perdu dans ses pensées. Ses prochaines années devaient être consacrées à faire de grandes études scientifiques, pas à changer des couches. Il aimait Béatrice plus que tout, mais sa grossesse inattendue avait tout remis en question. Isaac avait néanmoins choisi d'assumer cette paternité, en opposition à sa mère qui lui conseillait l'inverse. Depuis plusieurs mois, il dévorait tout ce que la bibliothèque de sa ville pouvait lui offrir à ce sujet. Tout prévoir dans les moindres détails était un moyen pour lui de mieux vivre l'échéance qui approchait. Malgré tout, Isaac restait plus proche du condamné à mort que du futur papa gaga.

À l'issue de ses réflexions, quand il eut l'impression que plus aucun message du futur ne viendrait envahir son esprit, Isaac rejoignit sa compagne à l'extérieur. Béatrice était allongée sur une serviette, au milieu d'un jardin peu entretenu. Derrière un grillage, des champs de céréales s'étendaient à perte de vue, ondulant sous la brise légère du matin.

– Je vais me balader un peu, j'ai besoin de prendre l'air.

Béatrice acquiesça timidement, sa main posée sur le ventre comme pour se rassurer.

– D'accord, doudou. À toute.

Isaac traversa à nouveau la ferme puis monta dans la

vieille Peugeot 205 d'occasion que le couple venait de se procurer, grâce à l'argent de la famille de Béatrice. Il prit ensuite la route du centre-ville de Foulangues avec une seule question en tête : où pouvait-il acheter un ticket de Loto ?

43

49 134 975 francs. Deux jours après avoir remporté cette cagnotte astronomique, Isaac n'en revenait toujours pas. Surtout que ce gain avait d'autres conséquences, tout aussi renversantes. Il signifiait qu'Isaac avait bien reçu un message du futur, envoyé grâce à une machine qu'il avait lui-même créée. Une machine défiant les lois de la physique telles qu'il les connaissait. Il signifiait aussi qu'aujourd'hui, Isaac allait devenir papa.

Plusieurs questions restaient néanmoins sans réponse. Tout d'abord, pourquoi s'était-il souvenu d'un second message, sans pour autant l'entendre ? Pourquoi ce dernier, qu'il semblait s'être lui-même envoyé, contredisait-il celui de sa fille, et surtout, lequel écouter ? Sa seule certitude, à ce stade, était que les numéros du Loto qu'il s'était transmis s'étaient révélés exacts. Cela voulait-il dire que le reste du message l'était aussi ? Qu'il serait un père désastreux et qu'il devait partir avant qu'il ne soit trop tard ?

– C'est bon, je viens d'installer le siège bébé. Si tu as des contractions, préviens-moi. J'ai répété le trajet, nous sommes à vingt-cinq minutes de l'hôpital.

Isaac, déjà habillé, trépignait d'impatience. Sur son tee-shirt noir, l'inscription « la curiosité a tué le chat » accompagnait le dessin d'une boîte ouverte. Béatrice attendait, elle, que la cafetière électrique termine son travail. Encore endormie, elle hocha légèrement la tête en humant l'odeur réconfortante de café qui s'intensifiait. Ses cheveux légèrement emmêlés frôlaient sa nuisette satinée.

L'incertitude d'Isaac concernant sa future paternité l'avait forcé à mentir à sa compagne. C'était son premier mensonge depuis le début de leur relation et il était douloureux. Béatrice n'avait donc connaissance ni du gain du Loto, ni du message reçu. Elle ignorait surtout que son accouchement était imminent et peinait donc à comprendre pourquoi son compagnon s'activait autant.

– Merci de t'impliquer, doudou, mais encore une fois, la naissance est prévue dans un mois donc on a le temps. J'ai aucune envie d'accoucher ici, de toute façon.

– On n'est jamais trop prudent. Tu devrais t'habiller, d'ailleurs.

– Quoi ? Non, je ne vais pas m'habiller maintenant. Je vais prendre un café tranquillement et on verra après. C'est censé être nos dernières vacances avant le raz-de-marée, je te rappelle. Donc repos.

Isaac acquiesça à contrecœur. C'était effectivement la raison de leur venue ici. Ses grands-parents, à la retraite depuis peu, leur avaient laissé la ferme pour une semaine pendant qu'ils prenaient, eux aussi, des vacances bien méritées dans le sud de la France.

– Il n'y a pas si longtemps, tu adorais me voir en nuisette. C'est mon ventre énorme qui te dégoûte ?

Isaac sourit en se recoiffant d'un geste lent.

– Mais non, t'es toujours une bombe, rassure-toi.

Il s'approcha de sa compagne et l'embrassa tendrement avant de poser une main sur ses fesses. Béatrice, amusée, poussa un petit cri de surprise. Pendant un court instant, ils redevinrent ce qu'ils étaient à l'origine, deux adolescents amoureux.

– Je préfère ça, dit Béatrice.

Isaac se rassit. Malgré lui, son sourire s'estompa dans la foulée.

– J'ai comme un pressentiment, c'est tout.

Sans s'en rendre compte, il se balança nerveusement sur sa chaise, à l'affût des premiers signes de l'arrivée d'Alicia. Rapidement, son esprit se mit à divaguer. Il ressassa les formules mathématiques qu'il avait reçues ainsi que le montant de la somme qu'il allait toucher. Il avait tous les éléments en main pour construire l'anti-téléphone, réaliser son rêve d'enfant et faire la plus grande découverte scientifique de l'histoire.

*

– Je crois que je suis en train de perdre les eaux !

Béatrice regarda, affolée, son pantalon se tremper. Ses yeux s'agrandirent de panique tandis qu'elle observait le liquide inonder le sol.

– Comment c'est possible ? Je n'ai même pas eu de contractions !

Isaac sortit de ses pensées et s'approcha. Il attendait ce

moment depuis deux jours et pourtant, la panique le gagna aussi. Il fit tout pour la contenir et rassurer sa compagne.

– Rupture prématurée des membranes. Rien de grave, mais faut faire vite. Prends ma main, je t'accompagne à la voiture.

Isaac aida Béatrice à se lever et ensemble, ils quittèrent la pièce.

– Attends, il faut qu'on prenne un sac avec des affaires ! s'alarma Béatrice.

– Déjà fait, c'est dans la voiture. J'ai acheté ce que j'ai pu pour le bébé mais il n'y a pas grand-chose dans le coin.

Béatrice dévisagea Isaac, bouche bée. Se préparer à toute éventualité était louable mais à ce point, ça devenait vraiment déconcertant.

– Allez viens, ne perdons pas de temps.

Isaac pressa sa compagne afin d'éviter toute question à laquelle il ne pouvait répondre. Ils enfilèrent leurs chaussures puis rejoignirent l'extérieur, déjà chauffé par un soleil d'été indien. Tout autour, les immenses champs de céréales donnaient l'impression d'être seul au monde.

Une fois dans la voiture, Béatrice alluma l'autoradio et reprit la lecture du CD en cours, « The Score » des Fugees. Un CD qu'elle écoutait en boucle depuis sa sortie, quelques mois plus tôt. La douce voix de Lauryn Hill calma l'adolescente qui se mit à contempler les épis de maïs en se caressant le ventre.

– Je suis sûre que c'est une fille, chuchota-t-elle, ravie.

Isaac se tourna dans sa direction, un sourire aux lèvres.

– Je crois que tu as raison.

*

– Félicitations !

La sage-femme posa la nouveau-née sur Béatrice, en larmes, elle aussi. La jeune maman plongea son regard dans les yeux de sa fille.

– Bienvenue, Alicia.

Debout, à droite de sa compagne, Isaac contemplait la scène, impassible. Il s'était attendu à ressentir une forte émotion, presque métaphysique, devant cette naissance, mais rien ne montait en lui. Cette petite créature recouverte de fluides corporels, froissée et gémissante, semblait complètement déboussolée par le fait même d'être en vie. Difficile de croire que deux jours plus tôt, Isaac avait reçu un message de sa part.

– Tu veux la porter ? lui demanda Béatrice.

Isaac secoua légèrement la tête.

– Profites-en un peu plus, c'est toi qui as fait tout le boulot.

Dans son message, Alicia lui promettait qu'il était capable d'être un bon père, qu'elle avait confiance en lui. Isaac avait envie d'y croire. Il posa une main sur celle de Béatrice et, de l'autre, il caressa tendrement le dos d'Alicia.

44

– Réveille-toi !

Isaac ouvrit les yeux, le cœur battant frénétiquement, puis découvrit le bébé en pleurs que Béatrice lui tendait.

– Prends-la s'il te plaît, il faut absolument que je retourne aux toilettes.

Le jeune père, dans un état second, attrapa une Alicia agitée et récalcitrante. La lumière crue de la lampe de chevet agressait ses yeux encore endormis. Les cris déchirants de sa fille ricochaient sur les murs décrépits et lui transperçaient le crâne. L'impression d'avoir été réveillé en sursaut puis lâché au beau milieu de l'autoroute.

– Chuuuut, calme-toi Alicia. S'il te plaît, Alicia, tout va bien.

Les gémissements de sa fille couvraient sa voix hésitante et Alicia ne se calma pas. Au contraire, elle redoubla d'efforts pour s'extirper des bras de son père, comme un oiseau pris au piège. Frustré, Isaac se crispa. Cela faisait maintenant un mois qu'Alicia était née. Un mois de pleurs incessants, de nuits blanches et de fatigue accablante qui le rendaient irascible. Lui qui était habitué à la solitude studieuse de ses livres découvrait une toute nouvelle vie qui ne présentait, pour le moment, aucun avantage. Depuis la naissance, il répétait les mêmes actions en boucle. Bercer, chanter, donner le biberon, changer la couche… Il n'y avait aucune réelle interaction, aucun moment de plaisir pouvant compenser les mauvais côtés. Chaque geste n'avait qu'un seul but : calmer Alicia et empêcher une nouvelle crise de larmes qu'il n'avait plus la force de supporter.

Cette fois encore, rien ne marchait. Alicia continuait de crier et de se débattre, complètement indifférente à Isaac. Ce dernier se crispa un peu plus et serra le poing droit.

– Calme-toi, Alicia ! Putain, arrête deux secondes de gueuler et écoute-moi !

Le son aigu des hurlements était pour lui une véritable torture qui le rendait fou, chaque cri étant l'équivalent d'une aiguille qu'on lui plantait dans le corps. La patience d'Isaac atteignit son point de rupture. Il contracta la mâchoire, luttant contre la rage qui montait en lui. Il voulait hurler, s'enfuir, briser quelque chose. Complètement submergé, il posa Alicia sur son lit et frappa le matelas à plusieurs reprises. Sa fille, à quelques centimètres seulement, se mit à brailler plus fort encore. Isaac, horrifié par son geste, recula tandis que Béatrice revenait dans la chambre.

– C'était quoi, ce bruit ? Recouche-toi, je vais m'en occuper.

Isaac était encore tremblant, honteux de sa propre faiblesse. Il voulut refuser, assumer son rôle de père et donner raison à Alicia, adulte, qui croyait en lui. Il se contenta de hocher la tête et de s'allonger.

*

Isaac fixa le plafond écaillé de sa chambre pendant que Béatrice calmait Alicia, dans le salon de leur deux-pièces. Il avait récemment quitté son cocon familial pour emménager ici, troqué la maison luxueuse de ses parents pour un appartement décrépit. Il détestait tout dans ce logement étriqué. L'humidité qui s'infiltrait par les fenêtres mal isolées, l'odeur de moisi qui imprégnait chaque recoin, le papier peint qui se décollait. C'était pourtant le mieux qu'ils pouvaient s'offrir grâce à l'unique modeste salaire de libraire de Béatrice. Cette dernière avait arrêté ses études après le bac pendant qu'Isaac, lui, s'apprêtait à entrer en deuxième année de licence de physique, à l'université de Franche-Comté.

Étrangement, le jeune homme n'avait toujours pas récupéré ses gains du Loto. Il n'avait pas non plus informé Béatrice de leur existence. Il ne savait toujours pas ce qu'il allait faire de cette fortune tombée du ciel. D'une certaine manière, il trouvait paradoxale l'idée de tirer profit d'une partie de son message en reniant le reste.

Depuis la veille, il avait un nouveau souvenir persistant. Celui d'avoir écrit une lettre d'adieu puis abandonné le foyer. Ce n'était jamais arrivé mais, pour Isaac, c'était tout comme. Un souvenir plus vrai que nature, jusque dans la honte ressentie. Était-ce la fatigue qui avait provoqué cette vision ou provenait-elle d'une précédente réalité ? Le jeune scientifique n'avait pas encore eu le temps ni l'énergie suffisante pour analyser la situation avec précision.

Alors que cette chimère accaparait ses pensées, Béatrice rejoignit la chambre à pas de loup, Alicia endormie contre elle. Elle la posa dans un lit à barreaux collé au leur et vint s'allonger aux côtés d'Isaac.

– Tu ne dors pas ? lui demanda-t-elle en chuchotant.

– Non, faut que ça redescende un peu.

Béatrice acquiesça en lui caressant le bras avec tendresse. Elle voulut lui poser une question mais se ravisa à plusieurs reprises. Quand elle se décida enfin, Isaac somnolait.

– Tu ne vas pas nous abandonner, hein ? osa Béatrice d'une voix timide.

Isaac se réveilla pleinement, abasourdi par cette demande.

– Quoi ? Pourquoi tu dis ça ?

– Je ne sais pas. Je vois bien que c'est difficile pour toi en ce moment et… hier, j'ai eu une sensation bizarre. J'étais dans le salon et j'ai eu l'impression de découvrir une lettre sur la table. Une lettre qui nous disait que tu voulais qu'on refasse notre vie sans toi. Je me suis mise à la lire et puis je me suis rendu compte qu'elle n'existait pas, que j'étais en train de tout inventer. Tu dois me prendre pour une folle mais je n'arrive pas à me l'enlever de la tête, maintenant, c'est horrible. Je m'en souviens aussi bien que de tous les autres trucs que j'ai faits hier.

Un trou noir se forma dans le ventre d'Isaac, prêt à l'engouffrer. Il se tourna vers sa compagne et s'efforça de garder une expression rassurante.

– Comment tu peux penser ça ? Évidemment que je ne vous abandonnerai jamais.

– Tu me le promets ?

Isaac hocha nerveusement la tête.

– Bien sûr que je te le promets ! Je sais que je ne suis

pas un très bon père pour le moment, mais je vais tout faire pour m'améliorer, d'accord ?

– D'accord, doudou. Désolée, je ne sais pas comment ça m'est venu, ça doit être la fatigue.

Béatrice embrassa Isaac puis posa la tête sur sa poitrine en fermant les yeux. Isaac, lui, les garda grands ouverts.

45

– Repose ça, Alicia ! C'est très dangereux, tu comprends ? Il ne faut pas toucher !

Isaac lâcha son livre de physique et courut récupérer le couteau afin de le mettre hors de portée. Alicia avait presque neuf mois et c'était pour Isaac un miracle qu'elle soit encore en vie. Sa fille lui rappelait *Lemmings*, un jeu vidéo de la Super Nintendo dans lequel des petits êtres bleus aux cheveux verts couraient invariablement vers une mort certaine. Il fallait les arrêter et les guider pour garantir leur survie. Un défi amusant pour une partie de quelques minutes mais éreintant quand il s'avérait perpétuel.

Frustrée qu'on lui enlève son jouet, Alicia se mit à pleurer pour le plus grand désespoir d'Isaac qui savait qu'il ne réussirait pas à la réconforter. Une impéritie paternelle qui le rongeait de l'intérieur. Il découvrait un monde parallèle jusqu'ici invisible, composé de poussettes, de comptines et d'aires de jeux. De frustrations, surtout. Isaac faisait de son mieux pour contrôler ses émotions et ne pas crier sur Alicia, mais sa fille ne lui rendait pas la tâche facile. Elle multipliait les crises de larmes et semblait avoir développé une aversion totale pour lui. Alicia ne voulait que sa mère et piquait une colère dès qu'Isaac s'approchait. Le jeune père, désemparé, luttait pour garder son sang-froid. Quand il s'apprêtait à s'énerver ou contemplait l'idée d'abandonner, il repensait à cette partie du message d'Alicia : « Je sais que t'en es capable, donc, ne me déçois pas, s'il te plaît. » Même si elle ne le savait pas encore, sa fille croyait en lui et cela valait bien toutes les motivations du monde. Pourtant, après plusieurs minutes d'une crise de larmes ingérable, Isaac fut ravi d'entendre la porte de la maison s'ouvrir. Béatrice rentrait d'une manifestation dans les rues bisontines dénonçant la guerre au Kosovo.

– Ouh là, ça pleure beaucoup, ici !

La jeune femme eut à peine le temps d'enlever son manteau qu'Isaac se déchargea d'Alicia. Béatrice la posa contre son sweat bleu Champion délavé et lui caressa tendrement le dos.

– Qu'est-ce qu'il y a, ma puce ?

– Elle voulait jouer avec un couteau, je le lui ai enlevé.

– Ah, mais il a raison papa, tu sais. Les couteaux c'est dangereux pour les petits bébés dans ton genre.

À son contact, Alicia s'apaisa instantanément. Malgré le shoot de bonheur apporté par ce silence soudain, Isaac se vexa, piqué dans son ego. Pourquoi Alicia refusait-elle de se calmer dans ses bras, à lui ?

Béatrice rejoignit le grand salon qu'elle avait pris un plaisir coupable à aménager. Couleurs vives, lampes en laiton, vases en céramique, imposant meuble télé équipé d'un magnétoscope et d'enceintes dernier cri. Isaac avait acheté l'élégante maison avec une partie de sa cagnotte du Loto et en avait fait cadeau à Béatrice, sous forme de surprise, pour leur mariage. Il s'était servi de l'occasion pour rester vague sur le montant global de ses gains et, en parallèle, avait investi une autre partie en Bourse grâce aux conseils qu'il s'était envoyés.

De nouveaux souvenirs étaient survenus depuis la réception du message. Dans certains d'entre eux, Isaac étudiait seul, bien loin du tumulte actuel du foyer. Dans d'autres, beaucoup plus flous, il était toujours avec Béatrice et Alicia mais dans leur ancien appartement. Isaac y poussait des crises à répétition, parfois jusqu'à frapper les murs. Le tout se mêlait à la fatigue cumulée d'Isaac si bien qu'il avait souvent du mal à distinguer les vrais souvenirs des faux. Pour ne rien arranger, certains lui revenaient en temps réel, à la limite de l'hallucination.

Les rares moments qu'Isaac put consacrer au problème lui avaient permis de tirer une hypothèse globale pour expliquer le phénomène. Dans une vie précédente, et même sûrement une deuxième, Isaac avait construit l'anti-téléphone. Le message d'Alicia ainsi que le sien avaient réinitialisé la réalité, mais des souvenirs de ces précédentes temporalités persistaient en lui, du moins ceux chargés d'une émotion forte. Ils se dévoilaient en fonction de la volonté d'Isaac à les accueillir, comme si sa conscience vivait ces différentes vies en parallèle. Il pouvait donc, en théorie, se rappeler ce qu'il avait fait la veille dans ces autres réalités mais pas le lendemain.

Isaac se demandait souvent si Béatrice vivait la même chose, sans oser lui en parler. Il la trouvait distante et la surprenait régulièrement à rêvasser. De temps à autre, un sourire involontaire accompagnait ses moments d'absence. Même Alicia semblait déconnectée de la réalité. Il lui arrivait de fixer le vide sans raison ou même d'essayer de l'attraper. Comme aux yeux d'Isaac, le comportement d'un bébé était fondamentalement incohérent, il s'en inquiétait peu. Quand il interrogea sa mère sur la question, elle lui répondit simplement : « Tous les enfants sont zinzins les premières années, il ne faut pas chercher à comprendre ».

– T'as réussi à réviser ? lui demanda Béatrice en se posant sur l'imposant canapé en cuir.

– Pas vraiment, non.

– De toute façon, tu t'en sors toujours.

– Je m'en sortirai peut-être mais ça m'énerve d'avoir la même moyenne que n'importe quel demeuré.

Malgré les efforts d'Isaac, il lui était impossible de concilier études et parentalité. Obtenir sa licence de physique lui demandait trop d'investissement, malgré ses facilités. Pour exceller, comme il en avait l'habitude, il devait passer la majeure partie de son temps libre à étudier, un objectif impossible avec un bébé qui ne connaissait pas la notion de calme. De plus, Isaac ne pouvait s'empêcher de réfléchir à l'anti-téléphone et aux formules qu'il avait notées. Il ne souhaitait pas construire la machine mais sa curiosité scientifique était trop forte, il devait comprendre comment un tel exploit était possible. Tous ces éléments combinés laissaient donc peu de place à la révision des cours.

– Tiens, elle s'est calmée. Regarde comme elle est belle.

Isaac se tourna vers Béatrice et contempla sa fille.

– Normal, elle te ressemble.

Béatrice sourit et lui tendit Alicia. Cette dernière tourna

la tête dans la direction de son père mais sembla ne pas le voir, comme si elle regardait à travers lui. Isaac ignora cette impression, trop heureux de partager un moment paisible avec sa fille. Il la berça en admirant ses sublimes yeux bruns, presque noirs. Isaac y voyait la galaxie tout entière, une infinité d'étoiles et de possibilités.

– Tu sais que je t'aime, petit démon ?

46

– NON, PAPA ! NON !

Du haut de ses presque deux ans, Alicia bravait Isaac depuis son retour de la crèche. Dès qu'il tentait de l'approcher, Alicia le tenait à distance avec un visage dur, comme si elle dressait un chien. Si Isaac insistait, la petite fille piquait une crise de larmes et se débattait, laissant penser que l'idée même que son père la touche l'insupportait.

– Alicia, je n'ai pas le choix ! Tu as fait caca, il faut que je change ta couche.

Alicia cria plus fort.

– NON ! VEUX PAPA ! VEUX PAPA !

– Mais c'est moi, papa !

– NON ! L'AUT' ! L'AUT' !

– Comment ça, l'autre ?

La petite fille s'allongea au milieu de la cuisine laquée rouge et noir. Elle se mit à pleurer de rage puis se tapa la tête contre le carrelage. Son visage se recouvrit de plaques rouges. Isaac, impuissant, n'osa pas s'avancer.

– Calme-toi, Alicia, s'il te plaît.

– NON ! VEUX PAPA ! insista sa fille, au bord de l'agonie. VEUX PAPAAA !

Alicia acquérait progressivement la parole mais cela n'arrangeait en rien les relations qu'elle entretenait avec Isaac. Chaque mot nouveau semblait n'être qu'une arme supplémentaire dans son arsenal de rejet. Dès qu'elle était fatiguée, c'est-à-dire tout le temps car elle dormait très mal, Alicia n'éprouvait que de la peur ou de la haine envers Isaac, et ce malgré tous ses efforts. Elle n'avait d'yeux que pour sa mère et cet autre père imaginaire, Isaac n'étant qu'un intrus dont elle aurait aimé se débarrasser. Dans ces situations, le jeune père se retrouvait aussi désemparé que devant un problème mathématique insoluble. Un problème qui pleurait, criait et le tapait s'il s'approchait trop près.

– Alicia, je vais faire vite, d'accord ? Après, je te laisse tranquille.

– NOOOON !

Comme chaque soir, Isaac devait attendre une demi-heure avant que Béatrice ne rentre du travail. Avant la naissance d'Alicia, le jeune scientifique avait toujours cru qu'une demi-heure était une durée courte, souvent frustrante pour la plupart des activités. Il comprit alors que, comme l'affirmait Einstein, le temps est relatif. Une demi-heure pouvait s'avérer longue. Très longue. Les secondes s'égrainaient avec une cruelle lenteur, rythmées par les pleurs d'Alicia. Isaac s'éloigna d'elle et partit s'asseoir. Le mieux, désormais, était d'attendre la fin de sa crise et d'oublier toute notion d'hygiène.

*

– Regarde comme elle est irritée !

Le reproche de Béatrice tira Isaac de ses pensées. Comme souvent, son esprit s'était perdu dans ses souvenirs de l'autre réalité, celle où il avait abandonné le foyer pour étudier, seul, de son côté. Il accusa le regard noir de sa compagne et se rapprocha pour s'adresser à sa fille.

– Alicia, c'est ce qui arrive quand on tarde à te changer, tu comprends ? Ton caca contient des bactéries et comme ta couche est chaude et humide, ça les multiplie.

Béatrice essuya les fesses de sa fille en soupirant.

– Elle a 2 ans, Isaac, elle ne comprend rien à ce que tu lui racontes. C'est à toi de prendre les choses en main.

Isaac souffla à son tour, humilié par la situation. La sensation d'échec l'envahit, lourde et poisseuse. Il avait hâte qu'Alicia grandisse, de passer cette phase ingrate qui ne lui correspondait pas. Bientôt, les couches seraient remplacées par des expériences scientifiques à partager, des livres et des débats animés. Bientôt, il serait enfin un bon père. En attendant, Alicia le fusillait du regard.

– J'ai essayé, Béa. Tu sais bien comment elle est, avec moi. Tu veux que je fasse quoi ? Que je l'attache ?

– Tu dois seulement la gérer une demi-heure par jour, ce n'est pas énorme, non plus.

Isaac voulut lui rappeler la théorie d'Einstein sur la relativité du temps, mais s'abstint. Depuis plusieurs mois, Béatrice et lui avaient perdu toute complicité et s'étaient peu à peu enfermés dans une guerre froide. Leurs discussions étaient devenues des champs de mines, chaque mot pouvant déclencher une explosion. Seule la volonté de préserver Alicia les protégeait encore. Tous deux serraient les dents dans l'espoir que leur relation s'arrange, une fois Alicia plus grande.

– Ramène-moi sa crème, s'il te plaît, demanda Béatrice, froidement.

– Elle est où ?

– Putain, Isaac ! Dans le deuxième tiroir de la salle de bains, ça fait dix fois que je te le dis.

Isaac, bouillant intérieurement, voulut transpercer le mur de son poing. Il se mordit la langue jusqu'au sang et partit récupérer la pommade apaisante.

*

Béatrice rejoignit Isaac dans le salon, en pleine lecture d'un ouvrage consacré à l'électromagnétisme. Alicia attrapa un bébé en plastique et fit semblant de changer sa couche. La lumière tamisée du soir baignait la pièce, créant une atmosphère de tranquillité trompeuse.

– Je suis crevée. Prie Jésus pour qu'elle dorme cette nuit, même si tu ne crois pas en lui.

– Je suis prêt à me convertir s'il y parvient.

Béatrice sourit et jeta un coup d'œil au mur où Jésus siégeait, cloué à sa croix. Elle avait longuement lutté pour faire accepter sa présence.

– Ça devient vraiment difficile entre nous, tu ne trouves pas ?

Isaac la regarda s'enfoncer dans le canapé.

– Évidemment, la plupart des couples qui se sont rencontrés adolescents finissent par se séparer. Quand t'ajoutes à ça le fait que beaucoup ne survivent pas à la naissance d'un enfant, ça donne des probabilités qui ne jouent pas en notre faveur.

– Je ne te parle pas de probabilités, là, je te parle de nous, répondit sa compagne avec lassitude.

– Personne n'est au-dessus des probabilités.

Béatrice se tourna vers lui, exaspérée. Isaac posa son livre et lui sourit en la calmant d'un geste.

– Je rigole. Mais on ne peut pas nier que nous ne sommes pas dans des conditions idéales. En ce moment, je n'ai le droit qu'à des reproches de ta part et à un rejet complet d'Alicia. Ce n'est pas très motivant.

Un peu plus loin, la petite fille venait de lâcher son bébé pour caresser le vide.

– Y a un chien ! Regarde, maman, un chien !

Béatrice fit mine de s'émerveiller en vantant la beauté de l'animal imaginaire puis reprit la conversation.

– Moi aussi, je suis fatiguée. Et Alicia, ça va lui passer, je te le promets. Je ne sais pas pourquoi elle est comme ça.

– Ça fait deux ans que tu me dis que ça va lui passer. Je fais de mon mieux avec elle mais visiblement, ça ne suffit pas. Avec toi non plus, d'ailleurs. J'ai l'impression que tu ne m'aimes plus, pour être honnête.

La remarque choqua Béatrice. Elle se redressa et prit la main d'Isaac sous les aboiements amusés d'Alicia.

– Bien sûr que je t'aime.

– Tu es sûre ? Dès que tu me regardes, c'est comme si t'étais déçue de me voir. Tu ne me touches plus, tu m'évites, tu as toujours la tête ailleurs.

– C'est toi qui me dis ça ?

– Je sais que je suis mal placé pour parler, mais toi, ça ne t'arrivait jamais, avant. Tu as la chance de vivre dans le moment présent.

Béatrice accepta les reproches d'Isaac, gênée. Elle lâcha sa main et fixa à nouveau Jésus.

– C'est juste que…

– Quoi ?

– Je peux t'avouer un truc ? Mais promets-moi deux choses : ne te vexe pas et ne me prends pas pour une folle.

– Pour la deuxième condition, c'est d'accord, mais pour la première, je ne peux rien te promettre.

Béatrice soupira pendant qu'Alicia courait dans le salon, hilare. La petite fille tentait d'attraper une queue invisible sans évidemment y parvenir. Un éclat de joie incongru que ses parents ignorèrent.

– Tu te souviens, peu de temps après la naissance d'Alicia, quand je t'ai dit que je te voyais en train de nous abandonner ?

– Oui…

– Il m'arrive un truc similaire. Ça fait des mois que j'ai des visions d'une relation avec un autre homme.

Ce que redoutait Isaac était arrivé. Évidemment que Béatrice, aussi, avait des souvenirs de son ancienne vie. La seule différence étant qu'elle n'en comprenait pas l'origine. Isaac s'en voulut de ne jamais avoir eu la clairvoyance de préparer ce moment. Faute de mieux, il y répondit de manière dilatoire.

– C'est-à-dire ? D'avant qu'on se rencontre ?

– Non, c'est ça le truc. C'est comme si j'avais cette relation en ce moment. Je ne sais pas comment l'expliquer, c'est très bizarre.

Béatrice n'avait rien à se reprocher mais Isaac se sentit tout de même trahi par son aveu. Sa gorge se noua, une colère sourde montant en lui. L'impression désagréable qu'elle venait de lui avouer un adultère.

– Et j'imagine qu'il est mieux que moi ? Un meilleur mari, un meilleur père pour Alicia ?

Béatrice secoua la tête en soufflant.

– Je t'avais demandé de ne pas te vexer.

– Et je t'avais dit que je ne pouvais rien te promettre. Comment veux-tu que je le prenne ? Tu me rejettes et maintenant j'apprends que tu passes ton temps libre à rêver d'un autre homme ? Réponds à ma question, s'il te plaît.

– Quelle question ?

– Est-ce qu'il est mieux que moi ?

– Ce n'est pas comparable, toi tu existes ! Lui, c'est juste…

– Béa. Est-ce qu'il est mieux que moi ?

Béatrice intima Isaac de baisser la voix, de peur qu'Alicia s'en inquiète, puis lui répondit, embarrassée :

– Il n'est pas mieux que toi, mais… quand je pense à lui, ça se passe mieux, évidemment. Je ne sais pas pourquoi mon cerveau a créé cet homme, je ne le contrôle pas.

Blessé dans son ego, Isaac se leva et se mit à marcher. De temps à autre, un tic incontrôlable le forçait à taper du pied. Intriguée par le bruit, Alicia s'arrêta de jouer et l'observa comme s'il était un extraterrestre.

– Ce n'est pas toi qui contrôles tes propres pensées ? Qui le fait, alors ?

– Je suis désolée, je n'aurais jamais dû te dire ça.

Isaac continua sa ronde de fauve en cage, suivie par sa petite fille amusée. Il savait que les souvenirs de Béatrice découlaient de sa propre machine, il ne pouvait donc s'en prendre qu'à lui. Pourtant, il ne l'avait pas construite, cette machine. Pas dans cette vie, du moins. Cela rendait la situation aussi complexe qu'injuste.

– Si, tu as bien fait de me le dire, répondit-il en haussant la voix. Ce que tu n'aurais pas dû faire, c'est accorder de l'importance à ce mec imaginaire ! Tu crois qu'on va régler nos problèmes en fantasmant une autre vie ?

Alicia, apeurée par la colère de son père, se mit à pleurer et courut dans les jambes de Béatrice. Isaac la contempla, honteux, et partit se coucher.

47

Isaac acheva les dernières notes de la *Sonate pour piano et violon n° 21* de Mozart et posa son instrument sur une pile de livres. Les vibrations des cordes s'évanouirent dans l'air, laissant derrière elles une sérénité fragile. Le jeune prodige avait pris l'habitude de jouer du violon après avoir étudié afin d'optimiser l'assimilation des informations. Une harmonie de notes, de chiffres et d'idées qui se complétaient magiquement. C'était aussi l'une des seules activités qui lui permettait d'être entièrement concentré sur sa tâche, sans se faire polluer par ses faux souvenirs.

Il venait de dévorer sa dernière acquisition, *The End of Time: The Next Revolution in Our Understanding of the Universe* de Julian Barbour, un ouvrage britannique qu'il avait découvert grâce à un nouvel outil incroyable, internet. Isaac faisait partie des rares personnes à posséder dans son foyer un modem 56 kb/s lui permettant de s'y connecter. Cette pratique lui coûtait cher et occupait la ligne téléphonique, mais cela en valait la peine.

Après avoir obtenu sa licence, Isaac avait dû accomplir son service militaire jusque-là repoussé. Comme ce dernier était amené à disparaître et qu'Isaac avait un enfant à charge, il réussit à le faire réduire à six mois. Stationné à Verdun et rattaché à la section NRBC (Nucléaires, Radiologiques, Biologiques, Chimiques) en raison de son profil scientifique, il passa les premières semaines à nettoyer des masques à gaz. Quand on se rendit compte qu'il n'avait rien de plus à faire, on lui confia le transport du carburant. Isaac fut incapable de sociabiliser avec les autres appelés et trouva cette période aussi frustrante qu'inutile. Surtout, elle l'éloigna un peu plus d'Alicia qu'il ne pouvait voir que les week-ends.

Depuis son retour, Isaac profitait donc du loisir de gérer son temps comme il le souhaitait. Grâce à la cagnotte du Loto et à ses placements, l'argent n'était pas un problème. Il organisait ses journées en fonction de ses envies, passant parfois plusieurs semaines à ruminer sur la même hypothèse scientifique. Son bureau était devenu un sanctuaire d'idées, encombré de livres, de papiers griffonnés et de schémas complexes. Il n'était pas rare, une fois Alicia et Béatrice endormies, qu'il le rejoigne au beau milieu de la nuit pour coucher sur le papier une nouvelle théorie.

Comme les souvenirs des anciennes réalités continuaient d'affluer, il axa ses recherches sur l'anti-téléphone et ses conséquences incertaines. Appréhender ces questions demandait des compétences dans de multiples domaines, de la physique quantique à l'ingénierie électronique en passant par la métrologie. Des années de recherches en perspective. Par chance, il réalisait parfois, en étudiant une nouvelle notion, qu'il la connaissait déjà grâce à ses vies précédentes.

Béatrice, elle, avait fait le choix de continuer à travailler à mi-temps dans la librairie de son oncle et de consacrer le reste de sa semaine à des associations. Cet emploi du temps répondait à son besoin de se sentir utile. Isaac, qui n'avait aucun problème à rester seul des journées entières, avait toujours admiré cet allocentrisme. Pour compenser ses tendances misanthropes, il décida alors qu'il serait de sa responsabilité de récupérer Alicia à l'école maternelle, en fin d'après-midi. Malgré cette bonne volonté, il l'oublia plusieurs fois, absorbé par ses recherches ou ses souvenirs, et se fit réprimander par l'école, Béatrice et sa fille. Depuis, il avait installé deux réveils pour se le rappeler.

Les liens entre Isaac et Alicia, bien que renforcés par cette routine quotidienne, restaient très fragiles. Souvent, la petite fille boudait et demandait à voir son autre père qu'elle disait préférer. Cela avait le don de vexer Isaac qui, malgré ses vingt années de plus, finissait souvent par bouder, lui aussi.

Depuis leur altercation, deux ans plus tôt, Béatrice n'avait jamais reparlé de l'homme qui occupait ses pensées. Ce n'est qu'à force d'entendre Alicia faire allusion à ce deuxième père qu'elle se risqua à l'évoquer à nouveau. Isaac hésita un moment à tout lui avouer, mais supposa que le faire ne pourrait que créer des problèmes supplémentaires. Il choisit d'ignorer le rapprochement effectué par Béatrice entre l'homme de ses pensées et celui d'Alicia, conseillant à sa compagne de ne pas aggraver la situation avec de telles inepties. Une fois encore, Béatrice acquiesça, honteuse et intimidée. Elle ne mentionna plus jamais l'homme en question.

Il était cependant bien plus ardu d'obtenir le même résultat avec Alicia. Cela se confirma quand, un jour, il tomba sur sa maîtresse à la sortie de l'école.

– Monsieur Lestat, je peux vous parler rapidement ?

Le malaise palpable que la vieille femme affichait signala à Isaac que la suite n'allait pas lui plaire. Il accepta malgré lui, laissant Alicia jouer avec une camarade, un peu plus loin. Il n'aimait guère cette institutrice, pas plus d'ailleurs que l'école catholique qu'elle représentait. C'était bien sûr un choix de Béatrice, rendu possible par la cagnotte du Loto. Isaac s'y était brièvement opposé avant de céder, toujours un peu honteux de la manière dont il avait obtenu l'argent.

– Je voulais vous informer qu'Alicia mentionne souvent qu'elle a deux papas, ça a l'air de beaucoup la perturber. Je ne veux pas m'immiscer dans votre vie privée, mais est-ce que vous venez de vous séparer, avec sa maman ?

Isaac se mordit la langue pour ne pas s'énerver.

– Non, tout va bien. Il n'y a pas de deuxième papa, c'est son imagination.

L'institutrice, gênée, resserra le foulard en soie qu'elle portait autour du cou. Elle se tourna vers Alicia pour éviter le regard d'Isaac puis chercha ses mots avec précaution.

– Je comprends, c'est juste qu'elle en parle souvent et…

– Écoutez, ma fille n'a même pas quatre ans. Elle invente des choses, c'est normal ! Hier, elle m'a dit que c'était une princesse, vous voulez lui expliquer que la royauté française a été abolie en 1792 ?

– Non, bien sûr, c'est juste que…

– Voilà. Maintenant je suis désolé mais on est pressés. Alicia ! Viens, on rentre.

Isaac attrapa la main d'Alicia, laissant sa maîtresse seule et confuse. Une fois sur la route, il s'adressa à sa fille, hors de lui.

– Alicia, je te l'ai déjà expliqué. Il faut apprendre à faire la différence entre la réalité et ton imagination.

La petite fille le regarda sans comprendre.

– Tout ce que tu vois avec tes yeux, c'est la réalité. Ce que tu vois que dans ta tête c'est pour de faux, tu comprends ? C'est comme les histoires qu'on lit.

Alicia baissa la tête de timidité. Isaac détestait ces dialogues à sens unique qui lui donnaient l'impression de parler à un mur.

– Je te dis ça parce que tu racontes n'importe quoi à la maîtresse. Tu lui dis que tu as deux papas. Tu n'as pas deux papas. Je suis ton papa et c'est tout, il n'y en a pas d'autre.

La petite fille retira brusquement sa main de celle d'Isaac et commença à pleurer, sans relever la tête.

– C'est pas vrai. J'ai un autre papa. Toi t'es jaloux parce que mon autre papa, il est mieux !

Isaac encaissa le coup. Lui-même, adulte, avait du mal à faire le tri entre ses vrais et ses faux souvenirs alors qu'il en connaissait la provenance. Il se doutait donc qu'Alicia devait être désemparée face à un tel phénomène, une véritable torture dont il était en partie responsable. Pire encore, en dépit des recherches qu'il avait commencées ces derniers mois, il était à des années-lumière de trouver une solution viable à cette situation. Alors, se démener jour après jour pour rester à la seconde place, derrière un homme quasi imaginaire, était au-delà de ses forces.

– Alicia, je ne veux plus entendre parler de cet autre papa, tu comprends ? Si tu m'en reparles ne serait-ce qu'une seule fois, tu seras punie, tu as compris ?

Alicia renifla et accéléra la marche, déterminée. Isaac courut pour la rattraper.

– C’est pour ton bien que je fais ça, Alicia. Si tu racontes n’importe quoi aux gens, ça va se retourner contre toi, un jour. Je ne suis pas parfait mais c’est moi ton papa, alors il faut que tu fasses avec.

Alicia ne lui adressa plus la parole de la soirée.

48

Alicia croqua dans le cheeseburger de son Happy Meal en tripotant le jouet offert, une figurine de Titeuf. On devinait à son regard vide que la petite fille de 7 ans n'était pas tout à fait là, indifférente au brouhaha des familles qui l'entouraient et à la voix d'Alicia Keys diffusée par la radio. En face d'elle, Isaac, plongé en pleine réflexion lui aussi, arborait le même désintérêt pour cette réalité.

Le problème c'est que si Feinberg a raison et qu'un détecteur de tachyons est aussi son émetteur, il ne percevrait le tachyon qu'au moment de la collision du tachyon et du détecteur, sans pouvoir déterminer si ce tachyon vient du passé ou du futur. On ne peut donc pas s'en servir pour transmettre un message.

De longues minutes s'écoulèrent. Père et fille se faisaient face sans se voir, imperméables au monde. Les trois dernières années n'avaient pas comblé le fossé infranchissable qui les séparait. Dès qu'ils passaient du temps ensemble,

Isaac peinait à capter son attention, si bien que le plus souvent, il finissait lui aussi perdu dans ses pensées. Ce n'est que quand Alicia eut fini son cheeseburger que ses yeux se réveillèrent.

– On y va ?

Isaac prit un moment pour redécouvrir son environnement et répondit à sa fille avec enthousiasme.

– Tu ne veux pas aller jouer dans la piscine à balles ?

– Non, papa, c'est pour les bébés, répondit Alicia d'un air désabusé.

Isaac acquiesça, déçu, et chercha une autre idée. Dans ces moments, il aimait se répéter cette phrase de sa fille lui affirmant qu'il pouvait être un bon père. « Je sais que t'en es capable, donc ne me déçois pas, s'il te plaît. » Un mantra qui parvenait à le galvaniser mais qui, ironiquement, ne changeait rien à l'attitude de celle qui l'avait prononcé.

– On peut aller au cinéma, si tu veux. Tu ne voulais pas voir *Le Monde de Nemo* ?

– Je l'ai déjà vu.

– Je le saurais si tu l'avais vu, en plus il est sorti hier.

– Oui, ben je l'ai vu hier. Marin il cherche Nemo avec Dory et Dory, elle perd tout le temps la mémoire. À un moment, les poissons ils font une grosse flèche pour montrer l'Istralie.

– L'Australie. D'accord, tant pis.

Alicia continuait d'avoir des souvenirs de sa précédente vie, peut-être même de plusieurs. Régulièrement, elle mentionnait des événements qui n'étaient jamais arrivés dans cette réalité. Quand Isaac ou Béatrice la contredisaient, la petite fille se retrouvait le plus souvent en pleurs, frustrée que personne ne la comprenne. La tâche était particulièrement difficile dans ce genre de cas où le souvenir d'Alicia, bien que faux, se révélait exact.

Ce qui passait encore récemment pour une imagination débordante était devenu problématique, au fil des années. Ce handicap empoisonnait la vie d'Alicia, de l'école à ses relations amicales. Dernièrement, elle s'était mis une partie de sa classe à dos en se vantant, à tort, d'avoir remporté un tournoi de balle aux prisonniers en leur compagnie. Alicia s'acharnait à le croire, même quand tout le monde lui affirmait l'inverse. Lasse de voir tous ses proches s'opposer à elle, Alicia s'était renfermée et passait une grande partie de son temps libre à dessiner ou à peindre, non sans un certain talent. En parallèle, Isaac lui donnait des cours de violon que la petite fille suivait à contrecœur.

– Qu'est-ce qui te ferait plaisir, alors ?

– Un McFlurry !

Comme Béatrice était à cheval sur l'alimentation de sa fille, Alicia profitait toujours des moments passés seule avec son père pour faire le plein de sucre. Isaac, trop heureux de la voir sourire, cédait systématiquement à la plupart de ses caprices. Quelques mois plus tôt, il lui avait même acheté le chien qu'elle voulait tant, un labrador, espérant que le cadeau les rapproche un peu.

– D'accord, mais pas un mot à ta mère !

La relation entre Isaac et Béatrice restait, elle aussi, particulièrement fragile. La moindre anicroche, qui serait restée anecdotique avant la naissance d'Alicia, pouvait désormais dégénérer. Isaac préférait donc assurer ses arrières.

– Promis ! J'espère qu'ils ont réparé leur machine, elle est toujours en panne, c'est trop nul.

– Ça me fait penser que j'ai une expérience à te montrer

à la maison, tout à l'heure. On va faire des tourbillons de couleurs dans du lait, ça te dit ? Ça s'appelle le phénomène de la tension superficielle.

Alicia acquiesça avec enthousiasme. Isaac ne sut dire si elle était véritablement excitée par l'expérience ou simplement par la promesse du McFlurry. Il choisit d'être optimiste, savourant ce moment de complicité. Le jeune père était aux anges quand il parvenait à titiller la curiosité de sa fille. Des moments précieux qui lui redonnaient espoir.

Il confia un billet à Alicia qui partit rejoindre l'une des caisses. Une fois la commande passée, la petite fille se tourna vers son père, euphorique. Visiblement, la machine était réparée.

Le bonheur d'Alicia contamina son père. Le sourire aux lèvres, il fit l'effort de se concentrer sur cet instant présent, éloignant mentalement tout souvenir parasite qui pourrait venir le gâcher. Alicia récupéra le McFlurry mais stoppa net devant la caisse.

– Papa ?!

Son sourire mêlé de surprise s'accentua de manière démesurée. La petite fille lâcha sa glace qui s'explosa au sol et courut vers un jeune homme attablé, quelques mètres plus loin. Sa chemise en soie était parsemée de discrètes taches de peinture.

– Papa, c'est moi !

Alicia se blottit contre l'inconnu sous le regard médusé de la femme qui l'accompagnait. En voyant son expression, l'homme secoua la tête. Lui non plus ne connaissait pas cette fille qui l'étouffait d'amour, au sens propre comme au sens figuré. Il essaya délicatement de se dégager, mais Alicia le serra un peu plus fort encore.

– Tu me manques tellement, papa.

Isaac, livide, se leva pour intervenir.

– Alicia, lâche-le tout de suite !

Sa fille ne l'écouta pas et continua son étreinte. L'inconnu, désemparé, s'efforça de la reconnaître mais ne voyait qu'une partie de son visage.

– Alicia ! Ça suffit, maintenant !

Isaac lui saisit le bras et le tira de toutes ses forces, sans succès. Alicia s'accrochait, pleurant à chaudes larmes. À bout, elle cria si fort que tous les clients du restaurant se tournèrent dans sa direction.

– Laisse-moi ! Je veux rester avec papa !

Isaac savait, à son grand regret, que sa fille ne lui ressemblait en rien. Autour de lui, quelques personnes hésitaient à intervenir. Il leva la tête vers ce public improvisé et tenta de l'apaiser avec un visage rassurant.

– Alicia, s'il te plaît. Tout le monde nous regarde.

L'inconnu, lui, ne bougeait plus, comme hypnotisé.

– Qu'est-ce qui se passe ? demanda la femme qui l'accompagnait.

– C'est rien, elle a un handicap mental.

Isaac, écœuré par la situation et par son mensonge, ravala ses larmes.

– Viens Alicia, on rentre à la maison.

Il l'attrapa par la taille et l'arracha à l'homme. La petite fille se débattit comme un animal terrorisé. Elle pleurait, criait et donnait des coups de pied dans le vide sous le regard abasourdi de l'assemblée.

– Papa ! Papa !

Isaac la traîna hors du restaurant, luttant contre la douleur viscérale qui lui perçait le cœur. L'homme qu'Alicia venait d'étreindre observait la scène. Puis, à force de dévisager la petite fille, il prononça un prénom qui accaparait son esprit depuis de longues années, maintenant.

– Alicia ?

Des larmes vinrent couvrir ses pupilles émerveillées puis, paralysé, il vit sa fille adoptive s'éloigner à jamais.

*

À plusieurs reprises, Isaac ouvrit la bouche puis la referma, incapable de trouver les mots adéquats. En lui, des dizaines d'émotions menaient une guerre sans vainqueur. La honte, la culpabilité, la tristesse, la déception… mais aussi un certain ébahissement. Sur le siège passager, Alicia était mutique, proche de la catatonie.

Comment expliquer à une petite fille de 7 ans que la moitié de ses souvenirs étaient faux ? La vérité était bien trop folle et complexe. Isaac savait néanmoins que si la situation perdurait, Alicia aurait la plus grande difficulté à s'intégrer dans une société qui ne la comprendrait pas. Comme à son habitude, le jeune scientifique tenta d'analyser toutes les solutions possibles de manière froide et méthodique, mais cette fois, la jalousie ressentie pour son concurrent brouilla ses pensées.

– Je te le redis une dernière fois, Alicia. Tu n'as qu'un père, c'est moi. L'homme que tu as vu ne te connaissait pas. C'est un inconnu. Tu nous as humiliés devant tout le monde, tu te rends compte de ça ?

Leur voiture longeait le Doubs sous un soleil éclatant. Les reflets dorés de l'eau scintillaient avec indifférence. Depuis les hauteurs, la citadelle de Besançon, véritable forteresse, régnait sur la ville. Loin de s'émerveiller du spectacle, Alicia regardait le vide sans offrir le moindre signe de vie. Frustré par son attitude, Isaac haussa le ton.

– T'es grande, maintenant, donc il faut que tu comprennes. Les gens qui se comportent comme ça sont considérés comme des fous. Tu sais ce qu'on fait aux fous ? On les enferme. On les enferme dans un asile, on les bourre de médicaments et ils ne revoient plus jamais leurs proches. Ils ne revoient plus leurs amis, ils ne revoient plus leur maman. C'est ça, que tu veux ?

Alicia resta muette mais des larmes naissantes trahissaient son écoute. Isaac continua son sermon, la gorge nouée.

– Donc, concentre-toi sur la réalité. Je te l'ai déjà expliqué cent fois. Si c'est que dans ta tête, il ne faut pas y faire attention. Si maman et moi on te dit que quelque chose n'est pas arrivé, tu nous crois sur parole et tu ne discutes pas. C'est compris, Alicia ? C'est compris ?

La petite fille hocha la tête et laissa ses larmes abonder, sans un regard pour son père.

*

– Tu réalises la violence de tes propos ? C'est une enfant de 7 ans, Isaac !

L'accusé se recroquevilla contre sa chaise. Il savait que quand Béatrice l'appelait par son prénom, cela signifiait que sa colère avait atteint un point de non-retour. Copernic, le chien du foyer, vint se poser à ses côtés.

– Oui, je sais, mais…

– Il n'y a pas de « mais » ! Tu crois vraiment qu'elle invente tout ? Qu'elle s'est mise dans un tel état pour s'amuser ? C'est évident qu'elle a un problème. Il faut l'aider, pas l'engueuler.

– J'ai fait ça pour l'aider, justement.

Béatrice secoua la tête de dépit et s'assit pour réfléchir. Ce n'est qu'après plusieurs secondes qu'elle se radoucit, prise de curiosité.

– Il ressemblait à quoi, d'ailleurs, ce mec ?

Isaac ne comprit que trop bien la raison de cette question. Ce fut à son tour de s'énerver.

– Je ne sais pas, je ne m'en souviens plus ! On s'en fout à quoi il ressemblait, de toute façon !

Copernic leva la tête, intrigué par la colère de son maître. Béatrice n'insista pas et se tut pendant un long moment, pendant lequel Isaac n'osa pas la regarder. Quand il en trouva enfin le courage, il la découvrit les yeux humides, submergée par l'émotion. La vue des larmes de Béatrice brisa quelque chose en lui. Désarçonné, il voulut la consoler mais Béatrice lui vola sa réplique.

– C'est de ma faute si elle est comme ça.

Isaac se figea, écrasé par le poids de cette hypothèse.

– De quoi tu parles ?

– Moi aussi, mes souvenirs sont incohérents. Je me souviens de moments qui ne sont pas arrivés. Parfois, je vois même des trucs qui ne sont pas là. La seule différence, c'est que je le cache.

Isaac resta immobile, impuissant devant cette détresse qu'il avait lui-même causée.

– Ça se trouve, j'ai une maladie génétique que je lui ai transmise. Une sorte de schizophrénie.

La jeune mère abandonna toute contenance et éclata en sanglots, comme sa fille quelques heures plus tôt. Jamais Isaac ne s'était senti aussi honteux.

C'est à ce moment précis qu'il comprit. Des deux messages

qu'il avait reçus, il y a sept ans, c'était bien le sien qui disait vrai, pas celui d'Alicia. Ce qu'il avait tenté d'ignorer pendant tout ce temps revenait violemment le percuter, comme un élastique tendu à son maximum qui lâcherait soudainement.

Alors, avec un peu de retard, il décida de s'écouter.

DEUXIÈME PARTIE

Une vie de souvenirs

49

27 août 2024

Il n'y a pas de destinée, juste une succession de choix hasardeux.

Depuis une heure, je veille sur la nuit comme une gardienne de phare, la braise de mes cigarettes me servant de lumière. Ce même constat qui me ronge et m'oblige à passer en revue toutes les décisions que j'ai prises, dernièrement. Je repense à cette ex que je n'aurais peut-être pas dû quitter, à cette carrière que j'aurais mieux fait d'éviter, à toutes ces opportunités plus ou moins imaginaires que j'ai laissées passer. Bref, j'essaie de comprendre où j'ai merdé.

Les immeubles endormis du XIIIe me rappellent que je devrais être dans mon lit plutôt qu'à fumer à ma fenêtre. Malgré l'heure tardive, la température reste caniculaire et je sens la sueur perler sur ma peau sous mon débardeur. Ella Fitzgerald m'accompagne via la platine vinyle de mon salon. Le jazz des années 1950 est une lubie étrange que j'ai depuis l'enfance. On pourrait m'accuser d'être nostalgique d'une époque que je n'ai jamais connue. C'est vrai, mais pas de celle que l'on pense.

« It begins to tell, 'round midnight, midnight. »

J'ai toujours été insomniaque donc j'ai appris à vivre avec. Heureusement, ma carrière incertaine d'illustratrice me permet de gérer mon emploi du temps comme je l'entends. Dessiner la nuit entre deux cigarettes et dormir la journée, si ça me chante. Il faut dire qu'en ce moment ma vie stagne un peu, pour le présenter poliment. Comme si on m'avait posée là en attendant et oublié de venir me chercher. En attendant quoi ? C'est bien le problème, je n'en sais rien.

« I do pretty well, till after sundown / Suppertime I'm feelin' sad. »

J'aime mon métier mais lui ne m'aime pas. Je gagne à peine assez pour vivre correctement, du moins à Paris. J'ai 28 ans et mon père m'aide toujours certains mois à payer le loyer malgré la pauvreté de notre relation. Pour être honnête, je reçois plus de virements de sa part que de coups de fil. Un statu quo qui perdure même si on en a tous les deux honte.

« But it really gets bad 'round midnight / Memories always start 'round midnight. »

Brusquement, mes pensées s'arrêtent. J'observe la braise rouge de ma cigarette se consumer, incapable de détourner les yeux, envoûtée par ses crépitements.

Le clignotement frénétique d'un feu de circulation… L'odeur du cuir… Des champs de céréales qui défilent…

Puis, le chaos. La perte de contrôle. La peur viscérale d'une mort imminente. Je suis au volant d'une voiture qui se dirige tout droit vers un arbre. Je crie puis écrase le frein du pied en fermant les yeux. Une violente secousse me force à les rouvrir.

Retour brutal à la réalité. Le choc résonne encore dans mon esprit tandis que je tombe par terre, tremblante. Instinctivement, j'applique le plan d'urgence dans ce genre de situations. Je calme ma respiration puis énumère cinq objets de mon environnement proche.

Une étagère remplie de livres pour enfants. Une figurine d'Akira. Un arbre à chat en bois flotté. Un miroir en rotin. Une illustration encadrée de Yanin Ruibal.

Quatre sons que je peux entendre.

Le vrombissement de mon ordinateur. Le crépitement du vinyle qui se termine. Le sifflement du vent. La sirène d'une ambulance.

Trois choses que je peux toucher.

La bague à mon index gauche. Le parquet tiède. Ma chatte Billie qui se frotte à moi.

Deux que je peux sentir.

L'odeur du thé mêlée à celle de la nuit.

Et enfin une que je peux goûter.

Ma bouche sèche et pâteuse.

Toute trace de mon accident de voiture imaginaire s'évapore définitivement de mon esprit. C'est ma mère qui m'a appris cette méthode appelée 5-4-3-2-1. Elle est habituellement conseillée pour les crises d'angoisse mais je m'en sers en cas d'hallucination.

Je suis parfois frappée par des visions qui me paraissent si réelles que pendant un court instant, je ne contrôle plus mon esprit. J'ai appris à les dompter mais elles restent difficiles à vivre, surtout quand d'autres personnes sont présentes. Elles sont les résidus d'un problème plus profond.

Quand j'étais petite, je me souvenais de choses qui n'étaient jamais arrivées. J'étais même persuadée d'avoir un autre père que le mien. Schizophrénie précoce, trouble bipolaire, trouble dissociatif… Chaque spécialiste y est allé de son diagnostic mais personne n'est parvenu à identifier mon problème.

Avec leur aide, celle de ma mère et d'antipsychotiques, j'ai tout de même réussi à ignorer ces faux souvenirs. Ça m'a demandé une discipline militaire et une confiance aveugle envers ceux qui me contredisaient. Jusqu'à l'adolescence, j'ai perfectionné mon aptitude à trier le vrai du faux. À me concentrer sur la réalité. J'ai appris à déceler le doute chez mon interlocuteur quand j'invente sans le vouloir. Les regards légèrement perdus, les froncements de sourcils, les lèvres inférieures mordues. J'ai surtout appris à trouver des pirouettes pour m'en sortir, comme une mythomane chevronnée. Cela nécessite un effort constant, bien au-delà de mes capacités. Alors, malgré moi, j'ai limité mes interactions sociales. Au moins, seule, il n'y a aucun risque de passer pour une folle. Une jeunesse gâchée qui a fini par payer. Aujourd'hui, tous mes souvenirs sont certifiés exacts.

Je me relève, gobe un anxiolytique et attrape un cahier. Pour soulager mon inconscient, j'ai pris l'habitude depuis gamine de dessiner ce qui m'obsède. Un exutoire indispensable qui m'a créé une vocation. Désormais, je range tout ce qui me semble louche dans la case « imagination » et le cantonne sur une feuille ou ma tablette graphique. Des supports sur lesquels mes visions peuvent être apprivoisées puis sublimées. Ce soir, c'est un arbre menaçant dont je définis les contours au fusain. Mieux vaut sur papier qu'en face de moi.

Alors que je m'attaque au ciel, mon téléphone se met à vibrer. La photo d'une superbe rousse tatouée s'affiche au-dessus de l'inscription « *bae* » cernée de cœurs.

– Hello, toi.

– Tu ne dors pas ? me demande-t-elle dans une cacophonie faite de cris et de musique.

– Non, insomnie.

– Viens nous rejoindre, alors ! On est à *La Mutinerie* mais on va peut-être bouger chez Lucille, après.

Je détecte à sa voix vacillante que son alcoolémie est bien au-delà de la limite légale. Sobre, elle connaîtrait déjà ma réponse.

– Ah non, flemme.

– Alleeeeeeez, tout le monde veut te voir, j'arrête pas de leur parler de toi !

– Une autre fois, promis. Je suis crevée, là. Je termine un dessin et je vais me coucher.

Comme toujours, je décline sa proposition avec un léger sentiment de culpabilité. En deux mois de relation, je multiplie déjà les refus de ce genre.

J'ai déménagé pour la capitale il y a quelques années, pensant que ça m'offrirait plus d'opportunités de travail. Vu leur rareté et le fait que je passe plus de temps chez moi qu'à profiter de la vie parisienne, je me dis parfois que j'aurais mieux fait de rester en Franche-Comté. Au moins, là-bas, il y a la nature.

– T'es sûre ? insiste-t-elle.

– Oui.

– Sûre, sûre, sûre ?

– Oui, Charlotte, je suis sûre.

50

L'alarme de Charlotte se déclenche sur son téléphone. Nous grognons en chœur, même si ses protestations sont plus justifiées. Elle doit se lever pour aller travailler, pas moi.

– Pourquoi je passe ma vie à regretter ce que j'ai bu la veille ? demande-t-elle en se frottant les yeux.

Deux mois après mon accident de voiture inventé, j'ai enfin accepté de rencontrer ses amis du boulot. Une soirée éprouvante dans un bar bruyant et enfumé. Quand Charlotte boit pour s'amuser, moi je bois pour contrer ma timidité. Finalement, ce matin, nous nous réveillons avec le même mal de crâne.

– Peut-être que t'as Alzheimer.

Charlotte se tourne vers moi puis balaye ma chambre du regard, ses yeux parcourant les piles de livres, les dessins épars et les vêtements éparpillés. Son expression laisse penser qu'elle ne s'attendait pas à se retrouver là.

– C'est marrant, à chaque fois que je me réveille chez toi, mon cerveau bugge un peu.

– T'inquiète pas, la plupart des gens se mettent à bugger dès qu'ils passent du temps avec moi.

Un sourire en coin étire ses lèvres, éclairant brièvement son visage fatigué. Elle m'embrasse puis sort du lit en culotte. Je la contemple alors qu'elle enjambe tout un tas de vêtements pour accéder à la salle de bains. Sa coupe néopunk, son corps recouvert de tatouages et de quelques piercings, l'assurance de sa démarche, tout en elle me rappelle à quel point nous sommes opposées. Une extraterrestre visitant mon monde. J'ai l'impression d'être une cobaye dans une expérience sociologique, observée par des chercheurs grâce à des caméras.

– T'as rendez-vous à quelle heure, à l'école ? me demande-t-elle de la douche.

Le bruit de l'eau couvre légèrement sa voix.

– 10 h 30. Ça me laisse le temps de me rendormir.

– Salope.

Je m'étire de tout mon long. Mes muscles endoloris protestent, relâchant lentement la tension accumulée. Sans le vouloir, je chasse du pied Billie, venue squatter le bord du lit. Devant moi, un paravent recouvert d'illustrations en tout genre donne un aperçu de mon esprit torturé.

– Sauf si ta pote me rappelle pour que je fasse sa campagne de pub. J'attends toujours sa réponse.

Le jet d'eau se coupe. Quelques secondes s'écoulent dans le silence puis Charlotte revient dans la chambre, nue et trempée.

– Je suis désolée, j'ai oublié de te dire. C'est mort pour la campagne.

Elle gratte son crâne à moitié rasé, gênée. Des gouttes d'eau perlent sur sa peau, traçant des chemins scintillants entre ses tatouages. Je dois ajouter dans la liste de nos différences que Charlotte n'a ni pudeur ni complexe physique.

– Super. Elle t'a dit pourquoi ?

– Je crois que son boss a décidé de le faire avec Midjourney. C'est moins cher.

Je lui jette mon oreiller au visage. Putain d'IA de merde. Je la hais. Je hais aussi la moitié de mes clients. Et le monde de la pub, en général, même s'il m'a permis de rencontrer Charlotte. Et puis je me hais, moi, d'avoir choisi un boulot que tant de gens croient obsolète. Si seulement j'avais d'autres compétences. Malheureusement, j'ai passé toute ma scolarité à dessiner pour contenir ma folie naissante.

– *Don't shoot the messenger*, répond-elle en reposant l'oreiller. De toute façon, t'aurais détesté le faire.

– Moi peut-être, mais pas mon banquier.

Charlotte s'assoit à mes côtés et trempe mon drap par la même occasion.

– Je te l'ai déjà dit, si t'as des galères de thune, je suis là.

Entretenue par mon père déserteur et ma copine alcoolique. Quel destin fabuleux.

– T'inquiète, je n'ai pas besoin d'argent. La joie des enfants me suffit.

Elle secoue la tête, amusée, et m'embrasse avec tendresse.

– Les gens fauchés sont vraiment de belles personnes.

Il y a deux ans, j'ai sorti le premier tome d'une collection de livres illustrés pour enfants. J'en suis au troisième. Ça raconte l'histoire d'une petite fille qui voyage dans des mondes imaginaires grâce à une machine inventée par son père. Un jour, quelqu'un m'a proposé d'animer un atelier dans une école et je me suis prise au jeu. Je continue à le faire régulièrement. Moi qui ai passé mon enfance à m'isoler, je suis aujourd'hui entourée de gamins une grande partie de l'année. Ma psy pourrait consacrer une présentation PowerPoint entière à ce sujet.

Une fois Charlotte partie et ma nuit de sommeil complétée, je me rends dans une école primaire du Val-de-Marne. L'établissement est assez moche et collé à une entreprise de pompes funèbres. Soit il y a un cimetière dans les environs, soit c'est une manière radicale de rappeler aux enfants qu'il faut profiter de sa jeunesse.

La classe me reçoit comme une star. Forcément, mon quotidien, c'est de dessiner. Le rêve pour un enfant de 10 ans. Comme à chaque atelier, je leur décris le métier d'illustratrice et les guide individuellement à travers quelques travaux pratiques.

– C'est bien de te concentrer sur les détails mais garde-les pour la fin. Il faut d'abord faire les formes globales, tu comprends ? Après t'y verras plus clair.

Alors que mon interlocutrice à couettes hoche la tête, je sens mon portable vibrer. Je profite d'avoir fini ma tournée des élèves pour vérifier que ce n'est pas une urgence.

« Alicia ? »

Je ne connais pas l'expéditeur du message. Sûrement de l'hameçonnage. Si je lui réponds, il va me demander de lui envoyer de l'argent, c'est sûr. Je m'apprête à bloquer son numéro quand une nouvelle phrase apparaît.

« Il faut qu'on parle de tes faux souvenirs. »

Tout se stoppe autour de moi. Plus aucun chuchotement, plus aucun rire étouffé. Je me retrouve face à ce message, au milieu d'une tornade. C'est quoi ce bordel ? Qui est-ce et comment peut-il être au courant de ça ? Seuls mes parents et ma psy le sont. Quand j'en ai parlé aux mauvaises personnes au collège et qu'on a commencé à se foutre de ma gueule, j'ai vite compris qu'il valait mieux garder l'information pour moi. Même Charlotte ignore ma pathologie.

Je jette un coup d'œil à la classe, tous les enfants sont concentrés sur leurs dessins et l'instit' est partie se chercher un café. J'écris une réponse dans la précipitation, trop curieuse pour attendre d'être dehors.

« T'es qui ? De quoi tu parles ? »

Je m'adosse contre un mur. La main qui tient mon portable se met à trembler. L'un des enfants me dévisage depuis sa place. Je lui souris en tapant nerveusement du pied. Soudain, mon téléphone vibre à nouveau.

« Je m'appelle Argos. Tu te souviens de moi ? »

51

Une fois l'atelier terminé, je m'installe sur un banc dans une rue proche de l'école. Le grand chêne qui me surplombe m'offre une ombre bienvenue. Un jeune avec tresses, survêt' et tongs passe devant moi, du ragga à fond dans le Boombox qu'il tient dans la main. Les basses puissantes vibrent dans l'air chaud et moite.

Argos ? Je replonge dans mes souvenirs comme si je cherchais un objet délaissé, à la cave. Je fouille, je peste, je tombe sur d'autres dont j'avais oublié l'existence puis je renonce. Je ne connais aucun Argos. Alors comment, lui, peut-il me connaître ?

Je réponds à son dernier message par la négative. Mes doigts tremblent légèrement. En retour, il me confie avoir des souvenirs étranges et me propose qu'on se rencontre pour en discuter. Je réfléchis, sceptique, en fixant les façades vieillissantes des bâtiments environnants. J'ai déjà du mal à accepter les invitations de mes proches, alors celle d'un inconnu, il va vraiment falloir qu'il trouve une bonne raison.

« Je suis sûr qu'en me voyant, tu te souviendras de moi. Je sais qui est responsable de tout ce bordel à propos de nos souvenirs. C'est ton père, Isaac. »

Je pose mon téléphone, sidérée par cet échange improbable. Ce qu'il me raconte n'a ni queue ni tête, et pourtant, au fond de moi, tout me pousse à le croire. Avant que mon esprit critique ne reprenne le dessus, je saute sur mon portable et lui réponds : « OK. Maintenant ? »

*

Argos m'a donné rendez-vous dans un kebab de La Courneuve. Au moins, je suis à peu près sûre qu'il ne cherche pas à me draguer. Après vingt-huit stations de la ligne 7, j'arrive à destination de ce trajet que je commençais à croire interminable. Je monte un Escalator et rejoins une place traversée par des tramways, au pied d'une galerie marchande. À côté de l'enseigne Casino, une affiche géante rappelle dans toutes les langues que « la cigarette de contrebande tue le quartier ». L'agitation urbaine me distrait momentanément de mes pensées. Je checke Google Maps puis remonte une rue bondée, principalement remplie de restos et d'épiceries sud-asiatiques. Les mecs sont stationnaires, à attendre je ne sais quoi au pied des commerces, les femmes sont pressées. L'une d'elles me double avec sa poussette, le portable bien calé dans son voile, façon kit mains libres.

Je repère le kebab d'Argos, un minuscule restaurant comportant moins d'une dizaine de tables. Je salue le proprio et m'installe au seul endroit disponible, un peu gênée, sous trois peintures de villes tunisiennes. Devant moi, la télé allumée sur Al Jazeera diffuse un reportage dont j'essaie de deviner le sujet. Les images défilent à l'écran, des visages inconnus racontant des histoires lointaines.

Au-dessus du comptoir rempli de brochettes marinées et de pâtisseries orientales, le kebabier m'observe avec insistance. Il m'invite à commander. Je l'informe que j'attends quelqu'un et maudis Argos pour son retard.

Au bout de quelques minutes, un homme s'approche de ma table. Il n'est pas très grand, mal habillé, avec un peu de bide et une barbe hirsute. Son apparition me déclenche une forte impression de déjà-vu.

– Alicia ? demande-t-il avec un air endormi.

– Heu, oui. Argos, je présume ?

L'homme acquiesce et s'assoit sur la banquette en face de la mienne.

– Tu me reconnais pas ?

– Oui et non, je t'avoue. C'est bizarre.

Argos observe mes tresses en plissant les yeux, comme s'il cherchait des traces du passé.

– Moi je te reconnais bien, même si t'as pas cette coiffure dans mes souvenirs.

Sa remarque a l'air sincère, aggravant mon état de confusion.

– Et comment t'as eu mon numéro ?

– C'est facile quand on s'y connaît un peu, Alicia Lestat.

Argos accentue sa réponse d'un sourire prétentieux. L'exaspération qu'il suscite en moi m'est étrangement familière.

– Tu manges pas ? Moi je prends toujours l'assiette Adana, elle est archibonne.

Je n'ai aucune envie de m'éterniser, mais l'odeur d'épices et de viande grillée affole mon ventre. Nous commandons et Argos passe enfin à table. Il m'avoue avoir des souvenirs d'une vie dans laquelle il aurait perdu une jambe dans un accident.

– Broyée par une fraise hydraulique, t'imagines ? La première fois que le souvenir m'est revenu, il faisait tellement vrai que j'ai hurlé comme un malade. Tous les gens autour de moi se sont demandé ce qui se passait. Sur le coup, j'avais vraiment mal. Depuis, tous les matins, le premier truc que je fais en me réveillant c'est de vérifier qu'elle est bien là.

Il se tape la jambe comme s'il toquait à une porte.

– Mais elle est bien là. Par contre j'ai des douleurs fantômes, de temps en temps. Enfin pas fantômes du coup, mais l'inverse. J'crois pas que y ait de terme pour décrire ça. C'est comme si je contrôlais plus ma jambe et je me casse la gueule. J'ai été obligé d'arrêter le kung-fu à cause de ça alors que j'étais hyperbon.

– Et t'as été voir un médecin ?

– Ouais, vite fait, mais ils disent tous que c'est dans ma tête. De toute façon, les médecins, la moitié c'est des imposteurs.

Argos me décrit un phénomène appelé « l'effet Mandela » mais m'affirme que le problème va beaucoup plus loin. Il parle avec conviction, ses gestes amples accentuant ses propos. Ses mots sont chargés de frustration et de désillusion. Selon lui, les réseaux sociaux français sont remplis de témoignages d'internautes parlant de leurs souvenirs discordants, bien plus que le reste du monde. Argos serait même devenu une « référence », à la tête d'une énorme communauté. Ses yeux brillent d'une lueur passionnée tant il semble convaincu de l'importance de sa mission autoproclamée. Je lui offre une expression faussement impressionnée tandis que le proprio nous apporte nos assiettes. J'enfonce ma fourchette dans le boulgour aux tomates et avale une bouchée avec appétit. Argos fait de même et me dévisage, amusé.

– C'est marrant, t'as l'air de débarquer. T'as pas de souvenirs bizarres, toi aussi ?

– J'avais. C'est fini.

– Ah ouais ? Ça a disparu comme ça ?

– Pas comme ça, j'ai galéré pour y arriver. Et je prends un traitement.

Argos explose d'un rire méprisant.

– Un traitement ? Tu te trompes de pilule, meuf. C'est la pilule rouge qu'il fallait prendre.

Je devine une référence à *Matrix* même si les détails m'échappent. Je crois surtout me souvenir qu'elle est souvent reprise par certains groupes complotistes ou masculinistes. Mon désir de fuite s'intensifie.

Argos déguste une nouvelle fourchette de bœuf haché pimenté et ajoute en mâchant :

– Je me souviens de toi qui me contactes pour me parler d'Isaac. Tu me disais qu'il t'avait abandonnée à la naissance et que tu le recherchais. C'est toujours le cas ?

Première erreur notable dans son discours. Je prends un malin plaisir à le lui faire remarquer.

– Pas vraiment, non. Il m'a abandonnée quand j'avais 7 ans et je sais parfaitement où il est.

– Ah. J'sais pas si c'est mieux ou pire.

Ce con marque un point.

– Et pourquoi je te contactais, toi, dans ton souvenir ? Tu connais mon père ?

– C’est à cause de lui que j’ai perdu ma jambe. C’est en construisant son hangar.

– Un hangar ? Où ça ?

– Dans le Vexin. On a même été le surveiller ensemble.

L’idée de planquer devant un hangar perdu au fin fond de la campagne en sa compagnie me paraît hautement improbable. Son imagination est encore plus fertile que la mienne. J’acquiesce exagérément.

– Ah oui ? C’est dingue. Et alors ? Il y avait quoi dans ce hangar ?

– J’sais pas, on n’est pas rentrés dedans. Mais c’est évident qu’Isaac a un lien avec nos souvenirs. Tu lui en as déjà parlé ?

Mon esprit s’embrouille. Je repense à mon enfance, à la relation désastreuse que j’entretenais avec mon père. Aux savons qu’il me passait dès que j’osais parler de mes faux souvenirs. Et si Argos n’était pas complètement à côté de la plaque, après tout ?

– C’est un sujet compliqué.

– Ben je te conseille d’aller lui en reparler. Et de lui demander ce qu’il cache dans son hangar.

– Il n’y a pas de hangar. Il n’a jamais eu de hangar dans le Vexin. Il habite en Bretagne.

– T’es sûre de ça ? Parce que je suis allé voir hier et je peux t’assurer qu’il est bien là.

52

De retour chez moi, je scrute internet pour vérifier les dires d'Argos. Ce que je découvre dépasse toutes mes attentes. Sous le hashtag #fauxsouvenirs, des centaines de personnes partagent leurs déboires et leurs théories. Je clique frénétiquement, absorbée par la quantité de témoignages et de récits étranges. Certains parlent de crises hallucinatoires, semblables aux miennes. Je trouve aussi quelques articles récents se penchant sur la question, entre un top 10 sur les légendes urbaines et un diaporama consacré aux animaux miniatures. Le sujet reste trivial mais prend de l'ampleur.

Je m'allonge, la lumière de mon écran continuant d'illuminer mon visage ahuri. Les algorithmes finissent par me guider vers le compte d'Argos et ses vidéos. Depuis sa chambre ou sa voiture, il commente l'actualité et partage ses propres souvenirs discordants. Argos refuse l'appellation « faux souvenirs » car selon lui, rien ne prouve qu'ils le sont. Pour les expliquer, il accuse les politiques, les Gafam ou diverses institutions liées à « Big Pharma ». À la fin de notre rencontre, déjà, il insinuait que mon père travaillait pour une agence gouvernementale.

« Ce qu'il faut que vous compreniez, c'est qu'il y a une nouvelle guerre dont ils ne parlent pas, c'est une guerre contre notre cerveau. Ils nous gavent comme des oies avec des histoires qu'ILS écrivent, relayées par des médias qu'ILS contrôlent. Et tout ça, en fait, c'est conçu pour qu'on arrête de penser par nous-mêmes. Ne remettez rien en question, les gars ! Ouh là, attention, vous n'êtes pas une source d'autorité ! Ce sont eux qui savent ! Faut leur faire confiance ! Vous voyez la quenelle qu'ils nous mettent tous, là ? À les écouter, on ne peut même pas faire confiance à notre propre cerveau ! Ouais, on en est là. Et les gens le gobent ! Heureusement que y en a qui se réveillent un peu partout en France et qui commencent à se rendre compte qu'on se fout bien de notre gueule. Si c'est jamais arrivé, pourquoi je m'en souviens ? Hein ? En fait, on nous reprogramme à l'infini comme des putains de machines, c'est ça l'idée ? »

Ses discours sont aussi vindicatifs qu'incohérents. Ça n'empêche pas des centaines de personnes de le soutenir dans les commentaires : « C'est un truc de ouf, on joue avec nos vies pour de l'argent ! », « Vidéo d'utilité publique ! », « C'est juste la suite logique après tout ce qu'ils nous ont fait ces dernières années… »

Après avoir douté de l'existence du Covid, du réchauffement climatique ou même de l'aspect sphérique de notre planète, une nouvelle communauté remet désormais en cause notre réalité tout entière. Ils s'appellent entre eux « Les Illuminés », double clin d'œil aux Illuminati et aux philosophes des Lumières, connus pour s'être opposés aux autorités.

J'ai toujours eu du mal à croire aux complots. Je suis convaincue que la plupart de nos dirigeants sont trop incompétents pour s'entendre sur des projets d'une telle envergure. Je dois cependant admettre que découvrir tous ces témoignages est déstabilisant. Est-ce le signe de l'arrivée d'une nouvelle pathologie ? D'un nouveau virus insoupçonné ? Si oui, pourquoi m'a-t-il touchée plus de vingt ans avant les autres ?

Je ferme mon ordinateur et récupère un carton contenant tous mes cahiers de dessins dictés par mes faux souvenirs. Des scènes de vie, des objets, des visages… Celui d'une rousse tatouée, notamment, qui occupe une bonne partie des pages. Elle ressemble à Charlotte et pourtant j'ai commencé à la dessiner bien avant de l'avoir rencontrée. À y regarder de plus près, elle dégage d'ailleurs un charme bien différent, plus doux et poétique. L'admirer provoque chez moi un frisson particulier, entre le désir et la honte, qui me déboussole totalement. C'est pour cette raison que je finis toujours par refermer brusquement mon cahier, comme si un monstre allait en sortir. Ma stabilité mentale est bien trop précaire. Et puis, pourquoi tomber amoureuse d'une feuille de papier alors qu'une copine en chair et en os m'attend ? Dans un bar, probablement.

Les carnets s'enchaînent et je poursuis mon voyage dans le temps. Soudain, un croquis m'interpelle. Il représente un bâtiment austère, entouré de champs de blé. Un hangar.

*

– Allô, maman ?

– Coucou ma puce, comment ça va ?

Comme à chaque fois, la voix enjouée de ma mère a le don de me remonter le moral. Je lui raconte mes ateliers dans les écoles, elle partage en retour ses dernières anecdotes liées à son bénévolat. Par habitude, elle m'interroge sur ma santé mentale et je tente de ne pas l'inquiéter.

– Une petite crise dernièrement mais tout va bien.

– Ça faisait longtemps que tu n'en avais pas eu ! Tu as vu quoi ?

– Un accident de voiture.

– Oh, ma puce, ça devait être horrible !

– Ne t'inquiète pas, je m'en suis sortie. Dans ma vision aussi, d'ailleurs. J'ai évité l'arbre.

– Au moins ton imagination a été clémente, cette fois.

Comme souvent, notre conversation se prolonge et le temps s'envole. Au détour d'une recette de cocktail, je l'interroge à propos du prétendu hangar de mon père, sans grande conviction.

– Dans le Vexin ? me demande ma mère. Ça ne me dit rien. Je sais juste que ses grands-parents avaient une ferme, là-bas. Je crois qu'il en a hérité.

Je raccroche et m'avachis sur mon canapé, aux côtés de Billie. Mon père a-t-il vraiment fait construire un hangar à cet endroit ? Après tout, il n'y a qu'une seule manière de le savoir.

53

Dès lors que mon père a quitté le foyer, il y a vingt ans, mes relations avec lui ont été aussi houleuses que limitées. Petite, je refusais sa présence, convaincue qu'il avait volé la place de mon vrai père, un homme idéalisé de mon invention. La façon dont il est parti n'a rien arrangé. Adolescente, j'ai concentré ma haine sur lui, le désignant comme responsable de tous mes problèmes. Ce n'est qu'une fois adulte que ma posture s'est adoucie. Je ne lui ai rien pardonné, mais, sur les conseils de ma psy et de ma mère, j'ai compris que de son côté aussi la situation avait été difficile. Ça n'a pas magiquement réparé nos liens mais nous avons échangé des coups de fil inespérés, depuis. Nous nous sommes même revus, quelques fois.

Malgré ce rapprochement, j'ignore toujours tout ou presque de son quotidien. Sa vie personnelle semble inexistante et sa vie professionnelle reste pour moi terriblement opaque. J'ai longtemps cherché à comprendre d'où venait cet argent qui lui permettait de se consacrer à ses propres recherches scientifiques. Ce n'est qu'assez tard, au collège, que ma mère m'a confié qu'il avait gagné au Loto peu de temps après ma naissance. L'histoire était si incroyable que j'ai mis du temps à l'accepter. C'est avec un étonnement tout aussi démesuré que j'ai appris par la suite que, depuis, mon père faisait fructifier cette fortune grâce à divers placements boursiers. Lui qui s'est toujours comporté comme si l'argent était secondaire, presque vulgaire, devenait *trader* à ses heures perdues. Je n'ai jamais réussi à y croire pleinement et pourtant, l'argent était là. Dès que j'essayais de creuser, je n'avais en réponse que des haussements d'épaules de ma mère ou des grognements de mon père. Si je dois apprendre aujourd'hui que cet argent a servi à financer un mystérieux hangar perdu dans le Vexin, après tout, pourquoi pas. Je ne suis plus à ça près.

Mon GPS indique que j'arriverai à l'adresse que m'a confiée Argos dans une heure. Les paysages défilent, monotones, les champs s'étendant à perte de vue, ponctués de rares fermes isolées. Je me surprends à repenser à la rousse de mes dessins. Celle qui n'est pas Charlotte. Malgré tous mes efforts pour chasser les souvenirs discordants, elle n'a jamais quitté mon inconscient. Cela fait maintenant des années que je la dessine avec la même régularité. Seul l'homme que je prenais pour mon père, enfant, peut se vanter d'une plus grande longévité. Il a occupé mes pensées jusqu'à 12 ans, âge auquel un ultime faux souvenir est venu tout balayer. Un jour, à la sortie du collège, je l'ai imaginé mort dans un accident de voiture. Dans le bus du retour, j'ai eu l'impression que je marchais au côté de ma mère et qu'elle m'annonçait la terrible nouvelle. Je ne sais pas si c'est mon inconscient qui s'est forcé à mettre un terme à ce délire, mais si c'est le cas, j'aurais préféré une méthode plus douce. Pendant plusieurs mois, je suis tombée en dépression, cloîtrée dans ma chambre, en deuil d'un père imaginaire. C'est à cette période que j'ai reçu mon premier traitement médicamenteux. Ma mère me l'a avoué plus tard, elle a bien cru qu'elle allait me perdre. Depuis, je vois toujours cet homme dans mes souvenirs. En dépit de ma politique proréalité, j'ai encore du mal à le chasser de mes pensées.

Une fois sortie de l'autoroute, je traverse de longues zones agricoles puis m'engage sur un chemin en gravier. Il semble mener à une dense forêt mais, en le suivant, je découvre une clairière occupée par un hangar industriel. L'édifice est noir, sans aucune fenêtre et entouré d'un grillage surmonté par des barbelés. Le contraste entre la nature sauvage et ce bâtiment austère est saisissant. Il correspond à mon dessin, mais tous les hangars ne se ressemblent-ils pas ?

Je me gare à proximité et descends de voiture. Le silence est apaisant. Argos m'a vendu l'endroit comme une potentielle zone militaire, un bâtiment appartenant au gouvernement et servant à des expériences douteuses. En voyant la pauvreté de la protection, j'ai du mal à le croire. Pourtant, au fond de moi, une petite voix me dit que c'est peut-être une très mauvaise idée de m'en approcher.

Tant pis. J'inspecte l'extérieur du bâtiment à la recherche d'un panneau indiquant son propriétaire ou son utilité, sans succès. Je ne vois qu'une caméra de surveillance ainsi qu'une borne permettant d'ouvrir le portail. Derrière la grille, je repère cependant une voiture qui m'est familière. Une Clio blanche correspondant à la voiture que conduisait mon père, la dernière fois que je l'ai vu.

Est-il vraiment dans ce hangar ? J'escalade le portail et me dirige vers le bâtiment. Le métal froid sous mes mains renforce mon sentiment d'intrusion. Une fois la porte d'entrée atteinte, je pose l'oreille, mais aucun son ne la traverse. Je remarque cependant qu'une autre caméra de surveillance m'observe. Me disant que je suis déjà en train de violer une propriété privée, j'assume mon culot et toque.

Aucune réponse.

Je frappe à nouveau, un peu plus fort.

Toujours rien.

Je commence à désespérer quand la porte s'entrouvre. Je découvre alors mon père avec la même expression sur le visage que s'il venait de voir un fantôme.

– Alicia, qu'est-ce que tu fais là ?

– Je peux te retourner la même question. C'est un mec qui a le faux souvenir d'avoir construit ce hangar qui m'a donné l'adresse.

Mon père me dévisage, ahuri. Je le trouve plus maigre encore que la dernière fois, des cernes sous les yeux. Il les cligne anormalement puis, sans prévenir, me pince le bras.

– Qu'est-ce que tu fais ?

– Viens, on va discuter.

Il m'attrape et me pousse à l'intérieur.

J'ai toujours trouvé que mon père avait un comportement étrange mais cette fois, il se surpasse. Nous traversons un long couloir menant à une seconde porte. L'air est frais, l'odeur métallique persistante. Les murs sont nus, éclairés par une ampoule blafarde. À chaque mètre, mon père se tourne dans ma direction, comme pour vérifier que je suis toujours là. Il ouvre la porte renforcée et m'accueille à l'intérieur d'une immense pièce qui doit constituer la majeure partie du hangar. Au centre se trouve un cylindre transparent de deux mètres de haut entouré de quatre pylônes en métal, eux-mêmes reliés par des câbles à plusieurs machines. Je reste immobile devant cette installation qui m'impressionne plus que de raison.

– C'est quoi, tout ça ?

Mon père redresse ses lunettes et me regarde avec honte, éclairé par la lumière bleutée d'un écran. S'ensuit un interminable silence, comme s'il venait d'entamer un long dialogue intérieur.

– Avant que je t'explique, Alicia, je veux que tu saches que si je ne t'ai jamais rien dit, c'est parce que j'ai toujours pensé que c'était mieux pour toi.

– OK… Je vais juger ça par moi-même, si ça ne te dérange pas.

Mon père acquiesce et se lance dans une marche à travers le hangar, signifiant que son cerveau est en ébullition.

– Est-ce que tu as déjà entendu parler de l'anti-téléphone tachyonique ?

54

Je m'assois pour absorber tout ce que je viens d'entendre. Une machine qui permet d'envoyer des messages dans le passé, la réception par mon père de deux de ces messages ainsi qu'une théorie complexe comportant plusieurs réalités superposées. Tout paraît insensé, et pourtant, c'est l'explication la plus crédible que j'ai entendue à propos de mes faux souvenirs. Plus vraisemblable que tous les discours de psys, tous les diagnostics médicaux que j'endure depuis mon enfance.

Je scrute le hangar et remarque un mur sur lequel sont épinglées des dizaines de plans et de schémas, illustrant les différentes étapes de la construction de la machine centrale. Les lampes suspendues aux poutres métalliques les recouvrent d'ombres intimidantes.

– Donc, si je comprends bien ce que tu viens de me dire, les souvenirs que j'avais enfant, c'étaient des souvenirs d'une autre vie ?

– En toute hypothèse, oui.

– Donc je n'étais pas folle ? Je ne *suis* pas folle ?

– Non…

Le sol se dérobe sous mes pieds et mon corps se met à flotter. Ma vision se trouble. En quelques phrases, mon père vient de remettre toute ma vie en question. Vingt-huit ans de certitudes qui s'effondrent comme un immeuble qu'on aurait oublié d'évacuer.

Mon père retire ses lunettes et s'assoit à son tour, liquéfié. Si je pouvais canaliser ma rage pour le décapiter du regard, je le ferais.

– Toute mon enfance, toute ma vie, tu m'as fait croire que j'étais folle alors que je ne l'étais pas ? Tu m'as humiliée, tu m'as fait suivre par je ne sais combien de psys, tu m'as fait prendre une tonne d'antipsychotiques avec chacun ses effets secondaires… et tout ça, pour rien ?

– Pas pour rien, non…

L'odeur d'huile et de métal qui règne dans la pièce me donne la nausée. Je me lève, attrape ma chaise et la jette de toutes mes forces sans me soucier de son point de chute. Mon père se crispe au fracas que cette dernière produit tandis qu'une sphère en verre roule jusqu'à mes pieds.

– Comment ça, pas pour rien ? Tu te fous de ma gueule ?

Poussé à bout, mon père hausse la voix.

– Je te l'ai dit, Alicia ! À l'époque, je pensais que c'était la meilleure solution pour ne pas te handicaper !

Frustré d'avoir perdu son sang-froid, mon père tente de se calmer. Sa respiration saccadée trahit son effort pour maîtriser à nouveau son discours.

– C'est insoutenable de vivre avec des faux souvenirs, surtout pour une enfant. Je pensais que ça t'aiderait et je n'avais pas complètement tort vu que…

– À quel prix, hein ? Tu t'es déjà posé cette question ?

– Bien sûr, Alicia, je me la pose tous les jours, crois-moi.

J'entame une ronde à travers la machine et les établis, tournant autour de ma proie comme un requin prêt à la dévorer.

– Et juste me dire la vérité ? Non, ce n'était pas possible ?

– J'y ai pensé mais comment expliquer ça à une enfant ? La vérité ne t'aurait pas rendue plus heureuse ou saine d'esprit, au contraire.

– Parce que me bourrer de médicaments et m'abandonner, c'était la décision optimale, apparemment ?

– J'ai essayé, Alicia. Je te promets que j'ai essayé. Mais ma présence ne faisait qu'empirer les choses. Je me suis dit que la seule manière de t'aider, c'était de partir pour trouver une solution. Étudier l'anti-téléphone pour contrer ses effets. M'isoler au maximum pour ne pas influencer la vie des gens autour de moi, ne pas leur créer de faux souvenirs, à eux aussi.

Je m'arrête devant une table en acier inoxydable, recouverte d'outils et d'instruments de mesure qui me sont inconnus. Ils brillent sous la lumière crue des néons. En dessous, des tuyaux s'entremêlent jusqu'au cylindre central comme des veines métalliques.

– Ben je ne sais pas ce que tu as foutu pendant vingt ans, mais j'ai toujours des crises. Je viens surtout d'apprendre qu'il y a des milliers de gens qui sont dans le même état.

– Je sais, je suis ça de près. Il semblerait qu'en m'envoyant ton message dans le passé, tu as voulu réinitialiser la réalité, en quelque sorte. Nous permettre de repartir sur des bases saines, sans la construction de l'anti-téléphone.

– C'est un échec, visiblement.

– Pire encore. Des informations que j'ai pu tirer de mes recherches et de mes propres souvenirs, chaque message envoyé fragilise un peu plus notre espace-temps. Il désagrège la frontière entre les différentes réalités. En conséquence, les souvenirs des précédentes vies deviennent plus intelligibles, parfois même hallucinatoires. Ils sont surtout partagés par un plus grand nombre de personnes. Toutes celles qui ont été touchées par l'utilisation de l'anti-téléphone, que ce soit directement ou par effet papillon.

– Ça veut dire que tout ça, c'est de ma faute ? C'est à cause de mon message ?

– Non, Alicia. Rien n'est de ta faute. Tu n'as fait qu'essayer de réparer mes propres erreurs.

Mon père se déplace vers un gigantesque tableau Velleda affichant une série d'équations. Au-dessus de lui, des fils électriques multicolores pendent comme des serpents prêts à l'attaquer. Mon père retourne le tableau pour afficher son autre face. Je découvre alors plusieurs frises ponctuées de dates et d'annotations.

– Contrairement à toi, j'ai passé les vingt dernières années à absorber tous les souvenirs qui me revenaient des précédentes réalités. Je peux t'assurer que ce n'est pas une solution viable non plus. Je suis criblé de migraines et obligé de rester seul, la plupart du temps.

Sa voix est lasse, chaque mot chargé de la fatigue accumulée pendant deux décennies. Il attrape un marqueur et désigne la frise principale.

– Comme tu le remarqueras, cette ligne temporelle est bien plus fournie. Si mes théories sont exactes, elle correspond à la réalité précédente, celle dans laquelle tu as fini par envoyer ton message. C'est la plus proche, d'une certaine manière, celle dont on se souvient le plus clairement. J'ai établi qu'il existait au moins une autre réalité avant ça, mais elle est beaucoup plus floue. C'est un peu comme un tableau sur lequel on repeindrait indéfiniment. Les couches précédentes de peinture existent toujours mais elles sont de moins en moins visibles.

– Et tu n'as jamais trouvé de solution pour corriger ce bordel ? Faire en sorte qu'on ne s'en souvienne plus ?

Le visage de mon père se crispe, comme si on venait de lui enfoncer un couteau dans l'intestin.

– Non. Mais ce n'est même pas ça, notre plus gros problème.

– Pardon ?

Une nouvelle douleur tord son visage, ses yeux se ferment comme pour fuir la réalité.

– Comme je te l'ai expliqué, j'essaie d'étudier l'anti-téléphone mais mon intention n'a jamais été de le reconstruire. D'ailleurs, celui que tu as devant toi n'est pas en état de marche. Dans ton message, tu disais clairement que ça menaçait notre espace-temps et tous les événements postérieurs l'ont prouvé. Se servir à nouveau de l'anti-téléphone serait catastrophique.

– Alors c'est quoi, le problème ?

– Le problème c'est que dans la réalité précédente, on l'a construit à deux. Et mon associé s'en souvient tout aussi bien.

55

Mon père inspecte la porte d'entrée, comme pour vérifier que nous sommes bien seuls, et retourne à sa frise. De mon côté, j'essaie encore de digérer ses révélations tout en me préparant à celles à venir.

– Dans notre vie précédente, j'ai fini par m'associer à un autre scientifique pour construire l'anti-téléphone, un homme du nom d'Anthony Nomade. Il y a presque dix ans, j'ai donc commencé à avoir des souvenirs de notre collaboration. J'ignorais s'il vivait la même chose de son côté mais, des années plus tard, j'ai eu la réponse. Je ne sais pas comment mais il m'a retrouvé et contacté pour me parler de ses propres souvenirs. Comme il se rappelait parfaitement de l'anti-téléphone que l'on construisait et de son utilité, il a facilement fait le rapprochement. Il ne savait pas exactement de quelle manière mais il a compris que tout était lié.

La tension dans sa voix est palpable, chaque mot pesé avec soin. Les plans épinglés au mur et la machine autour de moi prennent un nouveau sens, une preuve tangible de son histoire.

– Qu'est-ce que tu lui as répondu ?

– Je lui ai dit que c'était troublant mais que je n'en savais pas plus. Surtout qu'à ce moment-là, dans la précédente réalité, nous n'avions toujours pas réussi à faire fonctionner l'anti-téléphone. C'était juste un projet un peu fou. Il m'a proposé qu'on s'associe à nouveau mais j'ai refusé, prétextant qu'un tel appareil était impossible à fabriquer. Il a insisté puis il a fini par renoncer. Sauf que quelques années plus tard, dans la précédente réalité, nous avons reçu un premier message, prouvant que nous avions réussi à construire l'anti-téléphone. Quand c'est arrivé, il s'en est souvenu. Il s'est surtout souvenu qu'il s'était servi des suivants pour devenir riche et puissant. Ça a dû être tellement frustrant pour lui de se rappeler une vie bien meilleure que la sienne, où tous ses rêves se concrétisaient. Alors il est revenu à la charge et m'a posé un ultimatum : soit nous construisions la machine ensemble, soit il le faisait seul de son côté. Je ne savais pas s'il en avait réellement les compétences mais avec tous les souvenirs qu'il avait accumulés, je ne pouvais pas prendre le risque. J'ai donc fini par accepter sa proposition en me disant que j'allais gagner du temps en attendant de trouver une solution.

– Et t'en as trouvé une ?

– Non, malheureusement. Il est bien trop compétent pour que je puisse le berner grossièrement. Il sent que je sabote le projet. Il devient agressif, instable. Il a même réussi à tirer profit des messages dont il s'est souvenu pour jouer en Bourse. Je ne peux pas lui en vouloir, je l'ai fait bien avant lui.

Mon père semble fou et ce qu'il raconte me dépasse un peu. Le hangar, avec ses outils étranges et sa machine imposante, renforce ce sentiment d'irréalité. J'essaie de me concentrer mais des vertiges m'obligent à me rasseoir.

– J'ai un peu de mal à suivre, je t'avoue.

– Peu importe. Le résultat c'est qu'il a réussi à gagner beaucoup d'argent qu'il perd à la même vitesse. Ses faux souvenirs l'ont détraqué, lui aussi. Il est persuadé de pouvoir anticiper l'avenir. Il dilapide tout au poker ou dans des paris sportifs. Il fait des promesses à des personnes dangereuses. Il est obsédé par ce que l'anti-téléphone pourrait lui apporter.

– Pourquoi tu ne lui expliques pas les dangers que représente la machine ? Il devrait comprendre.

Mon père grimace à nouveau et doit se tenir à l'un des pylônes pour ne pas tomber. Sur le mur d'en face, des portraits de scientifiques donnent l'impression de le juger d'un regard réprobateur. Je reconnais Einstein à sa touffe de cheveux mais pas les autres.

– Désolé, je ne suis plus habitué à avoir des conversations aussi longues. Elle se mélange à d'autres que j'ai eues avec toi, dans la précédente réalité, c'est éreintant. Qu'est-ce que tu disais ?

Je comprends que ma visite surprise a un effet dévastateur sur lui. Malgré ma colère, son état m'inquiète.

– Qu'en tant que scientifique, il devrait comprendre les dangers de votre machine…

– Voilà ! Sauf que non. Ce n'est plus vraiment un scientifique, maintenant, juste un homme d'affaires véreux. Un escroc. De toute façon, il ne m'écoute pas ! Je n'ai aucune influence sur lui, il ne me voit que comme un moyen de construire l'anti-téléphone. Si on ne trouve pas une solution, il va finir par le terminer lui-même et tous nous condamner.

– Comment ça, *on* ? Qu'est-ce que j'ai à voir là-dedans ?

– J'ai prouvé à maintes reprises que je prends toujours les mauvaises décisions. J'ai besoin de toi, Alicia.

Sa remarque m'irrite autant qu'elle me flatte. N'est-ce pas lui qui m'a abandonnée, il y a vingt ans ? Mon père, ce génie reclus, a maintenant besoin de mon aide. Je pense qu'il me surestime mais, par ego, j'entame une réflexion de la dernière chance.

– Il tient à quelqu'un ?

– Pourquoi ? Tu veux le faire chanter ?

– Pas forcément, non, mais on pourrait s'en servir d'une manière ou d'une autre.

– Je ne connais pas grand-chose sur sa vie privée, nos discussions se limitent à l'anti-téléphone, la plupart du temps. Je sais qu'il est divorcé. Je ne crois pas qu'il se soit remis en couple. Il a une petite fille qu'il adore.

– Ben voilà, dis-lui ce que j'ai dû subir toute mon enfance à cause de votre machine. Dis-lui que s'il la reconstruit, il arrivera la même chose à sa fille. Peut-être même pire.

– Je lui ai dit, tout ça. Il ne veut pas l'entendre. Il est persuadé que d'ici là, on aura trouvé une solution au problème.

Le désespoir dans la voix de mon père est aussi palpable que contagieux.

– Alors je ne sais pas, il est irrécupérable, ce type. De toute façon, je n'arrive plus à réfléchir. Désolée mais ça fait trop pour moi, je vais rentrer.

Mon père acquiesce, à la fois frustré de cette impasse et soulagé de retrouver sa solitude. Je le salue de la tête et me dirige vers la sortie. Chaque pas résonne lourdement dans le silence du hangar.

– Attends, Alicia. Il faut que je te dise autre chose.

Je me retourne, la peur au ventre.

– Encore ? Ça ne s'arrête jamais, en fait ?

– C'est une bonne nouvelle, je crois.

Je l'interroge du regard. Il hésite puis reprend :

– Dans ton message, celui que tu m'as envoyé avec l'anti-téléphone, tu as évoqué une certaine Ève Bataille. Ça te dit quelque chose ?

Le nom résonne en moi, pourtant je suis incapable de mettre un visage dessus. Voyant mon expression perdue, mon père me propose quelques indices.

– Je me suis renseigné sur elle, c'est une comédienne qui se fait appeler Annabelle. Une jolie rousse.

Une décharge d'adrénaline me ranime. Je rayonne intérieurement en réalisant que ma muse imaginaire ne l'est peut-être pas tant que ça.

– Et je te disais quoi, sur elle ?

– Pas grand-chose. Juste de te mettre sur sa route si ça n'arrivait pas naturellement.

– C'est peut-être un peu tard pour me dire ça, non ?

– C'était difficile de te passer l'information sans évoquer l'anti-téléphone. Je ne sais même pas si ça te servira vraiment, d'ailleurs. En tout cas, voilà, je respecte ma part du contrat, même si ça arrive un peu tardivement.

Je hoche la tête sans le moindre remerciement puis retourne à la porte. Une fois dehors, un sourire incontrôlable recouvre mon visage.

56

Sur la route du retour, le paysage défile dans un flou artistique. Mon esprit a enfin le temps de digérer le trop-plein d'informations que je viens de recevoir. Les nuits d'insomnie, les jours de confusion, toute ma vie refait surface avec une intensité accrue. Mes pensées se dirigent alors vers ma mère. Elle aussi a souffert, jeune, de faux souvenirs similaires aux miens. C'est elle qui m'a appris à les gérer. A-t-elle réellement arrêté d'en avoir ou a-t-elle fait semblant, pour m'offrir un peu d'espoir ? Comment réagirait-elle si elle apprenait la vérité ? Y croirait-elle seulement, sans voir la machine ou l'état déplorable de mon père ? Comme elle semble saine d'esprit, aujourd'hui, je n'ai aucune envie de la faire replonger. Je choisis donc de ne rien lui dire, du moins, provisoirement. Il me coûte de prendre cette décision car ma mère n'a aucun secret pour moi. Je sais qu'elle n'aurait jamais osé me cacher une information aussi capitale, peu importent les circonstances. Tant pis, c'est le prix à payer pour la protéger.

Je me retrouve donc seule avec mon cerveau. Ou plutôt contre lui. Depuis mon plus jeune âge, c'est un duel permanent qui traverse les décennies, match après match. Une rivalité digne de Federer-Nadal ou OM-PSG. Je tente de le dompter, il me met à terre. Je l'endors avec des neuroleptiques, il me déclenche des crises hallucinatoires. Enfin, hallucinatoires, c'est ce que je croyais. Je comprends aujourd'hui que mon cerveau n'était pas mon ennemi. Il me montrait juste mes précédentes vies. Des fragments de vérité. Il voulait peut-être même m'aider, qui sait ? Je l'ai mal jugé, martyrisé, car tout le monde m'a fait croire que c'est ce que je devais faire. En réalité, il ne m'a jamais menti.

Mon autre père !

Pas celui du hangar, celui dont je me suis languie toute mon enfance. Ça veut dire qu'il existe ! C'est peut-être même bien l'homme que j'ai cru reconnaître, à 7 ans, dans un McDo de Besançon. J'ai soudain l'envie irrésistible de le retrouver, de le serrer dans mes bras à nouveau. Le problème c'est que s'il a trouvé bizarre de voir une petite fille de 7 ans lui sauter dessus, sans raison, qu'en sera-t-il d'une femme de 28 ans ? À l'époque, rien dans sa réaction ne m'a suggéré qu'il se souvenait de moi, lui aussi. Sans mentionner cette incroyable histoire d'anti-téléphone, aucune raison ne pourra expliquer mon affection soudaine envers cet inconnu.

Et puis, dans l'immédiat, il y a un autre fantôme que j'ai très envie de faire renaître. Une personne que j'aime d'un amour beaucoup moins chaste.

57

Après une rapide recherche, je trouve sans difficulté le site personnel d'Ève. Il contient un CV et une bande démo. J'appuie sur *play*, le cœur battant comme une collégienne. Il n'y a aucun doute, c'est bien la femme qui hante mon inconscient depuis des années. Entendre sa voix provoque chez moi l'effet d'un doudou perdu puis retrouvé, des années plus tard. Ma liste de besoins vitaux vient tout juste de s'agrandir : il faut impérativement que je la voie.

En parcourant le reste de son site, je découvre qu'elle donne des cours d'acting dans une école du XIe arrondissement, tous les mardis à 18 heures. Je sais désormais où l'approcher. Excellent début, mais la suite est bien plus problématique. Que lui dire ? Je décide alors d'utiliser le seul avantage que cette vie m'ait donné.

*

J'arrive devant l'immeuble qui abrite les cours d'Acting & Co, l'école où Ève officie. L'endroit est coincé entre un magasin de céramique et un disquaire dont la vitrine attire mon attention. Vinyles d'occasion et photos de jazzmen, tout me donne envie d'y flâner. Parmi les portraits, celui de Billie Holiday. Ma diva préférée, mon ange gardienne. Je vois sa présence comme un signe et retourne en direction de l'école, surmotivée. Sur sa baie vitrée, une affiche mettant en valeur Charlie Chaplin rappelle que la clé de l'acting est la sincérité. Je vais tenter de m'en inspirer.

Autour de moi, plusieurs personnes de tous âges se retrouvent, se saluent et discutent. Ça me rappelle l'ambiance des vestiaires quand j'ai pris des cours de krav-maga, pendant un mois. C'est le temps qu'il m'a fallu pour me rendre compte que je n'aimais pas vraiment le contact physique avec des inconnus.

Comme l'heure du début du cours approche, je profite de l'arrivée d'une élève pour la suivre à l'intérieur. Nous descendons un escalier en colimaçon pour rejoindre une cave en pierre, façon sous-sol de bar parisien. Vu mon mélange de stress et d'excitation, j'ai plutôt l'impression d'entrer dans une boîte sado-maso. Les élèves déjà présents sont répartis sur une quinzaine de sièges en velours faisant face à une petite scène surélevée. Devant un rideau rouge cachant l'arrière-salle, une magnifique rousse avec une large chemise blanche rentrée dans son jean installe un décor sommaire. C'est Ève.

Elle se tourne dans ma direction. Nos regards se croisent. Mon cœur s'emballe, puis le reste de mon corps. Elle s'interroge. Pas le choix, je descends lui parler avec un objectif délicat mais légitime : ne pas passer pour une folle.

– Bonjour, je peux vous déranger une minute ?

Ève me dévisage. Je vois à son regard que ma présence la trouble. Impossible, néanmoins, d'en connaître la raison.

– Bien sûr, dis-moi. Enfin, dites-moi. Je ne sais pas. On se connaît ?

Je souris devant son embarras qui me rassure et me charme totalement.

– Non, enfin… C'est compliqué.

– Ah bon ? Pourquoi c'est compliqué ?

Merde, pourquoi j'ai sorti ça ? On s'était dit, ne pas passer pour une folle, putain.

– Non, pardon, ce n'est pas compliqué du tout. Je suis dessinatrice, en fait. Je prépare une BD sur la vie d'une comédienne et je voulais assister à un cours pour m'en inspirer. Peut-être même faire quelques croquis, si c'est possible.

– Ah ! Heu… Moi, ça ne me pose pas de problème mais il faut demander aux élèves.

– Merci.

Nous échangeons un sourire. Je me perds brièvement dans ses yeux verts, comme si je m'enfonçais dans une forêt sauvage. Les lianes me ligotent et me paralysent. Je n'ai jamais ressenti ça pour une inconnue, probablement parce qu'elle est loin d'en être une. Une pulsion me pousse à l'embrasser, à découvrir l'envers du rideau en sa compagnie. Je m'enfonce un ongle dans la paume pour me maîtriser.

– Excusez-moi, tout le monde. Aujourd'hui nous avons…

Ève se tourne vers moi et m'interroge du regard.

– Alicia !

– Alicia qui est dessinatrice et qui voudrait assister au cours pour préparer une BD. Est-ce que ça pose problème à quelqu'un ? Ça peut être très intéressant comme exercice, voir notamment sa perception des corps.

Elle me regarde à nouveau pour chercher mon approbation. Je ne suis pas sûre d'avoir saisi sa demande, mais j'acquiesce avec vigueur.

*

– N'oubliez pas, il n'y a pas qu'un seul *vous* mais de multiples variations. On n'invente rien dans l'acting, on pioche juste quelque chose en nous qui existe déjà.

Le cours se termine et les élèves rassemblent leurs affaires. Alors qu'Ève s'apprête à me rejoindre, une vieille dame se lance dans une tirade sur Claudia Cardinale et comment les actrices d'aujourd'hui n'ont plus le même charisme. La salle se vide, laissant Ève comme seule interlocutrice. Je la contemple alors que la doyenne du cours lui tient la jambe. Ève fait de son mieux pour la contredire sans la brusquer tout en me jetant des regards complices. Je fonds. Une fois l'élève partie, je dois me mettre quelques claques mentales pour offrir à Ève autre chose qu'un sourire béat.

– Françoise aime beaucoup Claudia Cardinale. Ça va, tu as eu ce que tu voulais ?

– Oui, merci ! C'était passionnant. Même si j'aime mieux observer que participer.

Ève hoche son visage parfait puis, discrètement, espionne mon dessin en cours. Ses yeux s'écarquillent.

– C'est moi ?

Je me rappelle soudainement qu'en une heure trente, je n'ai fait que des dessins d'elle. Je m'empresse de rassembler mes feuilles pour qu'elle ne s'en aperçoive pas.

– Oui, c'est juste un croquis, ne me juge pas trop.

– Tu rigoles ? C'est plus fidèle que la plupart des photos que j'ai vues de moi. C'est dingue comme t'arrives à capturer l'âme d'une personne en quelques traits.

J'ai envie de lui répondre que la concernant, j'ai des années de pratique. Je me contente de rougir.

– Merci. Et merci encore de m'avoir laissée assister au cours.

Ève me dévisage à nouveau et reprend, hésitante.

– Elle parle de quoi ta BD, exactement ?

Merde. J'avais bien sûr préparé cette question, mais là, devant elle, rien ne sort. Flash-back de mon oral de français.

– Oh, tu sais, je n'en suis qu'au début, je ne veux pas t'ennuyer avec ça.

– Ben ça ne m'ennuie pas, si je te demande. Faut qu'on libère les locaux mais il y a un bar sympa dans le coin, si tu veux.

Je sais que je viens de faire la paix avec mon cerveau mais je n'y peux rien, mon instinct m'oblige à me méfier. Suis-je en train d'inventer cette scène, de l'halluciner ? Ou est-ce que pour une fois dans ma vie, la réalité dépasse mon imagination ? Avant que je puisse y répondre, mon portable se met à vibrer.

– Excuse-moi.

– Je t'en prie.

Mon regard passe d'Ève à l'écran de mon téléphone. L'impression de voir double. C'est Charlotte qui m'appelle. Putain de merde, Charlotte ! Je m'empresse de ranger le portable dans mon sac. Il ne faudrait pas qu'Ève découvre que je suis déjà en couple, avec une version néopunk d'elle-même, qui plus est. Un frisson de honte me parcourt l'échine.

– Tout va bien ?
– Oui, désolée, c'est une amie qui m'attend.
– Ah, OK ! Pas de souci, ben une autre fois peut-être.
Tuez-moi. Non, mieux, je vais me tuer moi-même.
– Carrément ! Désolée je… Merci encore.
Ma honte se transforme en sueur. Mon père aurait sûrement un terme scientifique évolué pour expliquer le phénomène, du genre « la transmutation honto-sudorale ». Je quitte la cave dans la hâte et remonte l'escalier. L'envie de me taper la tête contre chaque marche et de frapper mon père pour m'avoir donné le nom d'Ève si tard.

Je quitte le bâtiment de l'école et prends une grande bouffée d'air pollué. Il ne me reste qu'une seule chose à faire, maintenant.

58

Je n'ai jamais su rompre. Rien de plus logique. J'ai toujours eu du mal avec les relations humaines et rompre avec quelqu'un représente le test ultime. Le boss de fin. Ça demande de rejeter quelqu'un que l'on apprécie et qui nous apprécie, probablement davantage d'ailleurs, c'est bien le problème. Rien que d'y penser, tous mes muscles se contractent nerveusement. Je serais même prête à me réconcilier avec l'IA si elle pouvait le faire à ma place. Peut-être qu'il existe déjà une application pour ça ?

Non. Charlotte mérite mieux. Je me suis mise en couple avec elle pour de mauvaises raisons, essayons au moins d'y mettre fin de la bonne manière. Le visage d'Ève en persistance rétinienne, je m'isole dans un coin désert de la rue et rappelle Charlotte.

– Coucou ! répond-elle d'une voix enjouée. Je voulais juste te dire que j'ai invité Baptiste et Yasmina au resto ce soir, ça ne te dérange pas ?

Sa gaieté amplifie mon malaise.

– Heu ben si, je voulais qu'on parle.

– Qu'on parle de quoi ?

– De trucs persos.

– De trucs persos ? C'est-à-dire ?

– Ben justement, je voulais t'en parler au resto.

– OK… Tu ne veux pas me larguer, quand même ?

Je reste silencieuse, incapable de trouver une réponse satisfaisante à cette intuition malvenue.

– Putain, tu veux me larguer, c'est ça ?

– Mais t'es relou, je te dis justement que je veux t'en parler de vive voix.

– Ah non, c'est mort ! J'ai pas envie de me faire larguer au resto pour qu'on passe le reste du repas comme deux connes devant nos sushis.

Je réprime un rire en imaginant la scène.

– T'imagines ? reprend-elle. Avec le serveur qui n'ose pas nous interrompre tellement il est mal à l'aise ?

Je laisse se former un rictus amer. Suis-je en train de faire une grosse connerie ? De me séparer d'une meuf géniale pour un simple fantasme d'une vie passée ? Putain, pourquoi est-ce que Charlotte complique les choses en le prenant aussi bien ?

– Il y a une raison particulière ? Si tu peux trouver une version qui ne froisse pas trop mon ego, s'il te plaît.

– On n'est pas compatibles. Toi, t'aimes bien sortir et t'amuser et moi, je préfère rester chez moi à déprimer.

– C'est vrai que maintenant que tu le dis, je ne sais pas ce que je foutais avec toi. T'es sûre qu'il n'y a que ça ?

J'aimerais faire preuve de plus d'honnêteté mais la raison principale est bien trop complexe. Mal à l'aise, je me contente d'un petit « oui » qui doit sonner faux.

– OK… Bon… Au moins, l'avantage, c'est qu'on ne risque pas de se croiser en soirée.

Je ris à nouveau, impressionnée par sa capacité à sauver la face.

– Merci de le prendre comme ça. Je suis vraiment désolée de te l'annoncer d'une manière aussi pourrie, tu mérites mieux.

– T'inquiète, je t'enverrai la note de ma cuite de ce soir.

Nous nous faisons nos adieux et je raccroche, soulagée. Au même moment, Ève sort de l'école et m'aperçoit.

– Encore là ?

Mon cœur s'emballe et me force à saisir l'occasion, de peur qu'elle ne se représente plus.

– Oui, ma pote vient de me lâcher. Toujours partante pour un verre ?

J'ai une conscience, certes, mais elle a ses limites.

*

Mon premier *date* officiel avec Ève est à la hauteur de mes attentes déraisonnables. Aucune gêne, aucune retenue. L'alchimie est telle que j'ai la folle impression d'être sociable. On parle de tout et de rien, on rigole, on échange des regards tentateurs. Le jeu de la séduction devient si simple que c'en est presque de la triche.

À plusieurs reprises, Ève semble vouloir m'avouer quelque chose mais se rétracte. J'aurais tellement à lui dire de mon côté que je ne lui en tiens pas rigueur.

De nombreux verres plus tard, nous quittons le bar et entamons une marche jusqu'aux quais de Seine. Moi, l'ermite, je redécouvre Paris à travers les yeux d'Ève qui la connaît parfaitement. Mon regard se perd et s'émerveille comme une touriste, enivrée par l'odeur de la nuit. J'admire la beauté omniprésente que j'avais toujours ignorée. En observant les toits, j'ai la vision saugrenue d'Ève courant sur les couvertures en zinc vêtue d'une robe de soirée. Celle tout aussi improbable d'un groupe de hipsters que je tente de convaincre de tester un nouveau bar. Celle d'Ève, éméchée, se servant de moi comme d'un cheval improvisé. Je ne sais plus vraiment où je suis. Encore moins *qui* je suis. Le plus étonnant, c'est que je m'en fous. Pour la première fois, cette sensation me semble sans danger. Agréable, même.

C'est le sourire interloqué d'Ève devant le pont de Sully qui dissout ce brouillard. Je réalise que, pendant l'une de mes absences, je lui ai pris la main. Affolée, je m'empresse de la retirer sous son regard amusé.

– Désolée, je me suis un peu enflammée…

Comme une envie de me jeter dans la Seine.

Ève continue de me sourire puis me fixe aussi intensément que lors de mon arrivée dans l'école. Au loin, Notre-Dame 2.0 nous observe, enfin libérée de ses échafaudages.

– Si ça peut t'aider, il faut que je t'avoue un truc un peu gênant.

– Plus gênant que ça ?

– Oh oui.

Mon cœur se serre et finit de m'ancrer pleinement dans cette réalité. Ève se mord la lèvre avec regret puis reprend, résignée.

– Ça fait des années que, de temps en temps, j'ai comme des bouts de souvenirs flous qui me reviennent.

Le mot en *S* est lâché. J'agrippe la balustrade pour ne pas tomber.

– Mais ce sont des moments qui ne correspondent à rien, comme si je ne les avais pas vraiment vécus. C'est difficile à expliquer. J'ai une pote qui est persuadée que ça vient d'une vie antérieure.

Je rigole nerveusement pour cacher mon malaise. Sous nos pieds, une péniche remplie de touristes défile. Les flashs de leurs appareils photo viennent se mêler aux lumières de la ville.

– Tu te revois en Cléopâtre, c'est ça ?

– Non, répond Ève en souriant. Il n'y a personne en costume, je te rassure. C'est juste que dans tous ces souvenirs, il y a la même fille. Une fille qui te ressemble beaucoup. Genre beaucoup beaucoup. C'est pour ça que je te dévisage, depuis tout à l'heure.

– Ah merde, je croyais que c'était à cause de ma beauté renversante.

– Ça aussi, bien sûr.

Ève a perdu son sourire, troublée par son aveu. Je la sens vulnérable, signe que ces souvenirs comptent vraiment pour elle, autant que ma réaction.

– De 1 à 10, tu dirais que t'as envie de fuir à combien, maintenant ? demande-t-elle, timidement.

Je plonge mes yeux dans les siens. Le monde se réduit. Un sentiment de déjà-vu m'envahit, doux et réconfortant. Le souvenir d'un précédent baiser vient se superposer au moment présent. Je revois Ève, plus jeune et moins assurée. Nous sommes sur un autre pont, face à une autre ville. Pourtant, la lune éclaire ses grains de beauté avec la même délicatesse. Une légère brise fait danser sa chevelure rousse avec la même grâce. Mon cœur se met à battre avec la même intensité. Je suis envahie par la même impression que toute ma vie n'a servi qu'à me guider vers ce moment. Timidement, nos visages se rapprochent et le temps s'arrête. Je sens son souffle contre ma peau. Il se mélange à son parfum envoûtant de jasmin vanillé, à l'odeur sucrée du vin qu'elle a bu plus tôt. Nos lèvres se cherchent, s'effleurent, et se rejoignent enfin. Notre baiser a le goût de l'évidence. Une certitude qui en entraîne une autre.

Il faut à tout prix préserver cette réalité.

59

Ève donne tout son sens à l'expression « un mal pour un bien ». Si la machine de mon père, si mes faux souvenirs m'ont permis de la retrouver, alors peut-être qu'ils n'étaient pas si nocifs.

Les jours suivants m'emportent dans une réjouissante spirale de mièvrerie. Je ne fais que penser à Ève. Nous échangeons des SMS auxquels je réponds avec un temps de réflexion suffisamment long pour cogiter maladivement sur chaque mot, mais suffisamment court pour qu'Ève ne s'en rende pas compte. Chaque vibration de mon téléphone, synonyme de nouveau message, provoque chez moi une excitation soudaine. Encore mieux qu'un sextoy. Nous abusons chacune des quelques *private jokes* déjà installées et en créons de nouvelles.

En parallèle, j'arrête tout traitement et accueille à bras ouverts les souvenirs de mes précédentes vies, de préférence ceux avec Ève dans le rôle principal. Ces derniers reviennent timidement, craintifs, vu que j'ai passé ma vie à les chasser. *Venez, petits souvenirs, ce n'est pas un traquenard, promis.*

Étrangement, ce sont plutôt des moments tirés d'une carrière dans la publicité qui ressurgissent. Moi, dans la publicité ? Comment ma vie précédente a-t-elle pu déraper à ce point ? Peut-être, après tout, que l'actuelle n'est pas si ratée. L'idée même d'avoir eu plusieurs vies est difficile à assimiler. Mes souvenirs s'entremêlent, brouillant les frontières entre présent et différents passés. J'ai terriblement envie de partager cette confusion avec Ève mais il est trop tôt pour ça. Malgré son aveu sur ses propres souvenirs, il serait inconscient de lui révéler le pot aux roses. Hors de question que je la perde à cause de cette connerie d'honnêteté.

Alors que je dessine en pensant à elle, un matin, mon esprit est transporté ailleurs. Mes habitudes me poussent à revenir à la réalité mais, cette fois, changement de plan. Je veux voir ce qu'il se passe.

Je suis devant le hangar de mon père. Il m'attend sous une pluie timide. J'ai l'impression de le rencontrer pour la première fois et pourtant de le détester déjà. Il me salue et m'invite à entrer. J'hésite et finis par accepter.

Quelques gouttes glissent sur ma fenêtre, raccords avec la bruine qui tombait dans mon souvenir. Mon salon est si sombre que je dois allumer les lumières.

Au fil des heures, d'autres souvenirs se succèdent en temps réel. Les images défilent comme un film à suspense, chaque nouvelle scène me tenant en haleine. Je redécouvre l'anti-téléphone. Je crie sur mon père. Je revis cette journée marquante de ma vie précédente jusqu'à ce qu'une idée jaillisse.

Je crois que j'ai trouvé comment convaincre Nomade.

60

– Je ne dis pas que ça ne peut pas marcher mais…

À la longueur du silence qui s'ensuit, j'en déduis que mon père ne finira jamais sa phrase. Depuis le début de notre conversation, il n'en a pas terminé beaucoup, d'ailleurs. Je passe mon téléphone en haut-parleur et m'allonge sur mon lit.

– De toute façon tu n'as pas mieux, papa, sinon tu ne m'aurais pas demandé.

– Effectivement. Et comment tu comptes t'y prendre ?

– Il faut juste que j'arrive à approcher la fille de Nomade. Qu'est-ce que tu sais sur elle ?

Mon père souffle puis se tait à nouveau. Je l'imagine entamer une marche à l'intérieur de son hangar.

– Pas grand-chose. Elle s'appelle Lisa, je crois. Elle habite chez sa mère et Nomade la récupère un week-end sur deux.

– Tu sais dans quelle classe elle est ?

– Je ne sais plus, non.

– Fais un effort, s'il te plaît, papa.

– Je ne fais que ça, des efforts. Mais je t'ai déjà expliqué que Nomade me parle rarement de sa vie privée.

Quelques bruits de pas traversent le combiné, certains plus appuyés que d'autres. Mon père rentre dans un mutisme qui s'éternise. J'en viens à me demander s'il ne m'a pas oubliée.

– Papa ?

– Oui ! Je sais ! Nomade m'a dit qu'elle irait au collège l'année prochaine, donc fais le calcul.

– CM2, *a priori*. Tu sais dans quelle école ?

– Là non, tu m'en demandes trop. Je sais juste qu'il l'a mise dans une école privée dès qu'il a gagné un peu d'argent grâce à ses messages.

– C'est un peu léger comme information.

– Je sais aussi qu'un vendredi sur deux, c'est lui qui va la chercher. Il doit venir au hangar vendredi prochain et s'y rendre après. T'as déjà suivi quelqu'un en voiture ?

*

Me voilà de retour dans le Vexin, ma voiture planquée derrière une impressionnante pyramide de meules de foin. Le pied sur l'accélérateur, je fixe la légère brume qui se superpose au gris du ciel. Malgré le stress, l'odeur de campagne que laisse passer ma fenêtre ouverte me rappelle la Franche-Comté et m'arrache un sourire nostalgique.

J'attends la Mercedes grise de Nomade. La situation est absurde et pourtant familière. Des fragments de souvenirs me reviennent. Argos en panique, le stress d'une filature et une Volvo que je suis jusqu'au pavillon de son propriétaire. Il semblerait que ce ne soit pas la première fois que je me lance dans ce genre d'idioties. Il semblerait aussi que je ne sois pas très douée pour l'exercice.

Tout à coup, une berline grise fonce sur le chemin que je surveille. Son aspect luxueux tranche avec les tracteurs qui peuplent le coin. Est-ce la Mercedes de Nomade ? C'est quoi le logo de Mercedes, déjà ? Un cercle avec un truc dedans ? Pas le temps de me lancer dans une recherche internet, il faut que je démarre. De toute façon, qui d'autre pourrait rouler sur ce chemin perdu ?

Mes roues s'embourbent et soulèvent des poignées de terre. J'accélère en jurant. À peine arrivée au premier carrefour, mes aisselles sont déjà en sueur. La Mercedes roule vite, très vite, comme si elle essayait de me semer. Les routes sinueuses de campagne se succèdent. À chaque intersection, à chaque feu rouge, je retiens mon souffle et crois entendre les remarques désobligeantes d'Argos me rappelant mon incompétence. Un spectre moqueur dont je me serais bien passée.

Au cas où Nomade m'observerait dans son rétro, je feins d'avoir une attitude normale. Évidemment, je n'ai plus aucune idée d'à quoi ressemble une attitude normale au volant. Siffler ? Chanter ? Se curer le nez ? Si Nomade voyait mon visage décomposé, tentant désespérément de donner le change, il se méfierait instantanément.

Nous traversons champs et villages jusqu'à rejoindre l'A16. Nomade doit se croire sur une autoroute allemande car il a oublié qu'il existait, en France, des limitations de vitesse. Ou alors il s'en fout, c'est possible aussi. L'avantage c'est qu'à cette allure, il ne doit pas souvent regarder derrière lui. Je ne sais pas comment mais je parviens à rester en vie et à le garder dans ma ligne de mire jusqu'à Paris.

Les embouteillages du périph' obligent enfin Nomade à faire ceinture concernant la vitesse. Léger soulagement vite ravalé. Ce con slalome de file en file pour gagner de précieuses secondes au détriment des autres. Je déteste faire ça mais aujourd'hui, pas le choix. Je serre les fesses, les dents et tout ce qu'il est possible de serrer en priant pour que Nomade sorte à la prochaine porte. Il en faudra onze. La voiture s'engage sur le quai de Bercy. De l'autre côté de la Seine, les immeubles à angle droit de la BNF reflètent les nuages qui s'accumulent. Nomade se déporte sur la voie de droite. Nous longeons les façades de verre et de gazon de l'Accor Arena avant de rejoindre une succession de rues étroites. Chaque klaxon, chaque piéton qui déboule manque de m'achever pour de bon.

Puis, enfin, la libération. Nomade se gare sur une place de livraison. J'aperçois un peu plus loin une horde de gamins sortant d'une école primaire. Je n'ai pas le temps de chercher une place pour me garer, je me contente donc de ralentir en double file. Nomade sort de sa voiture mais je ne discerne que l'arrière de son crâne. Son costume sombre contraste avec les vêtements colorés des enfants autour de lui. En le voyant disparaître dans la foule de parents et leur progéniture, je hurle intérieurement. Je n'ai pas pu faire tout ça pour le perdre aussi connement ! Puis un flash de lucidité me traverse l'esprit. Je n'ai plus besoin de le suivre, juste de surveiller sa voiture. Il va forcément y revenir. Je fais marche arrière et trouve une position adéquate pour épier son retour.

Deux minutes plus tard, je reconnais Nomade à son costume. Tête baissée, au téléphone, je ne vois toujours pas son visage. Pas grave, le plus important c'est que je vois sa fille. Une adorable petite blonde à lunettes en train de rêvasser, avec un jean et un tee-shirt blanc Adidas. Je la prends mentalement en photo et les regarde filer en Mercedes.

*

Le lundi suivant, je rejoins l'école à la même heure dans des conditions beaucoup plus respectueuses de mon rythme cardiaque. Les grilles sont ouvertes et tous les parents se sont répartis autour de l'établissement. On dirait le public d'une fin de concert, attendant la sortie des rockstars pour obtenir un autographe.

Les premiers enfants sortent en mangeant leur goûter. Des jumelles courent vers leur maman et couvrent de bisous leur petit frère ahuri, pris de court devant autant d'amour. Un groupe de garçons se tapent et s'insultent, débattant sur qui est le meilleur sniper d'entre eux. Pour je ne sais quelle raison, génétique ou sociale, la plupart des garçons ont un attrait pour la violence qui me dépasse. Toutes les écoles primaires que j'ai visitées m'ont confirmé ce cliché. Si j'ai un enfant un jour, je prie pour que ce soit une fille.

Quelques classes plus tard, je finis enfin par apercevoir la fille de Nomade et surtout la maîtresse qu'elle salue, une petite brune qui semble compenser son jeune âge par des lunettes austères. Armée de mon courage, d'une pochette en carton et de mon plus beau sourire, je m'approche de l'enseignante. Tout mon plan repose sur les prochaines minutes avec elle.

– Excusez-moi, madame, je peux vous embêter une seconde ?

– Oui, bien sûr.

– Je m'appelle Alicia Lestat, je suis illustratrice de livres pour enfants et j'anime des ateliers artistiques dans les classes de CM2.

– D'accord…

L'institutrice, qui s'attendait sûrement à une parent d'élève, affiche une certaine méfiance. Sur ma gauche, un petit garçon tend un horrible collage de feuilles d'arbre à sa mère qui feint fierté et enthousiasme. Je ne pourrais rêver mieux pour appuyer ma proposition.

Il y a quelques années, quand j'ai compris que ma survie en dépendait, j'ai suivi une formation destinée aux freelances pour apprendre à trouver des clients et les convaincre de m'engager. Moi qui croyais bêtement que devenir illustratrice conviendrait à ma phobie sociale, je suis tombée de haut. J'ai effectivement moins de contacts humains que dans une vie de bureau classique mais la plupart d'entre eux impliquent de me présenter sous mon meilleur jour. Apparemment, un simple « engagez-moi, je dessine bien et j'ai besoin d'argent » n'est pas suffisant dans la jungle du travail. À chaque fois que je déroule l'un de mes speechs de marchande de tapis, je meurs un peu.

– Ce sont des ateliers d'une heure qui stimulent la créativité de vos élèves et les encouragent à s'exprimer à travers l'art. Je leur fais découvrir tout mon processus de création artistique, réponds à leurs questions et les accompagne dans un atelier personnalisé. C'est interactif, éducatif et divertissant. À chaque fois, les enfants et les enseignants en ressortent ravis, j'ai de nombreuses recommandations à travers toute l'Île-de-France.

L'institutrice digère mon discours pendant que les derniers élèves rejoignent leurs parents. Deux d'entre eux se tirent dessus avec des pistolets à eau et m'éclaboussent le bras.

– Ça a l'air très intéressant mais je ne sais pas si on a le budget pour…

– Ne vous inquiétez pas, je peux intervenir bénévolement.

La professeure des écoles s'étonne et cherche le piège.

– Pour tout vous dire, j'ai fait ma scolarité ici quand j'étais petite donc ça me tient vraiment à cœur de pouvoir y faire un atelier. Boucler la boucle, en quelque sorte. Tenez, dans cette pochette je vous ai mis plusieurs de mes livres ainsi qu'une brochure explicative.

L'enseignante prend la pochette, malgré elle. C'est une autre technique de vente que j'ai apprise durant ma formation. Quand elle va l'ouvrir et découvrir les livres que je lui ai offerts, elle se sentira redevable.

– Écoutez, je vais en parler à ma direction et voir si ça peut s'inscrire dans notre projet pédagogique.

– Merci beaucoup.

Sourire. Regard de chien battu. L'institutrice me salue et repart, loin de se douter que la survie du monde dépend de sa réponse.

61

Deux semaines s'envolent et l'enseignante ne me rappelle pas. Ma crainte d'échouer est compensée par un bonheur général dont Ève est seule responsable. Nous nous sommes revues plusieurs fois déjà, chaque rendez-vous clarifiant pourquoi mon inconscient avait refusé de l'oublier. Je repense à toutes ces réflexions nocturnes, m'interrogeant sur ma place dans ce monde. Et si c'était simplement à ses côtés ?

« J'ai rêvé de toi. Tu me faisais passer un casting », m'envoie-t-elle par SMS. Cette lecture fait naître chez moi une sensation étrange. Des flashs me reviennent progressivement. Une grande table ovale. Elle, assise en face de moi. Un texte à l'eau de rose.

« J'espère que tu l'as réussi. »

« Je crois, mais tu m'as fait fuir, juste après. Tu me draguais bizarrement, c'était très malaisant. »

Mon souvenir continue de se dévoiler, accompagné d'un sentiment de honte palpable. Elle qui quitte la pièce. Moi qui lutte pour ravaler mes larmes. Ai-je déjà pourchassé Ève, dans ma vie précédente, pour un résultat moins concluant ?

« Heureusement que ce n'était qu'un rêve, alors. »

J'attends sa réponse avec appréhension. Je refuse que l'Alicia précédente foute en l'air ma relation actuelle. Je compatis à sa détresse mais tant pis pour elle. J'ai pris le relais. J'ai rejoué et cette fois j'ai gagné. Enfin, j'espère.

Ève me répond : « Sauf que j'étais réveillée quand je l'ai fait. »

La situation se complique. Dès qu'Ève évoque une anomalie de ce genre, je suis forcée de faire l'ingénue. Je m'en veux. J'ai surtout l'impression qu'elle n'est pas dupe. Que puis-je bien lui répondre ? En cherchant, mon portable me tombe des mains.

Un bruit strident me transperce les oreilles. Je suis avec mon père dans son hangar. Avant que je comprenne ce qui est en train de se passer, j'entends ma propre voix, affolée, résonner dans tout le bâtiment. Elle nous indique que notre plan a échoué et que mon père est mort. La voix d'un homme se superpose à la mienne. Il m'ordonne de dégager et me tire dessus.

L'expérience est plus intense que toutes mes crises précédentes. Elle me laisse au sol, les mains moites et tremblantes. Peut-être que tous mes souvenirs ne sont pas les bienvenus, après tout. Je tente de reprendre mes esprits quand mon téléphone sonne. C'est mon père qui vient de subir le même voyage intérieur.

– Est-ce que ça va ?

Mon cerveau est en bouillie et je patauge dedans. Je ne supporte plus toutes ces histoires de messages et de réalités superposées. Bordel, je veux juste retrouver une vie normale avec Ève, Billie et mes dessins.

Mon père le sent et me résume la gravité de la situation.

– Tu viens de te souvenir d'un message qu'on a reçu dans une autre vie. La voix qui te criait dessus était celle de Nomade. La bonne nouvelle c'est que lui ne s'en souviendra pas vu qu'il ne l'a pas entendu, il ne pourra se souvenir que de l'envoi du message. La mauvaise c'est que nous ignorons quand ce dernier aura lieu. Tu as réussi à approcher sa fille ?

– Non, pas encore.

– Alors dépêche-toi. Parce que quand Nomade se souviendra de ce message, on n'aura plus aucune chance de le convaincre.

62

Les jours passent et le sablier se remplit dangereusement. Je suis sur le qui-vive, m'attendant à tout moment à revivre l'envoi du message. À tirer un trait sur ce qu'il nous reste d'espoir.

Je suis incapable de faire quoi que ce soit de productif. Même Ève ne suffit plus à me maintenir fonctionnelle, au point que je prétexte une grippe pour esquiver ses invitations. Je ne veux pas qu'elle me voie dans cet état d'alerte impossible à justifier.

Je reste chez moi, apathique, avec une boule d'angoisse au ventre, jusqu'à ce qu'un appel inespéré de l'institutrice de Lisa me serve de défibrillateur. Après un entretien plus poussé où nous parlons programme et pédagogie, elle accepte que je vienne animer un atelier dans sa classe de CM2.

*

– Bonjour les enfants, je m'appelle Alicia.

Vingt-quatre élèves me retournent un « bonjour, madame » enthousiaste. À mes côtés, la maîtresse se tient droite et veille à ce qu'ils ne lui fassent pas honte, un sourire bienveillant mais ferme aux lèvres. La classe est lumineuse, les murs décorés de fresques, de frises et de cartes du monde. Du coin de l'œil, je repère Lisa, un peu plus réservée que les autres.

Comme à chaque intervention, je présente mes livres, partage mon parcours et réponds aux questions plus ou moins de circonstance. Régulièrement, je jette des regards furtifs sur la fille de Nomade. C'est elle, mon réel auditoire, aujourd'hui.

– Pour commencer, on va dessiner quelque chose ensemble et ensuite, je vais tous vous donner un défi, ça vous va ?

Un grand « oui » unanime. J'enchaîne sur un sondage pour déterminer le thème. Comme souvent, c'est un animal qui remporte les suffrages, un lion en l'occurrence.

– Alors pour bien le dessiner, on va énumérer tout ce qui compose un lion, vous êtes prêts ?

« Une crinière ! », « Des pattes poilues ! », « Des grosses dents ! », les réponses fusent dans un joyeux vacarme. Lisa sourit mais reste muette, écrasée par la ferveur des autres enfants. Pas à pas, le fauve prend vie sur le tableau central grâce à leurs interventions. Le « *wow !* » final m'indique que j'ai officiellement gagné leur attention.

– Maintenant, place au défi ! Vous allez chacun prendre une feuille et me dessiner le plus beau souvenir que vous avez avec votre papa…

J'aimerais en rester là mais je suis bien placée pour savoir que ça serait maladroit. Combien d'enfants grandissent sans père ? J'ajoute alors, timidement, « ou votre maman », en espérant de tout mon être que Lisa n'y fasse pas attention.

– Essayez de trouver un souvenir fort en émotions, rien qu'à vous. Un moment dont vous vous souviendrez toute votre vie. D'accord ?

Les enfants acquiescent, déjà à la recherche d'une idée.

– Dessinez comme vous pouvez, n'ayez pas peur. Je vais passer vous voir un par un pour vous aider.

Lisa est au milieu de l'avant-dernier rang, impossible de commencer par elle. Je repère donc le chemin le plus court pour la rejoindre et passe d'enfant en enfant pour y parvenir. Un petit avec un maillot de Mbappé dessine sans surprise un match de foot auquel il a assisté avec son père. La gamine à côté, un vol en montgolfière. Chaque dessin sert de porte ouverte vers leur univers personnel. Je les guide au mieux dans leur création mais sans le vouloir, je me montre moins empathique que d'habitude, me préparant mentalement à mon objectif. Chaque interaction n'est qu'une étape pour atteindre la fille de Nomade. Tous mes espoirs reposent sur elle, maintenant. Elle et son dessin. *J'ai juste besoin d'un souvenir fort entre toi et ton papa, Lisa. Fais ça pour moi, s'il te plaît.*

Quand j'arrive enfin à son niveau, Lisa est si concentrée qu'elle me remarque à peine. Je m'approche, me penche sur sa feuille et découvre le dessin d'une petite fille à la mer. Des vagues bleues, du sable doré. Le trait de Lisa est saisissant, assez avancé pour son âge. Seul problème, c'est une femme qui est à ses côtés.

Non, Lisa, putain…

– Tu as beaucoup de talent, dis-moi.

– Merci.

– Comment tu t'appelles ?

– Lisa.

– C'est toi et ta maman, c'est ça ?

– Oui.

Ses réponses expéditives me confirment que la tâche s'annonce compliquée.

– Madame ?

Au deuxième rang, un petit garçon avec un tee-shirt Fortnite lève la main.

– Oui ?

– Mon papa il a pas de cheveux, je peux lui en faire quand même ?

La moitié de la classe se met à rire.

– Heu, oui, fais comme t'as envie.

Je rabats mon attention sur Lisa, toujours concentrée sur son dessin. Ses coups de crayon sont précis, les couleurs appropriées.

– Pourquoi tu as choisi ta maman et pas ton papa ?

Lisa, muette, peaufine la robe de sa mère, puis me répond d'une petite voix.

– Parce que mon père, j'le vois presque plus. Il habite plus avec nous, murmure-t-elle sans lever les yeux de son dessin.

– Je comprends, ça doit être dur. Mais je suis sûre qu'il t'aime très fort quand même.

Lisa hausse les épaules et cherche ses mots. À peine a-t-elle ouvert la bouche que Fortnite nous interrompt à nouveau.

– Madame ?

Je me retourne vers lui, un sourire de façade pour masquer mon impatience.

– Oui ?

– Je peux les faire de la couleur que je veux, les cheveux ?

– Oui, oui. Fais comme tu veux. Avance et je passe te voir après, d'accord ?

Le gamin hoche vigoureusement la tête. Lisa est repartie dans ses pensées.

– Tu allais me dire quoi ?

– Rien, c'est pas grave.

– Si, si. Dis-moi.

Elle hésite, cherche refuge sur la plage qu'elle vient de dessiner. Je la fixe en l'implorant mentalement de me répondre. Du tableau, la maîtresse nous observe. Elle doit se demander ce que je lui raconte et pourquoi j'ai l'air aussi investie dans la conversation. Je lui souris en mâchouillant nerveusement un crayon quand Lisa se décide enfin à se confier à moi.

– C'est juste que s'il m'aimait vraiment, il ne serait pas parti. Il préfère son travail.

En temps normal, je ne me serais pas fourvoyée dans cette discussion. Je suis illustratrice, pas pédopsychiatre. Mais aujourd'hui, il y a trop en jeu.

– Tu sais, moi aussi mon papa est parti quand j'étais petite.

Ma remarque parvient à l'intriguer. Pour la première fois, elle m'adresse un véritable regard.

– Et il ne te manquait pas ?

La question est légitime, pourtant je n'ai jamais vraiment réussi à y répondre en vingt ans de thérapie. Je bafouille, déconcertée.

– Si, bien sûr, mais ce n'était pas facile entre lui et moi. Il travaillait beaucoup, lui aussi.

– Ma maman, elle dit toujours que mon père va se casser les dents parce qu'elles rayent trop le parquet.

Lisa rigole timidement. Je l'accompagne.

– Moi, quand je lui en voulais, j'essayais de me concentrer

sur les bons moments qu'on avait passés ensemble. Par exemple, il adorait me montrer toutes sortes d'expériences scientifiques, on s'amusait bien. Toi aussi tu dois bien avoir des bons souvenirs avec ton papa, non ?

Lisa hausse à nouveau les épaules.

– Bof.

– Cherche bien. Un souvenir qui te fait sourire à chaque fois que tu y penses.

Lisa n'a aucune envie de farfouiller dans sa mémoire, mais son respect de l'autorité l'y oblige. Ses yeux se plissent. De son côté, l'institutrice perd patience et m'invite du regard à passer à un autre enfant. *Fous-moi la paix, putain.* Je bous intérieurement mais acquiesce de la tête. Alors que je m'apprête à me lever, Lisa reprend vie.

– Pour mon anniversaire, il m'a offert un télescope.

Je me retourne, pendue à ses lèvres. *Ne me déçois pas, petite.*

– Le soir même on a voulu regarder les étoiles mais on ne voyait pas grand-chose. Il m'a dit que c'était à cause de la pollution. Alors on a regardé la lune.

– Ça devait être beau.

– Oui, on voyait bien les cratères. Mon père m'a dit qu'on voyait même ma maison parce que je suis toujours dans la lune. Ça m'a fait rire. Maintenant, j'y pense à chaque fois que je la regarde.

– T'aimerais bien avoir une maison sur la Lune ?

– Oui.

– Tu sais quoi ? Moi aussi.

63

Je rentre chez moi, victorieuse. Pour fêter ça, j'informe Ève que mon rétablissement s'accélère et que je suis prête à reprendre une vie sociale, voire plus si affinités. Nous nous échangeons quelques messages affectueux quand celui d'Argos vient gâcher la fête.

« Toi aussi tu t'en souviens ? »

C'est quoi cette manie de m'apostropher de manière aussi cryptique ? Je l'imagine derrière son téléphone avec un sourire narquois, fier de son effet. Je ne sais bien sûr absolument pas de quoi il parle et c'est la réponse que je lui envoie. Il rebondit dans la foulée.

« Mets le JT d'M6, ce soir. Ça va te plaire ;) »

Même son smiley me donne envie de le baffer. Comme je n'ai pas de télé, j'allume mon ordinateur vers 19 h 40 et visite le site de la chaîne pour accéder au live. Après une inscription et quelques pubs, j'aperçois enfin la présentatrice du JT.

« … la France entière. Avez-vous le souvenir d'un déraillement de train, hier en Seine-et-Marne, faisant des dizaines de morts ? Si oui, vous faites partie des millions de Français à vous rappeler un événement… qui n'a jamais eu lieu. Hallucination collective ou complot à grande échelle, comme l'affirment certains, le mystère reste entier. Un reportage de Romain Perot et Aurélie Bernard. »

Je pose la télécommande et m'assieds, à deux doigts de tourner de l'œil. Mon cœur s'accélère, une sueur froide glisse le long de ma colonne vertébrale.

Le sujet débute, « Quand nos souvenirs déraillent ! » inscrit sur le bandeau du bas. Quelques images d'archives de trains et de gares servent à illustrer la voix off du journaliste.

« Un TGV Paris-Marseille qui déraille près de la gare de Combs-la-Ville, en Seine-et-Marne. Une panique totale, des dizaines de morts et un deuil national… Ce cauchemar n'a jamais eu lieu et pourtant, partout en France, des millions de personnes s'en souviennent. »

Un micro-trottoir vient ponctuer le commentaire du journaliste, chaque personne interrogée partageant sa propre anecdote.

« Je m'en souviens, oui. J'étais avec ma fille dans ma voiture quand on a entendu l'info. C'est horrible comme histoire. »

« Vous savez que ce n'est jamais arrivé ? » demande le journaliste à la vieille dame, interloquée.

Son incrédulité reflète ma propre confusion. Je ne suis pas directement concernée et pourtant, j'ai l'impression étrange d'assister au dévoilement de mon secret le plus intime. La France entière découvre le phénomène qui me handicape depuis ma naissance. J'ai toujours rêvé d'être enfin prise au sérieux, mais pas de cette manière. Au lieu de me réjouir, je suis prise d'une peur irrépressible.

« Plusieurs témoignages concordants parlent du TGV inOui 6123. Après enquête, ce trajet Paris-Marseille s'est bien déroulé hier, sans incident notable si ce n'est que, à l'intérieur du train aussi, des souvenirs du déraillement ont frappé les passagers. »

Je me décompose en entendant le témoignage d'un voyageur, via Zoom.

« Je lisais un magazine quand, d'un coup, j'ai senti que le train déraillait. J'ai regardé autour de moi, on était tous paniqués et pourtant il ne se passait rien. Après ça, je me suis souvenu de l'accident, des cris, des larmes… des secours qui débarquent. Je sais qu'il ne s'est rien passé mais je suis encore traumatisé. »

Le reportage continue mais mon esprit est trop embrouillé pour l'écouter. Seules quelques phrases faisant référence à une vague plus générale de faux souvenirs retiennent mon attention. Argos, jubilant, est lui aussi interrogé. Le voir à l'écran, sûr de lui, m'irrite au plus haut point. Pourquoi lui donner la parole ? J'espère que son quart d'heure de gloire ne va pas s'éterniser.

De retour sur le plateau, la présentatrice approfondit le sujet à l'aide d'une psychologue. Elle lui avoue elle-même se souvenir avoir traité le déraillement du train, la veille, dans son JT. La spécialiste, visiblement perdue, évoque sans conviction une histoire d'hallucination collective et d'effet d'engrenage. Ses explications sont bancales et la présentatrice le sent. Comme pour enfoncer le clou, Argos me gratifie d'un nouveau message.

« C'est le début de la fin, la vérité va sortir. J'organise

une manif samedi, y a déjà plus de 10 000 personnes qui ont validé leur venue. Si tu viens, tu pourras m'accompagner en tête de cortège. »

Son message est assorti d'un lien vers un événement Facebook accessible à tous. Il compte des milliers de participants et quatre fois plus d'intéressés. Ce qui n'était qu'un obscur groupe complotiste se transforme en mouvement national. Dans la description de la page, il est indiqué que, s'il le faut, le peuple forcera le gouvernement à dire toute la vérité sur l'affaire du déraillement du train et l'épidémie de faux souvenirs. Il est même ouvertement sous-entendu que la situation résulte d'une vaste machination impliquant nos institutions. S'ils savaient… La vérité est à la fois plus simple et beaucoup plus alarmante.

La main tremblante, j'appelle mon père pour lui faire part de ce désastre. Il est déjà au courant.

– C'est la pire hypothèse possible, Alicia. Jusqu'ici, les messages de Nomade avaient des conséquences qui passaient relativement inaperçues. Là, je ne sais pas exactement pourquoi mais l'effet papillon a été catastrophique. Imagine que ça continue. Imagine que lors des prochaines présidentielles, c'est un autre candidat que celui de la précédente réalité qui remporte l'élection ? Imagine le chaos que ça peut causer ! Sans parler des dommages psychologiques que ça peut créer chez les gens.

Les implications de ses paroles me glacent le sang. Le pays a déjà frôlé la guerre civile à cause d'une hausse du prix de l'essence, comment va-t-il réagir s'il croit maintenant que le gouvernement manipule ses souvenirs ? Cette fois, aucune mesure, aucune réforme ne pourra calmer la tempête.

64

– Tu as eu des souvenirs de la réalité précédente, aujourd'hui ?

Mon père m'accueille au hangar sans un bonjour, façon Argos. Il n'est plus que l'ombre de lui-même, rongé par le stress et la culpabilité. Ses yeux cernés trahissent des nuits sans sommeil. L'anti-téléphone trône au milieu de la pièce de toute son insolence, éclairé par une lumière blafarde. J'hésite à répondre que l'angoisse de cette réalité suffit amplement à occuper mes pensées, mais je me contente de secouer la tête.

– Non, qu'est-ce qu'il s'est passé, encore ?

– J'ai l'impression qu'on s'apprêtait à envoyer notre message.

– On n'a plus beaucoup de temps, alors.

– Non.

Le regard de mon père se perd dans le vide, comme si on venait de le débrancher. Ce n'est qu'après de longues secondes qu'il revient à la vie.

– J'ai posé la caméra.

Il la désigne de l'index, coincée entre une pile de livres scientifiques et un écran d'ordinateur. Il récupère ensuite mon portable et m'installe une application. Grâce à elle, je pourrai assister à la réussite ou l'échec de mon plan. Mon père, lui, restera en première ligne.

Nous peaufinons les derniers préparatifs dans un silence écrasant puis je m'éclipse avant que Nomade arrive.

– Bonne chance, papa.

Je quitte le hangar et rejoins ma Prius, garée à l'abri des regards. Le ciel menaçant présage un orage qui m'encourage à presser le pas. Une fois à l'abri, je consulte les actualités et découvre avec stupeur que la manifestation d'Argos dégénère. Vitres cassées, voitures retournées. Les Champs-Élysées sont de nouveau saccagés et je savoure le calme de ceux qui m'entourent. Il semblerait que les plus radicaux, des complotistes aux désabusés du gouvernement, aient sauté sur l'occasion pour extérioriser leur colère. Sur les pancartes, des slogans appellent à s'émanciper des nouveaux nazis, à reprendre le contrôle de nos cerveaux et de nos souvenirs. Les CRS commencent à charger, les gaz lacrymaux à faire pleurer, les flashballs à défigurer.

Je ferme mon navigateur et lance l'application me permettant de visualiser l'intérieur du hangar grâce à la caméra installée par mon père. Je découvre ce dernier faisant les cent pas en attendant l'arrivée de Nomade.

Sur l'écran, les secondes défilent puis les minutes. Mes yeux me tiraillent à force de le fixer. Soudain, j'entends une porte s'ouvrir puis je vois un homme de dos débarquer.

Nomade.

– T'as vu cette histoire de déraillement de train ? ose mon père.

Je doute de la pertinence d'une telle question s'il souhaite garder sa confiance. Mais peut-être que ne pas évoquer cet événement national paraîtrait plus louche, encore.

– Oui, ça va se tasser, répond Nomade avec indifférence.

N'insiste pas…

– J'aimerais avoir ton optimisme, ajoute mon père, exaspéré.

Je crains la réponse de Nomade mais ce dernier ne relève pas. Toujours de dos, il se dirige vers l'une des tables et saisit un cahier. La conversation dévie alors sur un débat technique autour d'un accélérateur de particules. Je n'en comprends pas un mot et décroche rapidement, sans quitter l'écran des yeux. Je sais qu'une longue attente s'annonce, alors je branche mon téléphone et m'offre un peu de musique. Instinctivement, je lance « Summertime » de Billie Holiday. Les premières notes de trompette m'enveloppent et m'apaisent. Sans saisir pourquoi, je reprends confiance.

En allant chercher un outil, Nomade repère la caméra installée par mon père et s'en approche. Sa grosse tête de connard m'apparaît en gros plan. Je réalise que je n'avais encore jamais vu son visage, auparavant. Son regard inquisiteur, son nez tombant et ses joues bouffies, rasées de près. Je frissonne de peur et m'affaisse sur mon siège.

– C'est quoi, ça ? demande-t-il avec défiance.

Les lumières du hangar se reflètent dans les yeux de Nomade, lui donnant un air de fauve pendant une chasse nocturne. Je sais comment marche une caméra. Je sais qu'il ne peut pas me voir et pourtant, j'ai l'envie irrépressible de recouvrir l'écran.

– J'ai entendu dire qu'il y avait des cambriolages dans la région, répond mon père. C'est au cas où.

– Ce n'est pas une pauvre caméra qu'il nous faut, c'est mettre un gardien la journée, aussi. Même si t'es là, tu vas faire quoi s'ils arrivent à trois ?

– Oui, tu as raison. Je vais m'en occuper.

– Laisse tomber, je vais le faire.

Nomade détourne enfin le regard et je respire à nouveau. Lui et mon père se remettent à travailler sur la machine. Des lasers rouges dont j'ignore l'utilité s'allument par intermittence au sein du cylindre central.

Le temps s'écoule. Je m'assoupis quand, soudain, un bruit strident sature l'enceinte de mon téléphone. Je m'empresse de baisser le volume alors que mon rythme cardiaque s'affole. Nomade se tourne vers mon père avec un air ahuri, du moins c'est ce que j'imagine en dépit de la qualité médiocre de l'image. Les deux hommes s'observent, chacun semblant espérer une réponse de l'autre. C'est une voix féminine au bord des larmes qui l'apporte.

« Papa, j'espère que tu es là pour entendre ce message. »

Nomade tourne la tête dans tous les sens, à la recherche de la source. Au lieu de l'imiter, mon père le surveille.

« C'est moi Lisa, ta fille. À l'heure où je te parle j'ai 25 ans, mais si j'ai bien utilisé ta machine, je n'en aurai que 9 quand tu entendras ce message. Si tu ne me crois pas, sache que pour mon anniversaire, tu m'as offert un télescope et on a regardé la Lune toute la nuit. On cherchait ma maison, tu te souviens ? Enfin, je crois, je ne suis plus sûre de rien. »

Nomade guette mon père, médusé. J'imagine qu'il réalise que seule sa fille connaît cette anecdote.

« Maintenant, écoute-moi attentivement, papa. La machine

que tu essaies de construire a complètement détruit notre société. Ça a commencé par cette histoire de déraillement de train et ça n'a fait qu'empirer quand tu t'es envoyé de nouveaux messages. Les gens ne font plus la différence entre les réalités, maintenant, ils deviennent tous fous ! Il n'y a plus assez de place dans les hôpitaux pour les accueillir et de toute façon, personne n'a de solution. Il y a des milliers de suicides tous les jours, même le gouvernement a fini par tomber. »

Lisa tente de contrôler ses sanglots. Nomade scrute l'anti-téléphone, ses yeux ronds comme le cylindre central.

« Toi-même tu n'as pas réussi à tenir, tu t'es suicidé hier après m'avoir montré la machine. Papa, je t'en supplie, arrête avant qu'il ne soit trop tard, c'est notre dernière chance. Il faut que tu détruises l'anti-téléphone. Je t'en supplie, papa, je t'en supplie ! »

Un nouveau bruit perçant résonne, annonçant la fin du message. Je tremble comme une feuille sur mon siège. Nomade, lui, reste immobile. Il sait désormais ce qu'a ressenti mon père, il y a presque trente ans. Ce que j'ai ressenti aussi, dans une réalité précédente. C'est maintenant à lui d'accepter cet avertissement et d'agir en conséquence.

– J'imagine que t'es content ? demande-t-il à mon père.

– Content ? Pourquoi veux-tu que je sois content ?

– Elle vient de confirmer tout ce que tu me rabâches depuis des années.

– Évidemment ! Pas besoin d'être un génie pour anticiper ce qui allait se passer. J'aurais préféré le contraire, crois-moi ! Toi aussi t'en serais arrivé aux mêmes conclusions si tu n'étais pas obnubilé par ton profit personnel.

Nomade attrape une chaise et s'assoit difficilement,

comme s'il allait s'évanouir. Un nouveau silence s'installe. Long. Interminable. Je donnerais cher pour savoir ce qu'il se passe dans son esprit corrompu. Mon père se retient de l'interrompre mais ne peut s'empêcher de jeter un regard discret à la caméra. Je frémis.

Après une longue introspection, Nomade se relève enfin. Il s'approche de l'anti-téléphone en titubant et se met à caresser le cylindre central. Les lasers rouges scintillent, comme pour lui répondre. Mon père observe la scène, pétrifié. Ce moment de communion terminé, Nomade s'éloigne jusqu'à sortir du champ de la caméra. J'entends la porte s'ouvrir puis Nomade s'adresser à mon père.

– Alors, vas-y. Détruis-le.

65

L'orage éclate. Le ciel s'illumine de flashs suivis de puissants grondements. Une pluie battante vient marteler mon pare-brise, brouillant ma vision. Je déclenche les essuie-glaces puis, profitant du départ de Nomade, m'approche du hangar pour éviter quelques litres. Je me gare, marche une dizaine de mètres et entre, tout de même trempée mais euphorique. Je m'attends à voir mon père partager la même joie mais il semble encore plus abattu que lorsque je l'ai quitté.

– On a réussi, papa, tu peux souffler.

Il hoche la tête et me prend dans ses bras, sans même remarquer l'état de mes vêtements dégoulinants. Je me fige d'abord de surprise tant notre dernière étreinte remonte à loin mais le serre à mon tour.

– Bravo. Et bravo à ta copine pour sa performance.

J'accepte ses félicitations, fière de mon coup de poker. J'en ai eu l'idée en me souvenant de ma découverte de l'anti-téléphone, dans la réalité précédente. C'est entendre ma voix mentionner ma chanson préférée qui m'a persuadée qu'il fonctionne. Comme Nomade s'est lui aussi souvenu de plusieurs messages, c'était le meilleur moyen de le convaincre. J'avais seulement besoin d'un souvenir fort entre lui et sa fille ainsi que d'une comédienne talentueuse. Écouter Ève sangloter pour émouvoir Nomade était particulièrement troublant, mais ça valait le coup. Son enregistrement était crédible, à la hauteur des enjeux qu'elle ignorait. J'ai prétendu qu'il servirait pour le podcast d'un ami réalisateur, une histoire de science-fiction dans laquelle les protagonistes reçoivent des messages du futur. Je pense qu'elle ne m'a pas crue mais elle n'a pas hésité pour autant à me rendre ce service.

– Est-ce que je peux lui parler de la machine, maintenant ?

– Je ne sais pas, il faut que j'y réfléchisse.

– Je voudrais au moins te la présenter.

– Avec plaisir. Mais il y a plus urgent.

Mon père se saisit d'un marteau dans une caisse à outils et me le confie en désignant l'anti-téléphone.

– Vas-y. Je ne pense pas en être capable.

J'accepte son cadeau martial et m'approche de la machine, ce monstre d'acier et de verre, responsable de tant de souffrances.

– Prête ?

La main crispée sur mon arme improvisée, je me délecte de la rage qui monte en moi.

– Prête.

Je lève le marteau et l'abats sur le cylindre central. Le métal heurte le verre qui se fêle puis explose dans un fracas cathartique. Des éclats volent dans toutes les directions, certains me coupent mais je n'y prête pas attention. Je frappe le reste de la machine, encore et encore, chaque coup libérant un peu plus la frustration que j'ai accumulée depuis ma naissance, peut-être même plusieurs vies. Mes muscles sont tendus à craquer, mon visage rouge d'effort. L'appareil gémit et se brise sous la violence de mes coups. Des étincelles jaillissent de ses circuits endommagés, illuminant le hangar d'une lueur apocalyptique.

Mon père observe la scène, impassible. Je ne sais pas s'il regrette ou s'il vit cette vengeance à travers moi. Au bout de quelques minutes, la fatigue m'oblige à ralentir le rythme. Mon père, lui, rassemble les documents présents dans le hangar pour les brûler.

Je pose mon marteau, transpirante et essoufflée, puis rejoins mon père pour regarder le feu consumer des décennies de recherches. Je me tourne vers lui, curieuse de sa réaction, et découvre un visage apeuré. Un nouveau souvenir vient de le frapper.

– Qu'est-ce qu'il y a ?

Avant même qu'il ne puisse me répondre, nous entendons la porte du hangar s'ouvrir. Sans réfléchir, je cours me cacher. Nomade est revenu.

66

– Tu n'as pas perdu de temps, à ce que je vois !

Je suis planquée dans une salle remplie d'ordinateurs sans avoir pu fermer la porte. D'où je suis, je ne vois pas Nomade mais je devine à sa voix qu'il est hors de lui.

– C'est toi-même qui m'as dit de le détruire !

– Ne te fous pas de ma gueule, Isaac ! C'est à qui la voiture, garée devant ?

– Quelle voiture ?

– Une Prius grise ! Elle n'était pas là, tout à l'heure.

Putain, quelle conne. En ayant voulu gagner quelques mètres, j'ai pris le risque de tout foutre en l'air.

– Je n'en sais rien, moi. Peut-être à un gars du coin.

– Je viens de te demander de ne pas te foutre de ma gueule ! J'ai des souvenirs intéressants qui me sont revenus après être parti. Toi qui essaies de me la faire à l'envers, qui me donnes rendez-vous à l'agence pour te rendre ici à la place.

– Et alors ? Je ne suis pas responsable de mes actions dans les autres réalités.

– Non, mais t'es toujours le même, Isaac. Fourbe et mégalo, incapable d'accepter qu'on ose te contredire. Le message qu'on a entendu, c'était du bidon, c'est ça ? Qui s'est fait passer pour ma fille, la tienne ?

Je réprime un cri pour ne pas me trahir. Ma position est si inconfortable que mes mollets me brûlent d'une douleur lancinante. Terrifiée, je n'ose pas bouger pour autant. Alors que je tends l'oreille, des souvenirs de mon ancienne vie me reviennent, en temps réel. Je me revois, à l'identique, planquée dans un coin sombre du hangar, à espionner une conversation entre mon père et Nomade.

– Tu délires complètement ! Comment j'aurais pu mettre ça au point ? Je ne la connais même pas !

– Je n'en sais rien mais je déteste qu'on se foute de moi. Alors elle est à qui, cette voiture ? Il y a quelqu'un d'autre dans le hangar ?

Le ton menaçant de Nomade me glace le sang. C'est le même que dans mon souvenir. Tout se brouille. Ma tête se met à tourner tandis que je vis ces deux conversations en parallèle. Je flotte, dérive entre deux réalités.

« On s'en fout de tout ça, le vrai danger c'est l'anti-téléphone lui-même ! »

Je ne sais pas si c'est mon père qui vient de prononcer cette phrase ou celui de ma vie précédente. Les contours des objets autour de moi se dissolvent, les couleurs se mélangent. Je cherche un point d'ancrage en me concentrant sur la voix de Nomade mais j'ai l'impression d'être déconnectée de tout. Je reste accroupie, incapable de bouger, incapable de penser, incapable de rien. Avant qu'un coup de feu ne me sorte de ma torpeur.

– Papa !

Sans réfléchir, j'attrape le marteau que j'avais posé au sol et cours dans sa direction. Nomade se retourne, ahuri, une arme à la main. Mon père est en vie, derrière lui. À son visage blafard, je comprends qu'il vient lui aussi de revivre son propre meurtre.

– Putain, j'en étais sûr ! T'es qui, toi ? Qu'est-ce que tu fous là ?

Je le dévisage, tremblante, en tentant de garder la face. Derrière nous, la pile de documents en feu dégage une fumée qui accentue mes vertiges.

– Qui je suis ? Je suis l'une de tes victimes. De ta machine, de tes putains de messages.

– Notre machine, répond Nomade en désignant mon père.

– Sauf que mon père a beaucoup de défauts, mais quand il a compris que la machine était dangereuse, il a tout fait pour y mettre un terme. C'est toi qui as continué à l'utiliser en se foutant des conséquences ! Peu importe que le message de ta fille soit vrai ou pas, ce qu'il décrit, je l'ai vécu. Ne pas arriver à faire la différence entre faux souvenirs et réalité, être forcée de s'isoler du monde pour ne pas être prise pour une folle. Si tu finis de construire cette machine, c'est ce que ta fille va vivre, elle aussi. Elle et des millions de gamins qui seront incapables de gérer ça.

Nomade continue de me braquer. De la sueur dégouline sur son front. Je ne sais pas si elle est causée par le stress ou la chaleur de l'incendie qui grandit derrière lui.

– Tu m'as tué.

Nous nous tournons de concert vers mon père. Il est livide, les yeux vitreux, comme si la vie l'avait réellement quitté.

– Après tout ce que j'ai fait pour toi, tu m'as visé et tu as tiré de sang-froid.

Mon père récupère une barre en fer destinée à l'un des pylônes de l'anti-téléphone et s'approche de Nomade, comme possédé. La rage latente qu'il a toujours tenté de contrôler est en train de le consumer. Nomade, paniqué, le met en joue sans me quitter du regard.

– Pose ça, Isaac ! On s'en fout de qui a fait quoi, on peut toujours tout annuler. La preuve, tu es en vie, à me parler !

– Non, bordel ! Ce n'est pas aussi simple ! Dans quelle langue tu veux que je te l'explique ? On est peut-être à un message de l'apocalypse !

Acculé, Nomade recule d'un pas et s'approche dangereusement du feu prêt à le dévorer. Il évalue ses options. Il sait que s'il tire, je l'attaquerai dans la foulée. Faute de mieux, il tente une dernière fois de rassurer mon père.

– C'est ce que tu crois maintenant. C'est juste qu'on n'a pas encore trouvé la solution, c'est tout !

Je comprends qu'on est dans une impasse. Nomade ne cédera pas, c'est bien trop tard pour le raisonner. Mon père, lui, n'est plus tout à fait là. Je serre le manche de mon marteau et me rapproche de Nomade afin d'accentuer la pression.

– Lâche ton arme, tu ne pourras pas nous tuer tous les deux.

En réponse, Nomade pointe son flingue en direction de ma tête et commence à presser la détente. Je sais qu'il est capable de tirer, il l'a déjà fait. J'aimerais dire que je vois toutes mes vies défiler sous mes yeux, mais en réalité, je ne vois plus rien. Juste une lumière vive et de la fumée. Nomade me crie dessus, ses mots se perdent dans le vacarme de mes pensées. Je continue d'avancer, comme un pantin dirigé par je ne sais qui. Je pense à Ève… Puis un bruit sourd retentit.

Je reprends mes esprits et découvre mon père, fracassant le crâne de Nomade avec la barre en fer. Ses coups résonnent dans le hangar, mêlés aux crépitements du feu. Une rage incontrôlable l'anime, la même que celle qui guidait mon bras quand je détruisais la machine. Il se venge de toutes ses erreurs commises, toutes ces vies gâchées, à commencer par les nôtres. J'agrippe mon père mais c'est trop tard. Le cadavre de Nomade gît à nos pieds et les flammes s'apprêtent à le recouvrir.

67

– Amène ça à la voiture.

Dans la hâte, mon père rassemble un lot d'effets personnels et les jette dans une caisse. Autour de nous, les flammes gagnent du terrain.

– Et toi, tu fais quoi ?

– J'ai d'autres objets à récupérer.

– On n'a pas le temps, papa. Tout est en train de brûler !

– Ma vie entière est ici, j'ai juste besoin d'en récupérer une partie. Vas-y, Alicia, je te rejoins !

Je cède devant son regard insistant et m'empare de la caisse. Les flammes m'entourent, projetant des ombres menaçantes sur les murs du hangar. La chaleur m'étouffe. La fumée épaisse s'infiltre dans mes poumons, m'arrachant une toux inarrêtable. En sueur, je me fraye un chemin à travers les débris calcinés de la machine, la cendre et les morceaux de verre. Chaque craquement me donne l'impression que le plafond va s'effondrer sur ma tête. Mes genoux vacillent mais je tiens bon. Je regagne l'extérieur et respire enfin. Jamais l'air frais n'a été aussi agréable.

La pluie a cessé mais le sol reste inondé. J'enjambe les nombreuses flaques et retrouve ma voiture. J'ouvre le coffre d'une main, m'éclaboussant avec l'eau qui s'était accumulée puis pose la caisse que m'a confiée mon père. Qu'est-ce qu'il fout, putain ? Je jette un coup d'œil nerveux vers le hangar quand un souvenir de la précédente réalité me revient de plein fouet.

Je me revois dans la cabine de l'anti-téléphone. J'enregistre le message qu'a reçu mon père, juste avant ma naissance. Alors que je m'apprête à l'envoyer, Nomade me tire dessus.

Le souvenir de la détonation me projette à terre. Une douleur se répand dans ma poitrine. Je viens de voir la mort une seconde fois, en quelques minutes.

Je me relève péniblement et me tourne vers le hangar. Pourquoi mon père n'est-il toujours pas sorti ? Je fouille les affaires qu'il m'a confiées et y découvre plusieurs photos de nous deux, avant son départ du foyer. Mon sourire forcé sur chacune d'entre elles me fend le cœur. La caisse contient aussi quelques livres dont *La Machine à explorer le temps* et ce qui ressemble à un journal intime. J'hésite à l'ouvrir mais je suis distraite par la vibration de mon portable. Mon père vient de me laisser un vocal. Pourquoi ne m'a-t-il pas appelée ? Est-il bloqué à l'intérieur ? Avant que je ne puisse appuyer sur *lecture*, un bruit tonitruant manque de me faire lâcher l'appareil. C'est un coup de feu.

Je cours vers le hangar et tente d'ouvrir la porte, en vain. Elle est fermée à clé. La panique monte en moi.

– Papa ! Papa !

Nomade a-t-il survécu ? De la fumée s'échappe des interstices et déclenche à nouveau chez moi une toux incontrôlable. La porte me brûle les mains mais je continue de tambouriner et de malmener la poignée, désespérée. Des larmes viennent rejoindre la sueur qui imprègne mon visage.

– Papa, tu m'entends ?! Papa ?!

Mes mots résonnent dans l'air suffocant. Je tape, encore et encore, mais la porte reste fermée. Furieuse, je me résigne à écouter le message de mon père.

« Alicia, je suis désolé que ça se termine comme ça, mais c'est mieux pour tout le monde. »

Sa faible voix est recouverte par les bruits de l'incendie. J'augmente le volume sans m'arrêter de pleurer.

« J'ai enfin accompli mon devoir, m'assurer que plus personne ne puisse utiliser l'anti-téléphone, même pas moi. »

Non ! Je lâche mon portable et me rue sur la porte. Je tape, je hurle. Le métal est si brûlant que des cloques se forment sur mes doigts. Depuis le sol, mon père continue ses adieux.

« Je n'ai jamais réussi à réparer le passé, alors, à la place, j'ai décidé de t'assurer un avenir. Maintenant, il faut juste que tu arrives à prendre le meilleur de chaque réalité. J'ai maintes fois prouvé que je n'en faisais pas partie.

« Je suis désolé pour tout ce que je t'ai fait subir, Alicia. Je t'aime, mais je n'ai jamais été à la hauteur. J'espère qu'il te restera quand même quelques bons souvenirs de moi. S'il te plaît, Alicia, j'aimerais que tu ne gardes que les bons souvenirs. »

Le message s'arrête. Les flammes me forcent à reculer. Je récupère mon téléphone, en larmes, et m'éloigne. De ma voiture, je constate que l'incendie est désormais incontrôlable. Le hangar s'apprête à s'effondrer et, avec lui, mes dernières chances de sauver mon père.

68

Deux ans plus tard

L'enquête sur la disparition de Nomade a piétiné jusqu'à la découverte du hangar de mon père, incendié avec deux cadavres à l'intérieur. Une fois identifiés, la police en a tiré la conclusion que les deux hommes s'étaient entretués pour une raison inconnue. Probablement une histoire d'argent, vu les dettes accumulées par Nomade. Quant à l'usage du hangar, le mystère demeure, le feu ayant dévoré toute trace de sa fonction originelle. L'affaire a été classée.

Consumée par la culpabilité, j'ai cherché à revoir Lisa « par hasard » à la sortie de son école. Je me suis présentée à sa mère en lui expliquant que j'avais eu un bon contact avec sa fille et qu'elle avait beaucoup de talent. Elle m'a confié que son ex-mari était mort et que depuis, Lisa s'était réfugiée dans le dessin. J'ai proposé de lui donner des cours, gratuitement. La mère s'en est étonnée mais a fini par accepter.

Au bout de quelques séances, j'ai réussi à instaurer une relation avec Lisa, jusqu'à devenir sa confidente. Elle m'a avoué qu'elle avait souvent l'impression que son père était encore en vie. Des faux souvenirs qui lui paraissent très réels. Je tente de l'aider sans aggraver la situation, pleinement consciente que je ne suis pas qualifiée pour ça.

Ma propre santé mentale est précaire, mais j'ai plus d'expérience pour la gérer. Je continue d'avoir des souvenirs de la seule réalité parallèle restante, celle où mon père a passé sa vie à construire l'anti-téléphone. Chaque jour, je tente de les accepter sans qu'ils me submergent. Tâche délicate, mais je ne peux me résoudre à les ignorer à nouveau. Aussi pesants soient-ils, ils sont une part indissociable de mon identité. Ils me permettent surtout de revoir mon père, le temps d'un souvenir, même s'ils sont rares et douloureux.

J'ai tout expliqué à Ève. Mon père, sa machine, et toutes les réalités mélangées qu'elle a engendrées. C'était l'heure de vérité. Si elle me croyait, si elle restait, alors elle était définitivement plus qu'un idéal fantasmé. Elle m'a crue. Elle est restée.

Comme dans notre ancienne vie nous étions aussi en couple, il nous est parfois difficile de séparer le vrai du faux, cette vie de l'autre. Ça a aussi ses avantages. Comme nous nous souvenons parfaitement d'un voyage effectué en Argentine lors de cette vie précédente, ça nous a permis d'économiser le billet d'avion. On est parties en Islande à la place. Deux voyages pour le prix d'un.

Sans elle, j'aurais chaviré depuis longtemps. Je vis dans la peur constante d'un nouvel épisode similaire au déraillement du train. Pour le moment, ce dernier a été oublié, remplacé par d'autres folies médiatiques. Il a rejoint les grands mystères français de l'histoire, entre l'affaire du pain maudit et la bête du Gévaudan. On y repense de la même façon que les confinements dus au Covid, des épisodes étranges qui paraissent un peu irréels, désormais. Argos a perdu en influence mais le groupe des Illuminés n'a jamais été dissous. De nombreuses personnes se plaignent toujours de faux souvenirs mais il est difficile d'évaluer la véracité de leurs propos. Comme dans la seule réalité parallèle restante mon père a passé sa vie, reclus, à construire la machine, cela a annulé son impact sociétal. En dehors des principaux concernés, ces deux réalités sont donc quasi identiques. Seuls quelques cas isolés, pour qui l'effet papillon s'est montré particulièrement pervers, continuent d'en subir les conséquences. Ils se mélangent aux millions de personnes affabulant sur internet, et ce, depuis bien longtemps. Une ère de post-vérité aggravée qui devrait se stabiliser tant que personne ne reconstruit l'anti-téléphone. Je ferai tout pour l'empêcher, tout pour que mon père ne se soit pas sacrifié pour rien.

*

– Bonjour, mes puces !

Ma mère nous accueille avec son grand sourire habituel. Elle me prend dans ses bras puis c'est au tour d'Ève, sa *deuxième fille.* Je soupçonne même ma mère de la préférer à moi. Je ne lui en tiens pas rigueur, c'est pleinement justifié.

– Madame Viotty, vous êtes fort belle aujourd'hui.

Ma mère rougit devant le compliment d'Ève.

– Merci, ma puce. C'est ton beau-père qui m'a acheté cette robe.

– Il a bon goût pour un homme !

L'intéressé sort de la cuisine, un tablier autour de la taille.

– Comment ça, pour un homme ?

Je le prends dans mes bras.

– Désolée, papa. T'es en minorité, ici.

Même après deux ans, j'ai toujours du mal à croire en sa présence. Il est bien ici, vivant, devant moi. Dans mes bras, même. Un cadeau d'adieu inestimable de mon premier père, Isaac.

En parcourant son journal, j'ai découvert qu'il y avait consigné ses souvenirs des différentes réalités. Il avait même réussi, grâce à mon précédent nom de famille, Viotty, à retrouver la trace de mon père adoptif. Dans cette vie, ce dernier n'est pas mort dans un accident de voiture car il n'est jamais venu me chercher à l'école.

J'ai longtemps hésité à le contacter, ne sachant quoi lui dire, mais Ève m'a menacée de me botter le cul si j'y renonçais. Alors je l'ai fait. Je lui ai avoué que j'étais la petite fille qui lui avait sauté dans les bras, vingt ans plus tôt. Il s'en souvenait parfaitement.

« Alicia ? » m'a-t-il répondu, les larmes aux yeux. Il n'avait aucune idée de comment ni pourquoi mais des souvenirs de moi l'obsédaient depuis longtemps. Une petite fille qu'il aimait sans la connaître. Stérile, il n'avait jamais pu canaliser cet amour paternel.

Après la scène déroutante du McDo, il avait tenté de me retrouver, sans succès vu que j'avais désormais le nom de mon père, Lestat. Nous avons longuement discuté. Il était divorcé et n'avait jamais oublié ma mère, non plus. Leur relation idyllique avait duré presque douze ans dans la réalité précédente.

J'ai arrangé une rencontre et le coup de foudre a été immédiat. À croire que le véritable amour est si absolu qu'il traverse l'espace-temps. J'ai tenté de leur expliquer pour la machine, mais ils s'en foutaient, trop heureux de se retrouver. Ils ont compris que se concentrer sur le moment présent était, comme toujours, la solution la plus sage.

*

Après un repas animé autour de délicieux bokits préparés par ma mère, c'est le moment de leur annoncer la raison principale de notre venue. Je suis enceinte. Dépitées par les délais interminables des PMA en France, nous sommes passées par un centre espagnol pour l'insémination. Le parcours était laborieux mais nous y sommes arrivées. Dans six mois, nous serons parents d'un petit garçon. Ça va rétablir l'équilibre dans la famille. Pour son prénom, j'ai déjà une idée. Il ne le saura peut-être jamais mais c'est celui d'un homme à qui il doit beaucoup. Isaac.

Il est temps de se créer de nouveaux souvenirs.

REMERCIEMENTS

Je fais partie des rares qui lisent avec engouement les remerciements, à la fin des romans. Ils m'apportent parfois même plus d'émotions que l'histoire qui les précède, particulièrement quand c'est un premier livre. Cela peut s'expliquer par le fait qu'être publié a toujours été pour moi un rêve que je réalisais par procuration grâce à ces génériques de fin. Maintenant que c'est enfin mon tour, c'est donc avec la plus grande joie que je me plie à l'exercice.

Malgré les apparences, la publication d'un roman est toujours un travail d'équipe et celui-ci en particulier n'aurait pas été possible sans l'aide d'un grand nombre de personnes à qui je dois beaucoup. Comme il fallait bien un ordre, j'ai décidé de les remercier de manière chronologique. Et comme je ne sais pas si l'occasion se représentera, je vais tâcher d'être exhaustif. Excusez-moi donc si je m'étale un peu.

Je remercie donc du fond du cœur :

Mes parents, évidemment. Au-delà de leur implication majeure dans ma conception (et donc celle de ce roman), je suis extrêmement chanceux de pouvoir dire qu'ils m'ont toujours soutenu dans mes ambitions artistiques et errances professionnelles. Ils ont encensé mes premières (mauvaises) nouvelles écrites en primaire, m'ont aidé à imprimer le journal humoristique que je tenais au collège avec mon ami Djamel, m'ont prêté leur voiture pour tourner mes premiers courts métrages… bref, ils ont toujours été là pour moi et je les en remercie infiniment.

Mon frère Ronny (et sa moitié, Céline) sur qui j'ai toujours pu compter, d'Amsterdam à Playa del Carmen. Merci de m'avoir laissé squatter quand j'étais au plus bas (et dévaliser le frigo).

Mon meilleur ami depuis la maternelle, Vincent, qui m'a accompagné sur tous mes projets ou presque avec intelligence et bonne humeur. C'est aussi un pinailleur en chef haut gradé qui a grandement amélioré mon écriture, au fil des années.

Cynthia, l'amour de ma vie depuis dix ans maintenant. Stephen King parle de « lecteur idéal » que l'on doit avoir en tête quand on écrit, à qui on souhaite plaire avant tout. C'est elle. Il est impossible de quantifier tout ce qu'elle m'apporte au quotidien, personnellement ou dans mes projets, et je serai à jamais reconnaissant de l'avoir à mes côtés.

Fast forward de quelques années. Comme vous le savez peut-être, *Altérée* est l'adaptation du podcast du même nom (disponible sur toutes les plateformes d'écoute !). Sans lui, pas de roman. Je remercie donc infiniment toutes celles et ceux qui y ont contribué et lui ont permis de rencontrer son public.

En premier lieu, Justine Viotty, l'exceptionnelle interprète d'Alicia. Elle n'a pas rechigné à me prêter son temps, son talent et sa gentillesse pour ce qui n'était, à la base, qu'un projet un peu fou et fauché. Sans son incroyable prestation, *Altérée* serait probablement restée enfouie dans les abîmes podcastiques et ce roman n'existerait pas.

Alexandre Didi, compositeur de la bande originale du podcast mais aussi un allié exceptionnel pendant tout le processus, de l'écriture au mixage. Lui aussi est terriblement talentueux et n'a pas compté son temps. J'aime blaguer en le qualifiant de toxique mais c'est probablement la personne la plus bienveillante que je connaisse.

Le merveilleux *cast* qui a accompagné Justine, soit Amandine Bataille (Ève), Gowan Didi (Argos), Yann Sorton (Isaac), Catherine Vidal (Béatrice), Philippe Poupet (Nomade), Camille Gore (Nawel), Ludovic Lecacheur (l'hypnotiseur) et Paul Duquenne (le gardien).

Elias Arzel pour ses magnifiques illustrations et Élise Braud pour la tout aussi magnifique pochette.

Toutes les personnes qui ont relayé le podcast, journalistes ou passionné(e)s, et tout particulièrement Mouna El Mokhtari, du *Monde*, qui nous a offert notre premier article, Irène Verlaque de *Télérama*, Romain Gouloumes de *20 minutes* et Marie-Laure Michelon du *Nouvel Obs*.

Fast forward de quelques mois, maintenant. Si j'étais convaincu qu'*Altérée*, le podcast, méritait son adaptation en roman (et d'avoir une suite, au passage), il m'a fallu plusieurs coups de pouce pour faire de ce rêve une réalité. Un grand merci donc à :

Xavier Beneroso pour avoir défendu *Altérée* avec autant d'enthousiasme et de m'avoir donné les contacts qui ont TOUT changé. Mireille Paolini pour avoir pris le temps de transférer ma demande à la bonne personne.

Denis Gombert pour avoir été le premier ponte de l'édition à avoir cru en ce roman. Son soutien a été inestimable, surtout pendant la genèse si propice aux doutes.

Bénédicte Lombardo qui, comme une bonne fée, a réalisé mon rêve. Merci de m'avoir fait confiance, d'avoir donné vie à ce roman et de m'avoir aidé à l'améliorer. Merci pour ta gentillesse et ta bienveillance dès notre première discussion, je n'aurais pas rêvé meilleure éditrice.

Ingrid Pelletier pour ses innombrables corrections et améliorations.

Laura Maurer pour sa sublime couverture.

Erell Le Chanjour, Antoine Toureix, Laure-Hélène Delprat, Julie Puiseux, Alain Deroudilhe et toutes les personnes aux éditions du Seuil qui ont travaillé sur ce roman ou s'apprêtent à le faire au moment où j'écris ces lignes.

Djamel, Muriel, Irène, Mathieu (Time Travel consultant), François, Jessica et Dorian (sans compter bon nombre de personnes déjà citées) pour avoir pris le temps de lire la première version du manuscrit et d'avoir partagé leurs retours et corrections.

Nicolas Leclerc et Fabien Cerutti pour leurs conseils de romanciers aguerris.

Et MERCI MERCI MERCI à vous, lectrices et lecteurs, d'avoir voyagé avec moi à travers les réalités. J'espère que vous avez pris autant de plaisir que moi et que nous nous retrouverons vite.

Comme pour le podcast, je dédie ce roman à ma fille Nara. J'ai hâte que tu puisses le lire mais pas trop quand même. Nous avons plein de souvenirs à nous créer ensemble avant ça. Je t'aime.

RÉALISATION : NORD COMPO À VILLENEUVE-D'ASCQ
ACHEVÉ D'IMPRIMER SUR ROTO-PAGE
PAR L'IMPRIMERIE FLOCH À MAYENNE
DÉPÔT LÉGAL : AVRIL 2025. N° 156577 (106613)
IMPRIMÉ EN FRANCE